新 潮 文 庫

偶 然 の 音 楽

ポール・オースター
柴田元幸訳

新 潮 社 版

6771

偶然の音楽

1

まる一年のあいだ、彼はひたすら車を走らせ、アメリカじゅうを行ったり来たりしながら金がなくなるのを待った。こんな暮らしがここまで長く続くとは思っていなかったが、次々にいろんなことがあって、自分に何が起きているのかが見えてきたころには、もうそれを終わらせたいと思う地点を越えてしまっていた。十三か月目に入って三日目、ナッシュはジャックポットと名のる若者に出会った。それは誰にも覚えのある、何もないところから不意に生じるように思えるたまたまの出会いだった。風に折られて、忽然《こつぜん》と足下に落ちてくる小枝。もしそれがほかのときに起きていたなら、ナッシュが口を開いていたかどうかも疑わしい。だが彼はもうすでにすべてを投げてしまっていたし、もうこれ以上失うものは何もないと思っていた。だから彼は、この見知らぬ若者をひとつの猶予《ゆうよ》として見た。手遅れになる前に自分を何とかするための、最後のチャンスとして捉《とら》えた。そんなわけで、あっさりと彼はやってのけた。恐れに震えたりもせず、目を閉じ、飛んだ。

つまるところは、つながりの問題、出来事がどういう順序で起きたかの問題だった。弁護士が彼を探し出すのに六か月もかからなかったら、ジャック・ポッツィに会った日に車を走らせてもいなかっただろうし、したがって、その出会いから生じた一連の出来事も何ひとつ起きなかっただろう。自分の人生をそういうふうに考えると心穏やかでなかったが、とにかく事実としては、テレーズが彼を捨てて出ていったちょうど一か月前に父は死んでいたのであり、もしも自分がそれだけの金を相続することが少しでも見えていたら、彼女が出ていかないよう説き伏せることもたぶんできたろうにと思わずにはいられなかった。たとえ出ていったとしても、ジュリエットをミネソタの姉のところに預ける必要はなかったはずだし、それだけでも、彼がこんな真似《まね》に走ることは食い止められていたにちがいない。でもそのころはまだ消防署に勤めていたのだ。昼も夜も、年じゅう仕事で家を空けているのに、どうやって二歳の子の面倒を見ろというのか？　金さえあれば、住み込みの家政婦を雇ってジュリエットの世話をしてもらえただろうし、そもそもいくらかでも金があったなら、気の滅入《めい》る二世帯住宅の一階をサマーヴィルに借りたりせずに済んだろう。そうしたらテレーズだって出ていかなかったかもしれない。給料が安かったわけではない。ただ、四年前に母親が卒中を起こしたときに貯《たくわ》えを吸いとられてしまい、その後も毎月、母が息を引きとったフロリダの養老院に入居費の残りを払いつづけていたのだ。そういった事情を考えれば、姉の家以外に手はなさそうだった。少なくともジュリエットにとっては本物の家族と一緒に暮らすいい機会だし、ほかの子供たちに囲まれて、新鮮な空気を吸って過ごすこともできる。彼自身が与えてやれる生活よりずっといい。それがある日突然、弁護士が彼を探し出し、金が膝《ひざ》の上に転がり込んできたのだ。ものすごい大金だった。ほぼ二十万ドル、ナッシュにはほとんど想像もつかない額だ。だがそれももう手遅れだった。過去五か月のあいだにあまりに多くのことが動き出してしまっていて、それだけの金をもってしても、流れを止めることはできなかった。

父親には三十年以上会っていなかった。ナッシュが二歳のときに出ていって以来、何の連絡もなかった。手紙一通、電話一本よこさなかった。弁護士によると、最後の二十六年間はカリフォルニアの、パーム・スプリングズから遠くない小さな砂漠の町で過ごしたということだった。金物店を経営して、暇を見て株をやり、最後まで再婚しなかった。過去のことはあまりお話しになりませんでしたね、と弁護士は言った。ある日、遺書を作りに事務所にやって来て、子供がいることを口にしたのはあとにも先にもそのときだけだったというのだ。「お父上は癌《がん》で余命いくばくもありませんでした」と電話の声は続けた。「ほかに誰に金を残したらいいかもわからないから、子供二人に分ければよかろう、とおっしゃいました。半分はあなたに、半分はドナさんに」

「変わった償い方をするもんだ」とナッシュは言った。

「まあ、なかなか変わった方《かた》でしたからね、お父上は。それは確かです。お二人のことをお訊《たず》ねしたときの科白《せりふ》は忘れませんよ。『きっと二人とも俺のことを腹の底から憎んでるだろうよ。だがいまさらガタガタ言ってもはじまらん。くたばったあともこの世にいられるといいんだがな。金が入ったらあいつらどんな顔をするか、さぞ見ものだろうよ』」

「よく親父《おやじ》に僕たちの居場所がわかったたな」

「おわかりになってませんでしたよ」と弁護士は言った。「いまだから申し上げますが、苦労しましたよ、お二人の居所をつきとめるのは。半年かかりました」

「葬式の日にお電話をいただければこっちとしてはありがたかったですがね」

「運が向くときも、向かないときもあります。六か月前には、あなたが生きていらっしゃるかどうかもこっちは存じ上げなかったんですから」

悲しみなど感じようもなかった。それでも、何かほかの形で心を動かされはするだろうとナッシュは思った。何か悲哀に近いものによって、あるいは、これを最後と湧《わ》き上がる怒りと嘆きの念によって。何といっても相手は自分の父親だったのであり、その事実だけでも、人生の神秘をめぐる二、三の厳粛な思いを誘ってしかるべきではないか。ところが実際には、悦《よろこ》び以外ほとんど何も感じなかった。金は彼にとってまさしく青天の霹靂《へきれき》であり、それがもたらしたあまりの大きな変化に、ほかのことはすべて隅に追いやられてしまった。ろくに考えもせず、三万二千ドルの借金をプレザント・エイカーズ養老院に返済し、新車を買って（赤い二ドアのサーブ九〇〇。中古車でない車なんてはじめてだ）、過去四年のあいだにたまっていた有給休暇を目いっぱい活用することにした。ボストンを出る前の晩、豪勢なパーティーを開いて午前三時まで友人たちと騒ぎ、それから、寝床にも入らずそのまま新車に乗り込んで、ミネソタへ旅立った。

それから、すべてがばらばらに崩れはじめた。お祝いやら楽しい回想やらが続く毎日だったが、状況はもはや修復不可能であることをナッシュは徐々に思い知らされた。あまりに長く離ればなれでいたため、こうして連れ戻しにきても、ジュリエットはもう、彼が誰なのかも忘れてしまったみたいだった。それまでは、電話をかけていれば十分だ、週に二度話をしていれば娘の心のなかで自分は生きつづけているはずだと思っていた。だが考えてみれば、二歳の子供に長距離電話などというものがどれだけわかっているのか？　六か月のあいだ、自分はジュリエットにとって単なるひとつの声、おぼろな音の集まりにすぎなかった。知らないうちに、ナッシュは自分を少しずつ幽霊に変えてしまっていたのだ。ミネソタの家に来てから二日、三日経《た》ったあとも、ジュリエットは相変わらず彼に対して内気ではにかみがちで、抱きしめようとしても、もはや彼の実在をいまひとつ実感できないかのように、身をすくめて逃げてしまうのだった。彼女はもうすっかり、新しい家族の一員になっていた。彼はただの侵入者だった。よその惑星から降ってきたエイリアンだった。娘をあまりにも良い環境に置くようわざわざ手配した自分をナッシュは呪《のろ》った。ジュリエットは家族みんなに可愛《かわい》がられる小さなお姫さまだった。遊んでくれる年上のいとこも三人いたし、ラブラドル・レトリバーもいれば猫もいて、裏庭にはブランコがある。彼女が欲しがりそうなものは何から何まで揃《そろ》っていた。義兄に父の座を横取りされたかと思うと怒りがこみ上げてきて、日が経つにつれ、憤怒《ふんぬ》の念を顔に出さずにいるだけでも一苦労になってきた。元フットボール選手で、現在は高校のコーチ兼数学教師のレイ・シュワイカートのことを、ナッシュは昔から間抜けな奴《やつ》だと思っていたが、子供の扱いが上手なことは認めざるをえなかった。よきパパ、気は優しくて力もち。これにドナの支えが加わって、家庭は岩のようにしっかりしている。たしかにナッシュは、いくらか金持ちにはなった。でもそれで何かが本当に変わっただろうか？　ジュリエットをボストンへ連れ帰ったとして、何がよくなるか考えてみたが、有利な論点は何ひとつ思いつかなかった。ひたすら自分勝手に、あくまで自分の権利を主張できれば話は簡単だろうが、そこまで開き直る度胸もなかった。結局、隠しようのない真実に彼は屈した。ここからジュリエットを無理に連れ出したところで、益より害の方が大きいに決まっている。

計画をドナに打ち明けると、十二年前に大学を辞めると彼が言い出したときと同じ一連の議論を姉はくり出して、思いとどまるよう説いた。早まっちゃ駄目よ、もう少し様子を見なさい、わざわざ後戻りできない状態に自分を追い込むことはないわ。顔にはナッシュが子供のころからずっと見てきた、お姉さんならではの心配げな表情が浮かんでいた。そしていまも――すでに人生を三つか四つ生き抜いてきたかのように思えるいまも――ドナこそ世界じゅうでただ一人信頼できる人間だということはナッシュも承知していた。二人で夜遅くまで、レイと子供がとっくに寝床に入ったあともキッチンで話しつづけたが、いくらドナが熱心に分別に訴えても、結果は十二年前と同じだった。ナッシュは頑として譲らず、ドナはやがて泣き出し、ナッシュの思いどおりに事は決まった。

ひとつだけ姉に譲歩したのは、ジュリエット名義の信託基金を作るということだった。弟が何か常軌を逸した行動に出ようとしていることを感じとったドナは（その夜、本人に向かってもそう言った）、遺産を使い果たしてしまう前に、その一部を彼の手が届かないところに置いておかせようとしたのである。翌朝、ナッシュはノースフィールド銀行の支店長を相手に二時間を費やし、必要な手続きを済ませた。その日の午後と、翌日の朝はぶらぶら過ごし、それから鞄《かばん》に荷物を詰めて、車のトランクに入れた。七月末の暑い午後だった。家族全員が見送りに家の前の芝生に出てきてくれた。彼は子供たち一人ひとりを抱きしめてキスした。最後にジュリエットの番が来ると、目を見られないよう、娘を抱き上げて自分の顔をその首に押しつけた。いい子にしているんだよ、と彼は言った。忘れちゃ駄目だよ、パパはお前のこと愛してるからね、と。

マサチューセッツに戻るつもりだとみんなには言っておいたが、じきふと気がつくと、反対の方向に車を走らせていた。フリーウェイへの入口を見逃してしまったらしい。よくある間違いだ。だが、正しい方向に戻るために次のしかるべき入口を待ってあと三十キロ走る代わりに、ナッシュは衝動的に、次の入口からフリーウェイに上だった。間違った道に入ろうとしていることは十分自覚していた。それは突然の、何も前もって考えていなかった決断だったが、入りそこねた入口と、入った入口のあいだで過ぎたつかの間の時間に、ナッシュは理解した。何も違いはしない、二つの入口は結局のところ同じなのだ。ボストン、と言うには言ったが、それはとにかく彼らに何か言わぬわけには行かなかったからであり、最初に頭に浮かんだ名前がボストンだっただけのことだ。実のところ、ボストンではあと二週間、誰も彼のことを待っていない。時間はたっぷりある。あわてて帰ることはない。大いなる自由を想像してみると、頭がくらくらしてきた。俺がどんな選択をしようと構わないんだ、そうひしひしと感じた。どこだって好きなところへ行けるし、やりたいことは何だってできる。世界じゅう誰も文句を言いはしない。引き返したりしないかぎり、もう透明になったも同然なのだ。

七時間ぶっつづけで車を走らせ、ガソリンの補充にしばし止まってから、さらに六時間走ったところでついに疲労に屈した。そこはもうワイオミング北部の真ん中あたりで、折しも夜明けが地平線の上に顔を出しかけていた。モーテルに部屋を取って、八時間か九時間ぐっすり眠ってから、隣の食堂に入って二十四時間朝食メニューのステーキ&エッグズを平らげた。夕方近くに車に戻り、もう一度夜通しぶっつづけで走って、ニューメキシコを半分くらい来たところでようやく止まった。その二晩目が過ぎたところで、もはや自分で自分をコントロールできなくなっていることをナッシュは悟った。何か訳のわからない圧倒的な力に彼は捕えられてしまっていた。狂気に追いやられた動物が、闇雲《やみくも》にあちこち走りまわっているようなものだ。けれども、もう止まろう、と何度決意しても、どうしてもそうすることができなかった。毎朝自分に向かって、もうたくさんだ、これでもうやめよう、と言い聞かせながら眠りにつき、毎日午後になると、いつも同じ欲望、車に這《は》い戻りたいという抑えがたい渇望《かつぼう》とともに目ざめるのだった。あの孤独が、空虚を突き抜けていく夜通しの疾走が恋しかった。肌にそって伝わってくる道路のうなりが恋しかった。結局二週間それを続けた。その間毎日、昨日よりももっと強く自分をあと押しし、昨日よりももっと長い距離を走ろうと努めた。アメリカの西側全部をカバーして、オレゴンからテキサスをジグザグに往復し、アリゾナ、モンタナ、ユタを貫く広大で空っぽのハイウェイを突進していったが、別に何を見たわけでもなく、そこがどこだろうとどうでもよかったし、ガソリンを入れたり食べ物を注文したりする際に必要に迫られて話す以外は一言《ひとこと》も喋《しゃべ》らなかった。ようやくボストンに戻ってくると、俺は神経衰弱の瀬戸際《せとぎわ》まで来ている、と胸のうちで言いはしたが、それとて、自分がしでかした真似を説明するにはそんな文句しか思いつかなかったからだった。やがて自分でも気がついたように、事実はそんな劇的な話ではなかった。ナッシュは単に、自分がすべてをものすごく楽しんだことを恥じていただけだった。

これで馬鹿《ばか》な真似もおしまいだ、と思った。体のなかに棲《す》みついた妙な虫もこれで追い出した。また元の暮らしに戻るのだ。はじめは何もかもうまく行っているように思えた。職場に復帰した第一日、消防署の仲間は陽焼けのひの字もなしに現われたナッシュをからかい（「何してたんだお前、洞穴でバケーションか？」）、午前のなかばごろには、いつもの皮肉や猥談《わいだん》にナッシュも声を上げて笑っていた。その夜ロクスベリーで大火事があって、予備車二台にも出動がかかったとき、仲間の一人に向かって、帰ってきてよかったよ、やっぱりこの感じだよな、とまで言った。だがその気分も長続きはしなかった。週が終わるころには、また落着かない気持ちに戻っていて、寝床で目を閉じるたびに車のことが頭に浮かんだ。休みの日にメインまで行って帰ってきたが、もどかしい気持ちはかえって強まっただけに思えた。満ち足りぬ思いばかりが残り、もっと長時間ハンドルを握って過ごしたくてたまらなかった。もう一度腰を落着けなくちゃ、ともがいても、心はいずれまたハイウェイに、あの二週間に感じた高揚に戻っていき、少しずつ、もう勝ち目はないという気持ちが募ってきた。仕事を辞めたいと思ったのではない。でも、いつまでも生きていられるわけじゃなし、仕方ないじゃないか？　消防署に勤めはじめて七年になる。ひとときの衝動に駆られて、名づけようもない焦燥のせいで職を投げ捨ててしまうなんて、考えるだけで醜悪だとは思った。いままで自分にとって意味があると思えた仕事はこれだけなのだし、たまたまこの職にありつけて本当によかったとつねづね思っていたのだ。大学を辞めて最初の何年かはいろんな職を転々とし（本屋の店員、引越し屋、バーテン、タクシーの運転手）、消防士の試験を受けたのもちょっとした気まぐれだった。ある夜タクシーで乗せた客がじき試験を受けるところで、どうだいあんたも一緒に受けてみないか、と誘ってくれたのだ。その男は試験に落ちたが、ナッシュはその年の最高点で合格し、気がついたらもう、四歳のとき以来考えたこともなかった職を与えられていたのである。ドナに電話で知らせると笑われたが、ナッシュは構わず研修を受けた。妙な選択には違いなかったが、打ち込める仕事だったし、時とともに楽しさが薄らぎもしなかった。結局は、自分では予想もつかなかったくらい長続きしていた。ほんの二、三か月前には、消防署を辞めるなんて想像もつかなかっただろう。でもそれは彼の人生がメロドラマに変わりはてる前の話、大地が足下でぱっくり口を開けて彼を呑《の》み込んでしまう前の話だ。ひょっとするといまが、転機というやつかもしれない。銀行にはまだ六万ドル以上あるんだし、どうせなら好きに動けるうちに動いた方がいい。

ミネソタに引越すつもりだ、と上司には言っておいた。そう言っておけばもっともらしいだろうと思ったのだ。できるだけ信憑性《しんぴょうせい》を持たせようと、一緒に商売をやらないかって姉の亭主の知りあいに誘われましてねとか（よりによって金物屋の共同経営なんですよ）、娘を育てるにもいい環境だと思うんです、とかあれこれ御託《ごたく》を並べておいた。相手はまんまとだまされてくれたが、それでも、ナッシュを馬鹿呼ばわりしたことに変わりはなかった。

「みんなあの、あばずれ女房のせいだよな」と上司は言った。「あの女が出ていって以来、お前の脳味噌《のうみそ》はめちゃくちゃさ。哀れったらないぜ。まともな男がプッシーのせいで駄目になっちまうなんてなあ。なあナッシュ、しっかりしろよ。そんなアホなこと考えるのはやめて、やるべきことをやれよ」

「すいません、ボス」とナッシュは言った。「もう心に決めたんです」

「心？　どの心だ？　俺の見るかぎり、もうお前に心なんてありゃしないぜ」

「ねえボス、あんた要するに羨《うらや》ましいんですね。俺と入れ替われたらどんなにいいかって思ってるんでしょ」

「で、ミネソタへ引越すわけか？　冗談じゃないぜ。一年のうち九か月、雪の吹きだまりに埋もれて暮らすなんて、もっとましな暮らしが一万通りは思いつくね」

「ま、近くに来たら寄ってくださいよ。ネジ回しの一本もお売りしますから」

「どうせならトンカチにしてくれ。お前の頭に分別のひとつも叩《たた》き込めるかもしれんからな」

第一歩を踏み出したいま、最後まで事を推し進めるのは訳なかった。その後の五日間は事務処理に費やし、大家に電話をかけて新しい間借人を探してくれと告げ、家具を救世軍に寄付し、ガスと電気を止めて、電話も外した。こうした行為の向こうみずさ、乱暴さが彼にはひどく心地好《よ》かったが、それにしたところで、ひたすら物を捨てまくることの快楽の比ではなかった。最初の晩に、数時間かけてテレーズの持ち物を集め、片っ端からゴミ袋に詰め込んだ。やっとのことで、彼女をきれいさっぱり消し去るのだ。彼女の存在の痕跡《こんせき》を少しでも残すすべての物の集団埋葬。彼女のクローゼットから、コートやセーターやドレスを次々引っぱり出した。下着、ストッキング、アクセサリーの詰まった引出しもみんな空にした。アルバムから彼女の写真を一枚残らずはがした。化粧道具やファッション雑誌も全部捨てた。彼女の本、レコード、目ざまし時計も水着も手紙も、一切合財処分した。これが言ってみれば引き金となって、翌日の午後に自分の所持品に目を向けたときも、同じ徹底的な野蛮さでもって行動し、おのれの過去を、ただひたすら葬《ほうむ》り去るべきガラクタとして扱った。台所にあった物すべてが、南ボストンにあるホームレス収容所に送られた。本は上の階に住んでいる高校生の女の子にプレゼントした。野球のグラブは向かいの小さな男の子にあげ、レコードのコレクションはケンブリッジの中古レコード店に売った。これら一連の処置には、ある種の痛みが伴っていたが、そうした痛みをナッシュはほとんど歓迎するようになっていた。その痛みによって自分が高められるようにさえ思えた。かつて自分であった人物から遠ざかれば遠ざかるほど、未来の自分はよりよく生きられるような気がした。頭に弾丸を撃ち込む度胸をやっと見出《みいだ》した気分だった。だがこの場合、弾丸は死ではない、生だ、新しい世界の誕生の幕を開ける炸裂《さくれつ》だ。

ピアノも処分するしかないとわかっていたが、それはぎりぎりまで延ばした。最後の最後まで、これだけは気が進まなかった。十三歳の誕生日に、母親に買ってもらったボールドウィンのアップライト・ピアノである。母がピアノを買ってくれたことを、ナッシュはこれまでずっと感謝してきた。それだけの金を捻出《ねんしゅつ》するのがどんなに大変だったか、彼にもよくわかっていた。自分の腕前に幻想を抱いたりはしなかったが、毎週二、三時間はピアノに向かうように努め、子供のころ習った古い曲をつっかえつっかえ弾いていた。そうやっていると、いつも決まって心が和んだ。音楽のおかげで世界がよりはっきり見えるような、目に見えぬ秩序のなかでの自分の位置がわかってくるような、そんな気がしてきた。家が空っぽになって、出発の準備ができたところで、一日余分にとどまって、がらんとした壁を聴き手に長いさよならリサイタルを行なった。数十曲あるお気に入りを、一つひとつ弾いていく。クープランの「神秘な障壁」からはじめて、ファッツ・ウォーラーの「ジルバ・ワルツ」まで、指が麻痺《まひ》して弾けなくなるまで鍵盤《けんばん》を叩きまくった。それから、過去六年世話になってきた調律師(アントネリという名の盲人)に電話をかけて、ボールドウィンを彼に四五〇ドルで売る話をまとめた。翌朝に引越し業者が来たころには、もうその金はカーステレオ用のテープに使ってしまっていた。ひとつの音楽の形を、別の形に変える。いい使い方だ、と思った。その交換の効率性が快かった。あとはもう、彼をとどめるものは何もなかった。アントネリがよこした連中がピアノと格闘するようにして外へ運び出すのを見届けるまではそこにとどまっていたが、それも済んでしまうと、誰にも別れを告げず出発した。あっさり家を出て、車に乗り込み、出発した。

はっきりした計画は何もなかった。せいぜい、しばらくは気の向くままに漂い、あちこち旅してまわってみる、その程度だった。二、三か月も続ければきっと飽きてしまうだろうと高をくくっていた。そうなってから、何をしたらよいかじっくり悩めばいい。だが二か月が過ぎても、いっこうにやめる気にはならなかった。ナッシュは少しずつ、自由で責任のない新しい生活に恋していた。いったんそうなってしまうと、もはや止まる理由は何もなかった。

肝腎《かんじん》なのはスピードだった。運転席に座って、空間にわが身を投げ出す悦《よろこ》び。それこそが、ほかのいかなる善にもまさる至上の善となった。それはいかなる犠牲を払っても満たすべき渇望だった。自分のまわりの物は一瞬以上何ひとつ持続せず、瞬間から瞬間へと時が移っていくなかで、連続して存在しているのは自分だけのような気がした。何もかもが変化していく渦巻にあって、彼は一個の固定点だった。世界が彼の体を突き抜け、消えていくなか、完璧《かんぺき》に静止状態にあるひとつの物体だった。車は何ものも攻め込めぬ聖域に、もはや何ものも彼を傷つけることはできない避難所になった。車を走らせているかぎり何の重荷も担《にな》わず、かつての人生のどんな小さなかけらにも邪魔されなかった。記憶が胸のうちに湧《わ》き上がってくることもなかった、とは言わないが、もうそれらがかつてのような苦悶《くもん》をもたらすことはなくなったように思えた。ひとつには音楽も大きかったのだろう。運転しながら、バッハ、モーツァルト、ヴェルディのテープをえんえん聴いていると、まるで自分のなかから音が湧き出てきて風景を浸しているような、可視の世界を彼自身の思考の反映に変えているような、そんな気持ちになってきた。三、四か月も経《た》つと、車に乗り込むだけで、自分が自分の体から離れていく気になれた。アクセルを踏んで車をスタートさせるだけで、音楽が彼を、重さの存在しない領域へ連れていってくれた。

混んだ道路よりも、空っぽの道路の方がつねに好ましかった。のろのろ走ったりスピードを落としたりしなければならないことも少ないし、ほかの車に注意を払う必要もないから、思考を邪魔される心配もなく運転できた。だから大都市の中心部はなるべく避けて、がらんと開けた、人もまばらな地帯――ニューヨーク州北部、ニューイングランド、中西部の平坦《へいたん》な農業地帯、西部の一連の砂漠――をもっぱら走るようにした。悪天候も、激しい交通と同じく運転の妨げになるから、やはり避けねばならない。冬になって、暴風や荒れ模様の天気が増えてくると、南へ向かい、一時期の例外を除いて、春まで南部にとどまった。それでもなお、最良の条件下でも、いかなる道路といえど危険がゼロではないことをナッシュは承知していた。目を光らせているべき要素はいくつもあり、いつ何が起きるかわかりはしなかった。急な横揺れ、道路の穴、突然のパンク、酔っ払い運転の車、ほんのつかのまの気のゆるみ。どれかひとつが生じただけでも、一瞬にして命を落としかねないのだ。何か月か旅を続けるなかで死亡事故も何件か見たし、自分でも一度か二度、もう少しで大惨事というところまで行ったことがあった。けれども彼は、そうした危機一髪の瞬間をむしろ歓迎していた。そういう瞬間のおかげで、自分のやっていることに、危険という要素が加わる。それこそ何にも増して、彼が求めているものだった。自分の人生をわが手に引き受けているのだと、感じられることこそ。

どこかのモーテルにチェックインして、夕食を取り、部屋に戻って二、三時間本を読む。寝る前に道路地図を広げて、翌日のプランを立てる。目的地を選んでコースを入念に練るのだ。そんなものが口実にすぎず、行先自体には何の意味もないことは自分でも承知していた。だが彼はこのやり方を最後まで貫いた。それが自分の動きに区切りをつける手段となってくれて、ふたたび先へ行く前に立ちどまる理由を作ってくれれば十分だった。九月には、カリフォルニアにある父の墓を訪ねた。うだるように暑い日の午後、ただ単に墓をわが目で見るために、リッグズの町まで出かけていった。自分の気持ちを、何らかの視覚的イメージで――たとえそれが、石板に刻まれたいくつかの単語と数字にすぎないとしても――肉づけしてみたかったのだ。遺産の件で電話してきた例の弁護士は昼食の誘いに応じてくれて、食事のあと、父親が住んでいた家と、二十六年間経営していた金物店に案内してくれた。ナッシュはその店で自分の車用にいくつか道具を買ったが（レンチ、懐中電灯、空気圧計）、結局使う気にはなれず、その年のあいだ品物はずっと、包みも開けられぬままトランクの隅に眠っていた。またあるときは、何だか急に運転に疲れて、目的もなしに先へ進むよりはと、マイアミビーチの小さなホテルに部屋を取って、九日間ずっと、プールサイドに座って本を読んだ。十一月にはラスベガスでギャンブルに興じ、四日間ブラックジャックとルーレットに明け暮れた末に、奇跡的にとんとんで街を出た。それからまもなく、半月かけて深南部《ディープ・サウス》をゆっくり進んで、ルイジアナ・デルタのいくつかの町で足を止めたり、アトランタに引越した友人を訪ねたり、船に乗って大湿地帯を遊覧したりした。こうした中断は、時にはやむを得ず行なう場合もあったが、いったんどこかに止まったらできるだけ有効に時間を使うよう心がけた。何といってもサーブだって手入れが必要だし、連日千キロ近く走行計が進むとあっては、すべきこともいろいろあった。オイル交換、油さし、タイヤの軸調整、その他、車の調子を保つのに欠かせないもろもろの微調整や修理。そうやって止まらねばならないことに時おり苛《いら》つきもしたが、車を修理屋に二十四時間なり四十八時間なり預けた以上、手入れが済んで戻ってくるまでは大人しく待っているしかなかった。

旅をはじめてまもなく、ノースフィールドの郵便局に私書箱を借りて、月が変わるごとにそこへ行ってクレジットカードの請求書を受けとり、娘と二、三日過ごした。これだけは生活のなかでただひとつ変わっていない点であり、果たしつづけた唯一《ゆいいつ》の責任だった。十月なかばのジュリエットの誕生日には特別に訪ねていったし(両腕一杯にプレゼントを抱えていった)、クリスマスも三日間にぎやかに過ごして、サンタクロースに扮《ふん》しピアノを弾いて歌を歌ってみんなを楽しませた。それから一か月も経たないうちに、思いがけず二つ目のドアが開いた。それはカリフォルニアのバークレーで、その年ナッシュの身に起きた大半の出来事と同じように、まったくの偶然によって起きた。ある日の午後、次の旅行のために本を買おうとして本屋にいたら、かつてボストンで知りあった女性にばったり出くわしたのである。女性は名前をフィオーナ・ウェルズといった。本屋に入った彼女は、シェークスピアの棚の前に立ってどの一巻本全集を買っていこうか決めあぐねているナッシュの姿を目にしたのだった。二人が会ったのは二年ぶりくらいだったが、フィオーナは通り一遍の挨拶《あいさつ》の言葉をかけてきたりはせず、黙ってナッシュの横にすり寄ってきて、一本指でひとつのシェークスピア本をとんとん叩き、「これにしなさいよ、ジム。注が一番いいし、活字も読み易《やす》いわよ」と言った。

フィオーナはジャーナリストで、以前『グローブ』紙の日曜版に、ナッシュの仕事を取材した記事を書いてくれた女性だった。題して「ボストンの消防士の一週間」。日曜版によくある、写真や友人のコメントまで揃《そろ》った、綺麗《きれい》ごとを並べた記事だったが、フィオーナと接しているのは楽しかった。実際、彼女のことが大いに気に入ったと言ってもいいくらいだったし、二日三日と一緒について回るうちに、フィオーナの方も自分に惹《ひ》かれはじめていることが伝わってきた。ある種の視線が交わされ、たまたま指が触れあう頻度も次第に増していった。が、当時ナッシュはまだ妻帯者だったから、起きていたかもしれないことも結局起きずに終わった。記事が新聞に載ってから二、三か月して、フィオーナはサンフランシスコのAPに職を得て、それっきり音信不通になっていた。

フィオーナは本屋からさして遠くないところにある小さな一軒家に住んでいた。ボストンのころの話をしましょうよ、と彼女はナッシュを家に誘った。どうやらいまも独り身らしい。着いたときにはまだ四時にもなっていなかったが、二人はただちにジャック・ダニエルズの新しい瓶を開け、居間でお喋《しゃべ》りをしながら本格的に飲み出した。一時間もしないうちに、ナッシュはカウチに座ったフィオーナの隣に移動していて、それからいくらも経たないうちに彼女のスカートのなかに手を入れていた。そうした流れには、何か不思議な必然性があるように思えた。まるで、たまたまばったり出くわしたという事実が突飛な反応を要請しているような、無秩序と祝祭の気分を求めているような、そんな感じだった。二人でひとつの出来事を創《つく》り出しているというよりは、出来事に二人とも何とか遅れをとるまいと頑張っているような具合だった。ナッシュがフィオーナの裸体に両腕を巻きつけたころには、彼女を求める欲望はおそろしく強くなっていて、すでにもう喪失感のようなものに変わりかけてしまっていた。なぜなら、彼にはわかっていたのだ。いずれは自分が彼女を失望させてしまうことを、遅かれ早かれ車に戻りたくなる時が来ることを。

フィオーナとともに四晩を過ごすうちに、少しずつ、彼女が思っていたよりずっとたくましく、そして賢明であることが見えてきた。「こんなこと、起きて欲しくなかったと思ってるわけじゃないのよ」と彼女は最後の晩に言った。「あなたがあたしに恋してなんかいないのはわかってる。けどだからって、あたしがあなたに向いてないってことじゃないのよ。どうしようもないのはあなたの方よ、行かなくちゃならないんだったら仕方ないわ、行けばいい。でもあたしがここにいることは覚えていてよ。誰かのパンツのなかにもぐり込みたくなったら、まずあたしのパンツを思い出してよね」

ナッシュは彼女を気の毒に思わずにいられなかったが、その気持ちには敬意の念も混じっていた。いや、敬意というよりもう少し強い。この女性なら愛することができるかもしれない、という予感。ほんのつかのま、フィオーナに結婚を申し込みたいという気持ちにナッシュは駆られた。フィオーナとともに暮らす、気のきいたジョークと優しいセックスの日々が脳裡《のうり》に浮かんだ。ジュリエットも弟や妹と一緒に大きくなっていく……けれどその言葉がどうしても口から外に出なかった。「ちょっと出かけるだけだよ」とナッシュはやっとのことで言った。「またノースフィールドに戻る時期なんだ。よかったら君も一緒にどうだい」

「まあ素敵だこと。で、あたしの仕事はどうしろってわけ？　三日続けて病欠って、ちょっとやり過ぎだと思わない？」

「ジュリエットのために戻らなくちゃいけないんだ、それは君もわかってるだろう。大事なことなんだ」

「世の中大事なことはいっぱいあるわ。とにかく永久に消えちゃわないでってこと、それだけよ」

「大丈夫、戻ってくるよ。もう僕は自由の身なんだ、何だってやりたいとおりにやれるさ」

「ここはアメリカよ、ナッシュ。自由の地ってやつよ、覚えてる？　誰だってみんな、やりたいとおりにやれるのよ」

「知らなかったね、君がそんなに愛国者だったとは」

「あたりきしゃりき、善であれ悪であれわが祖国よ。だからこそあなたがまた戻ってくるのを待つのよ。馬鹿《ばか》なことやるのもあたしの自由だもの」

「戻ってくるって言ったろう。いま約束したばかりじゃないか」

「約束したのはわかってるわ。だからって守るとは限らないでしょ」

それまでにも女性は何人かいた。でもみんな短いつき合い、一夜限りの逢瀬《おうせ》だった。約束した相手は一人もいない。フロリダで会った離婚女性、ノースフィールドでドナが結びつけようとした学校教師、リノの若いウェートレス。みんな消えてしまった。彼にとって少しでも意味を持ったのはフィオーナ一人だった。一月にばったり会ってから七月の終わりまで、三週間以内にはかならず彼女のもとに戻っていった。時おり旅先から電話もかけて、留守だと、おどけたメッセージを留守番電話に吹き込んでおいた。自分が彼女のことを想《おも》っていることを、とにかく伝えておきたかったのだ。何か月かが経つうちに、フィオーナのぽっちゃりした、どちらかと言えばぎこちない体が、ナッシュにとってだんだん愛《いと》おしいものになっていった。大きな、ほとんど不格好というように近い胸。ほんの少し反った前歯。巻き毛やカールが滝のようにめったやたらに流れ落ちている金髪。ラファエロ前派の髪、と彼女はあるとき言い、ナッシュにはそれが何のことかわからなかったが、そのフレーズが彼女のなかの何かを捉《とら》えているような、彼女の不細工さをある種の美に変容させる内なる力を言い当てているような気がした。テレーズとはまるで違う。黒髪で物憂《ものう》げなテレーズ、平らな腹と長くしなやかな四肢の若きテレーズとは。それでもなお、フィオーナの不完全さはナッシュの胸をときめかせた。それらの不完全さのおかげで、彼女と愛しあうことも単なるセックス以上の何かに、ただの二つの肉体のランダムな結合以上の何かになるように思えた。滞在を終えてふたたび旅立つことが、だんだんとつらくなっていった。走りはじめて最初の数時間は、心も迷いに満ちていた。いったい俺はどこへ行こうとしてるんだ、何をやろうとしてるんだ？　意味ないじゃないか、わざわざ彼女から離れていくなんて、それもただ、どこでもない場所のそのまた果ての薄汚いモーテルのベッドで夜を過ごすためにだなんて。

それでもナッシュは走りつづけ、執拗《しつよう》に大陸上を移動しつづけた。時間が経つにつれて、心もだんだん落着いていった。何か気がかりな点があるとしたら、いずれこの生活も終わるほかないということ、こんな暮らしを永久に続けるわけには行かないということだった。はじめのうち、金は無尽蔵にあるように思えたが、半年近く旅をしたころには、もう半分以上を使ってしまっていた。ゆっくりと、しかし確実に、この営みはひとつの逆説に転じつつあった。金は彼の自由を保障してくれるが、金を使ってさらに自由のひとかけらを買うたびに、同量の自由を彼から奪うことになるのだ。金のおかげで動きつづけることはできる、だがしょせん金は喪失の僕《しもべ》にすぎず、もといた場所に彼を否《いや》応《おう》なく連れ戻しつつある。春のなかばごろになると、もうこの問題を無視してはいられないことをナッシュは思い知った。未来はいまや危うい。いつ旅をやめるか、何らかの決断を下さないことには、何の未来もなくなってしまう。

最初のうちは金の使い方もひどく乱暴で、一流のレストランやホテルに行きまくって高級なワインを飲んだり、ジュリエットや甥《おい》や姪《めい》たちのために凝ったおもちゃを買ってやったりした。だがナッシュ自身には、贅沢《ぜいたく》を欲する気持ちはまるでなかった。そんなことを考えるにはあまりにかすかすの暮らしを続けてきたし、遺産を相続しても、いったんその目新しさが色あせてしまうと、結局もとのつましい習慣に戻っていって、簡単な食事で済ませ、安いモーテルに泊まり、着る物にもほとんど金を使わなかった。時おり、音楽カセットや本に散財することはあったが、せいぜいその程度だった。金の真の強味は、いろんな物を与えてくれることではなく、金のことを考えずに済む余裕をもたらしてくれることなのだ。それがいま、また金のことを考えねばならない破目に陥って、ここはひとつ腹を決めようとナッシュは思った。二万ドル残っているうちは旅を続け、二万を切ったらバークレーに戻って、フィオーナに結婚を申し込む。ためらってはならない。今度こそ本当に実行するのだ。

七月の末まではそうやって持ちこたえた。ところがそれから、万事丸く収まるかと思えた矢先に、運は彼を見放しはじめた。ナッシュがフィオーナの生活に入り込む数か月前に彼女のもとを去っていた元恋人が、どうやら気が変わってまた戻ってきたらしく、フィオーナはナッシュのプロポーズに飛びつくどころか、もうこれ以上私に会いにこないで、と一時間以上にわたってしくしく泣きながらその理由を話しつづけた。あなたは当てにならないのよ、ジム、と彼女は何回も言った。あなたは当てにならないじゃないの、と。

心の底ではフィオーナの言うとおりだと思ったが、といって殴打《おうだ》の痛みが和らぐわけではなかった。バークレーを去ったあと、自分を捉えた苦々しい怒りの念にナッシュは我ながら啞然《あぜん》としてしまった。怒りの炎は何日も燃えつづけ、それがようやく収まりかけてからも、足場は取り戻されたというよりむしろ失われてしまっていた。第二の、さらに長い苦悩の日々にナッシュは墜《お》ちていった。憂鬱《ゆううつ》が憤怒《ふんぬ》に取って代わり、鈍い、漠とした悲しみ以外はほとんど何も感じなくなっていった。何を見ても、じわじわと色が奪われていくように思えた。つかのま、ミネソタに移って仕事を探そうかと思ったり、ボストンに帰ってまた元の職場で雇ってくれるよう頼んでみようかとまで考えたが、どうにも気が乗らず、じきにそんな考えも捨ててしまった。七月末まで依然として移動を続け、相変わらず一日の大半を車のなかで過ごした。日によっては、疲労の限界の向こう側まで自分を追い込んで、十六、七時間ぶっつづけで車を走らせた――あたかも自分を罰するために、忍耐の壁をまた新たに乗り越えさせようとしているかのように。袋小路《ふくろこうじ》に陥ったことが自分でも少しずつ見えてきた。じきに何かが起きないことには、金が尽きるまで旅を続けてしまうだろう。八月はじめにノースフィールドを訪ねると、銀行へ行って遺産の残りを全部引き出した。預金残高がすべて現金に変換されて、百ドル札のささやかな山となった。ナッシュはそれを車のグラブコンパートメントにしまった。そうやっておくことで、危機的な状況をある程度コントロールできているような気持ちになれた。じりじりと減っていく金の山は、彼の胸のうちの正確な複製のように思えた。それから二週間は、夜も車のなかで眠り、これ以上はないというくらい厳しい倹約を自分に課したが、そうしたところで節約できる額はたかが知れていて、気持ちばかりが滅《め》入《い》っただけだった。こんなふうに降参しちゃだめだ、こんなやり方は間違ってる、そう思って、何とか士気を高めようとサラトガに行って、アデルフィ・ホテルに部屋を取った。ちょうど競馬シーズンで、まる一週間のあいだ毎日午後を競馬場で過ごし、懐《ふところ》をもう一度豊かにしようと馬に金を賭《か》けた。運が味方してくれるはずだという自信はあったが、大穴狙《ねら》いが二、三度的中したことはあったものの、しょせん勝ちよりも負けの方がずっと多く、何とか自分を説き伏せてサラトガを離れたときには、蓄えはさらに減っていた。旅に出て一年と二日が経《た》っていた。残っている金は一万四千ドルちょっとだった。

まだ絶望に屈したわけではなかったが、もうその日も近い気がした。あと一、二か月のうちに完全なパニックに追いやられてしまうだろう。ニューヨークに行くことにしたが、高速道路を使う代わりに、田舎道をゆっくり進むルートを選んだ。とにかく神経が参ってきているのが問題なんだから、ゆっくり走れば少しはリラックスできるかもしれないと思ったのだ。スパシティ・ダイナーで早い朝食を取ってから出発し、十時にはもう、ダッチェス郡の真ん中あたりに来ていた。道中の大半、どこを走っているかもわからなかったが、どこにいようとどうでもいい気分だったから、わざわざ地図を見たりもしなかった。ミルブルックの村からさして遠くないあたりで、スピードも四十五キロくらいまで落とした。狭い一車線の道路の両端には馬の飼育場や牧草地が並び、さっきからもう十分以上、ほかの車は一台も見ていなかった。緩い斜面のてっぺんに出て、何百メートルか先まで見通せるようになったところで、突然、道端をひとつの人影が歩いていくのが見えた。のどかな田園風景のなかで、何だかひどく場違いな姿だった。痩《や》せっぽちの、べっとり汚れた服を着た男がよたよたと進み、危なっかしげにふらついたその歩き方は、いまにもばったり前に倒れてしまいそうだ。酔っ払いだろうか、とまず思ったが、こんな時間にあんなふうに酔っている人間はいるまい、と思い直した。ふだんならヒッチハイカーを拾ったりはしなかったが、今回だけは、スピードを落として見てみずにはいられなかった。ギヤの変わる音を聞いて、見知らぬ男もこっちの存在に気がついた。男がふり向いたとたん、彼がひどい状態にあることをナッシュは見てとった。うしろから見るよりずっと若く、せいぜい二十二か三というところで、誰かにさんざん殴られたことは間違いなかった。服は破け、顔じゅうみみず腫《ば》れや打ち傷だらけで、車が寄っていったときの様子から見て、自分がどこにいるかもろくにわかっていないらしい。このまま走り抜けた方がいい、と直感的に思ったが、若者が困っているのを見捨てていく気にはなれなかった。自分が何をしているのかも自覚しないまま、ナッシュはすでに車を止め、助手席側の窓を開けて身を乗り出し、助けは要るかと見知らぬ男に訊《たず》ねていた。そのようにして、ジャック・ポッツィはナッシュの人生に入ってきたのだった。よかれ悪《あ》しかれ、すべてはそうやって、夏の終わりのある朝にはじまったのだった。

2

ポッツィは一言《ひとこと》も言わずにナッシュの誘いに応じ、行き先はニューヨークだと言われても黙ってうなずくだけで、よろよろと車に乗り込んだ。座席に体が触れたとたんにどさっと崩れ落ちた様子からして、どこへだろうと行ったにちがいないことは明らかだった。とにかくここから離れられさえすれば、どこだっていいのだ。怪我《けが》をしているのはもちろん、顔には怯《おび》えの色も見てとれた。何かまた新たな災難を覚悟しているような、彼を追いかけている連中にふたたび襲われるのを予期しているような様子だった。ナッシュがアクセルを踏むと同時に、目を閉じてうめき声を漏らしたが、車のスピードが八十キロ、九十キロに達してもまだ一言も喋《しゃべ》らず、ナッシュがそこにいることさえろくに気づいていないように見えた。きっとショック状態に陥っているのだろう、とナッシュは思って、無理に話させようともしなかったが、それにしてもやはり奇妙な沈黙だ。いささか不安にさせられる出だしである。何者なのか知ろうにも、とっかかりがないことには結論の出しようがない。目につく証拠は矛盾だらけで、どうにも合点《がてん》が行かない。まず服。何だってこんなものを着ているのか。パウダーブルーのレジャースーツ、開襟《かいきん》のアロハシャツ、白いローファーに薄い白の靴下。けばけばしい化繊の代物《しろもの》で、こんな格好が流行《はや》っていた時期（十年前？　二十年前？）だって着ていたのは中年男だけだった。若くスポーティに見せるつもりの服だが、こうやって本当に若い男が着るとどうにも滑稽《こっけい》で、何だかまるで、若く見せるための服を着た年上の男を演じようとしているみたいだ。服の安っぽさからして、指輪をしているのも妥当に思えたが、ナッシュが見るかぎりそのサファイアは本物と見え、その点は全然妥当に思えない。ある時点ではこいつにも、こんな指輪に金を使うだけの余裕があったのだろう。あるいは、自分で金を出したのでないとすれば、誰かにもらったか、盗んだかだ。身長は一六五か、せいぜい一七〇センチというところ。体重はといえば、どうおまけしても五十五キロだ。針金みたいに痩《や》せっぽちで、手は華奢《きやしや》、顔は細く尖《とが》っていて、旅回りのセールスマンといってもケチなペテン師といっても通りそうだ。鼻血がしたたり、左のこめかみも切れて腫《は》れているせいで、ふだんはどういう印象を与える顔なのかはいささか想像しづらい。ある種の知性の光を発しているような気もしたが、それも定かではなかった。目下のところ、この男の沈黙以外、確かなことは何ひとつない。それと、命の尽きる数センチ手前まで殴られたこと。

五、六キロ走ったところで、ナッシュはテキサコのガソリンスタンドに入って、ゆっくりと車を止めた。「ガソリンを補給する」とナッシュは言った。「身だしなみを整えたかったら、そこの洗面所を使うといい。少しは気分がよくなるかもしれないぜ」

反応はなかった。聞こえなかったのだろう、と思ってもう一度同じことを言おうとしたところで、相手はかすかに、ほとんど見えないくらいに首をたてに振った。「ああ」とポッツィは言った。「俺、あんまりまともに見えないだろ?」

「そうだな」とナッシュは言った。「あんまりまともに見えない。セメントミキサーからたったいま這《は》い出てきたみたいに見える」

「気分としてもだいたいそんな感じだね」

「一人じゃ無理そうだったら、手を貸すぜ」

「いや、大丈夫、何とかなる。まあ見てろって。その気になりゃ何だってできるさ」

ポッツィはドアを開けて、座席から身を引きはがしはじめたが、動いたとたんにうめき声を上げた。痛みのあまりの激しさに、自分でも驚いているらしい。体を支えてやろうとナッシュは飛んでいったが、相手は手を振って彼を追い払い、のろのろと、転ぶのを意志の力で食い止めようとしているみたいに慎重な足どりで洗面所に向かっていった。

ナッシュはガソリンを満タンにしてオイルをチェックしたが、それでもまだ男が戻ってこないので、店に入って自動販売機でコーヒーを二カップ買った。優に五分が過ぎた。ひょっとするとトイレで気を失っているのだろうか。ナッシュが自分のコーヒーを飲み終えて、ドアをノックしに行こうと敷地のアスファルトに足を踏み出したと同時にポッツィの姿が目に入った。車の方に向かって歩いてくるところで、洗面台の前でそれなりのことはやってきたのか、さっきより少しはさっぱりして見えた。少なくとも顔の血は洗い流してあるし、髪をうしろになでつけ、破れた上着を捨ててみると、これなら一人でも何とかなりそうに見えた。医者に連れていくには及ぶまい。

ポッツィの分のコーヒーを渡しながら、ナッシュは言った。「俺はジム。ジム・ナッシュだ。一応知らせておく」

もうぬるくなったコーヒーをポッツィは一口すすって、まずそうに顔を歪《ゆが》めた。それから、右手をナッシュに差し出した。「俺はジャック・ポッツィ。仲間にはジャックポットって呼ばれてる」

「たしかに大当《ジャックポット》たりを取ったみたいだな。まああんたが期待してたやつじゃなさそうだが」

「いい時もあれば、悪い時もある。昨日の夜は悪い方だった」

「でもまだ息はしてる」

「ああ。考えてみればツイてたのかもな。これで、自分があと何回アホな目に遭うか、見届けるチャンスができた」

そう言ってポッツィはにっこり笑い、ナッシュも相手にユーモアのセンスがあることに気をよくして笑みを返した。「一言言わせてもらえば」とナッシュは言った。「俺だったらそのシャツも始末するね。もう引退していい時期だと思う」

ポッツィは汚れた、血のついた生地を見下ろし、いくぶん切なげに、ほとんど愛情をこめるようにして指先でつまんだ。「代わりがあればそうするんだがね。美しい体を世界にさらすよりはこの方がまだマシかと思ってさ。礼儀作法ってものがあるだろ？　世の中、服を着る決まりになってるからさ」

ナッシュは何も言わずに車の後部に回って、トランクを開け、鞄《かばん》のひとつをゴソゴソやりはじめた。少し経《た》って、ボストン・レッドソックスのTシャツを引っぱり出して、ポッツィの方にひょいと投げた。相手は空いている方の手でキャッチした。「それを着てろよ」とナッシュは言った。「まるっきり大きすぎるけど、少なくとも洗濯はしてある」

ポッツィはコーヒーカップを車の屋根に置き、シャツを持った方の手をのばしてそれをしげしげと眺めた。「ボストン・レッドソックス」と彼は言った。「あんた何者だい、負け犬の擁護者か？」

「そのとおり。望みのないものにしか興味が持てなくてね。いいから黙って着ろって。車じゅう血のしみをつけられちゃかなわんからな」

ポッツィは破れたアロハシャツのボタンを外し、足下にはらりとシャツを落とした。その裸の胴は青白く、みすぼらしく痩せていて、もう何年も陽に当たっていないように見えた。それから彼はTシャツを頭からかぶり、着終えると手のひらを上にして両手を開き、これでどうだいというふうにナッシュに見せた。「どうだ、少しはマシになったか？」

「ずっとマシになった」とナッシュは言った。「やっと少しは人間みたいなものに似てきた」

シャツはポッツィには大きすぎて、ほとんどシャツの海に溺《おぼ》れているように見えた。裾《すそ》が膝《ひざ》あたりまでぶら下がり、半袖《はんそで》も肱《ひじ》の先に垂れ下がって、パッと一目見ると、ポッツィはガリガリの十二歳の子供に変身したように見えた。自分でもなぜそう感じるのかよくわからないまま、ナッシュはその姿に心を動かされた。

車はタコニック州立公園道路を南に走っていった。二時間か、二時間半もあればニューヨークに着くだろう。ポッツィの最初の沈黙が例外的事態であることを、ナッシュはじきに思い知った。危険を脱したいま、ポッツィは本性を現わして、いくらも経たないうちにえんえんノンストップで喋り出していた。何があったのか、ナッシュの方から訊《たず》ねたわけではなかったが、まるで言葉が恩返しの一種ででもあるかのように、進んで一部始終を打ち明けた。難局を救ってもらったら、どうやってその難局にはまり込んだかを語る義務があるというわけか。

「一セント残らず持っていきやがった」とポッツィは言った。「一セント残らず、きれいに持っていきやがった」。その謎《なぞ》めいた科白《せりふ》をしばし宙に漂わせ、ナッシュが何も言わずにいると、また話しはじめて、その後十分か十五分くらいはろくに息も継がずに喋りつづけた。「午前四時だった。もう七時間ぶっつづけでテーブルを囲んでた。部屋にはみんなで六人いて、俺以外の五人はとびっきりのお客さん、掛け値なしのカモさ。こっちは右腕なくすくらい苦労して、ようやっとこういう猿ども相手のゲームに入り込めるのさ。週末のちょっとしたお楽しみにプレーする、ニューヨークの金持ち連中だよ。弁護士、株のブローカー、会社のお偉方。スリルさえ味わえりゃ負けても気にしない。いいゲームだったよな、とか負けたあとに言うのさ。いいゲームだったよな、そう言って握手して、酒をおごってくれるんだ。こういう連中と年じゅうやらしてもらえりゃ、俺も三十前に隠居できるね。あいつら最高だよ。根っからの共和党で、ウォール・ストリート流のジョーク飛ばしてドライマティーニ飲んでさ。五ドルの葉巻くわえて。アメリカ生粋《きっすい》のケツの穴どもさ。

で、俺はそういう社会の柱たるお歴々とプレーして、もう最高にいい気分でいたわけだ。着々と勝ちを重ねちゃいるが、カッコいいところを見せびらかすとか、そんな馬鹿《ばか》はやりやしない。とにかく着々とプレーして、奴《やつ》らをゲームに引きつけておく。金の卵を産むガチョウを殺したりはしないさ。この阿呆《あほう》ども、毎月プレーするんだから、来月もまた呼んでもらいたいからな。昨日の招待をまとめるのだって大変だったんだぜ。少なくとも半年かけていろいろ手を打ったね。だから俺としても精一杯お行儀よくしてさ、ものすごく礼儀正しく恭《うやうや》しく、毎日午後にカントリークラブで九ホールプレーするオカマみたいな喋り方してさ。この稼業《かぎょう》やるんだったらお芝居ができなくちゃいかん、いっぱしのところまで行きたいんだったらな。こっちはあちらの財布を空にしてるわけで、それを気持ちいいことに思わせなくちゃいけない。で、そうするにはまず、こいつはいい奴なんだってところをしっかり見せとかないと。プリーズとサンキューは絶対忘れず、向こうが間抜けなジョークを言ってもにっこり笑い、あくまで奥ゆかしく、威厳は失わず、本物の紳士を演じとおすんだ。いやあ、今夜はきっと俺ツイてるんだよ、ジョージ。それがさラルフ、何だかいい手が回ってきちゃってさ。とか何とか寝言を並べるんだよ。

とにかく、ポケットに五千ドルちょっと入れてきたのが、朝の四時にはもう九千ドル近くになってた。ゲームはあと一時間くらいでお開き、俺としてもそろそろおさらばしようって気でいる。こいつらのことはもうすっかりお見とおしだから、目を見るだけでどんな手かまで読めちまう。ここは締めくくりにあといっぺん大勝ちさせてもらって、一万二千だか三千だかにして失敬しようってところさ。

手元にはいい手が来てる、ジャックのフルハウスだ。賭け金はどんどん上がってる。部屋は静まり返って、みんな賭けに集中してる。と、いきなりドアがばんと開いて馬鹿でかい奴らが四人飛び込んできた。『動くな、動くと命はないぞ』とものすごい大声でわめいて、俺たちの顔にショットガンをつきつけた。四人とも黒い服を着て、ストッキングをかぶってるから顔はわからない。あんなに醜い眺めは見たことないね。真っ黒な沼から這い出てきた化け物四匹って感じさ。俺はもうすっかりビクついて、怖くて糞《くそ》たれちまうかと思ったよ。床に横になれってそいつらの一人が言った。床にべったり横になれ、そうすりゃ痛い目には遭わせん、とね。

そういうのって話には聞くんだよな。ポーカーの現場に強盗が踏み込んでくる。耳にタコができるくらい聞き飽きた話さ。でもまさか、自分の身に起きるとは思わないよな。で、最悪なことに、俺たちキャッシュでプレーしてたわけでさ、金は全部テーブルの上に出てるんだ。馬鹿なやり方だよ、でも金持ちのアホどもはこれが好きなんだよ、自分が大物になったみたいな気になれるんだよ。トンマな西部劇のならず者じゃあるまいし――ラスト・ギャスプ酒場最後の大一番、だ。ポーカーってのはチップでやるもんだってことくらい誰だって知ってるのにさ。金のことなんか忘れちまうってところが肝腎《かんじん》なんだよ、ゲームに集中できるように。でもこういう弁護士連中はキャッシュでプレーしたがるわけで、そういう馬鹿丸出しのローカルルールには口の出しようがないわけでさ。

テーブルの上には、四万ドルか、ひょっとして五万ドルくらいの金が日光浴してる。俺は床に這いつくばってて何も見えないけど、奴らが金を袋に入れる音は聞こえる。テーブルを回って、ばさっ、ばさっ、てきぱきと流し込んでる。もうじきそれも終わりそうだ。これはひょっとすると、撃たれずに済むかもしれん。もう俺は金のことなんか考えちゃいない、とにかくここから五体満足のまま逃げたいだけさ。金なんか要らん、頼むから撃たないでくれ、そう祈ったよ。妙なもんだよな、物事なんてあっという間に変わっちまう。さあ勝負だ、左の奴相手にレイズだ、俺ってほんとに頭いいよなって得意になってたら、もう次の瞬間には床にへばりついて、お願いだ脳味噌《のうみそ》をぶち抜くのだけは勘弁してくれなんて考えてるんだからな。もしゃもしゃのカーペットに顔つっ込んで、こっちが目を開ける前にこの強盗どもが消えてくれますようにって祈ってるのさ。

驚くなかれ、祈りは叶《かな》えられた。強盗どもときたら本当に、言ったとおりのことだけやって、三、四分もしたらいなくなったのさ。車が走っていくのが聞こえて、みんな立ち上がってやっと一息ついた。俺なんか膝がガチガチぶつかって、体じゅう中風みたいに震えてたけど、とにかく終わった、めでたしめでたしだ。と、少なくとも俺は思ったわけでさ。ところがどっこい、お楽しみはまだこれからだった。

言い出したのはジョージ・ホイットニーだった。その家の持ち主でさ、よくいるだろ、気球みたいにふくれ上がった図体《ずうたい》して、緑のチェックのズボンはいて白いカシミアのセーターかなんか着てるような奴だよ。みんなで一杯飲んで少し気を落着けたところで、この大男がギル・スワンソンに言ったんだ――ギルってのが俺が呼ばれるようにあいだに立ってくれた奴でさ――『だから言わんこっちゃない、ギル。こういうゲームにごろつきを入れちゃいかんのだ』。『何の話だい、ジョージ？』とギルが言うと、ジョージはこう言うんだ。『ふん、自分の胸に訊《き》いてみな。わしらはもう七年間毎月プレーしてて、一度だって変なことが起きたためしはなかった。で、お前が、腕のいいチンピラがいるから仲間に入れてやってくれってしつこく頼んでくる。そしたらこの有様だ。そこのテーブルにわしの金が八千ドルあったんだぞ、やくざ者に持ち逃げされて黙ってられるか』

ギルが何か言い返すよりも先に、俺はジョージの前に出ていってべらべらまくしたてていた。たぶんあんな真似《まね》したのはまずかったと思う。だけどこっちも頭に来てたからさ、相手の顔にパンチを浴びせないようこらえるのが精一杯で。『どういう意味だ、いまの？』と俺はジョージに言った。『お前がわしらをハメたって意味さ、この下司野郎《げすやろう》』と奴は言って、俺の胸を指で小突いて、部屋の隅まで追いつめた。ぼってりした指で俺を小突きながら、ずっと喋《しゃべ》ってるんだ。『お前もあのごろつき仲間も、ただで済むと思ったら大間違いだぞ。お返しはさせてもらうぜ、ポッツィ。当然の報いを受けてもらうからな』。べらべらべらべら、指でつっつきながら俺の顔にくっつくくらい寄ってきてわめき散らすもんだから、俺もそのうち、奴の腕をピシャッと払って、おい、下がれって言ってやったんだ。向こうは大男だ。一八五か、一九〇くらいあるかもしれん。歳《とし》は五十くらいだが、体はまだ若い。取っ組みあいになったらこっちに勝ち目はない。『触るな、豚』と俺は言ったよ。『手を離せ。うしろに下がれ』。ところが向こうもカッカしてるから、一歩も下がりやしない。それどころか俺のシャツをわしづかみにしやがる。それで俺もとうとうキレて、奴の腹にげんこつをお見舞いしたんだ。逃げようとしたけど、一メートルと行かないうちに別の弁護士につかまって、両腕をうしろにねじり上げられた。ふりほどこうと暴れたんだが、ジョージがまた前に立ちはだかって、腹にパンチを浴びせてきた。ひどかったぜ、ほんとに。まるっきりパンチ&ジュディさ、血の粛清、総天然色版さ。逃げるたびに、誰か別の奴につかまっちまう。ギルだけは手を出さなかったけど、四人もいちゃ奴だってどうしようもない。連中はひたすら俺を殴りまくった。ひょっとして殺す気かと思ったけど、じき向こうも息が切れてきた。あいつらみんな、力はあるんだけどスタミナは大したことないのさ。で、俺もやっとのことでふり切って、ドアにたどり着いた。二人ばかり追いかけてきたけど、こっちだってもうつかまるのは御免だ。間一髪で逃げ出して、森めざして必死に走った。あんたに拾われてなけりゃ、いまごろまだ走ってるだろうよ」

うんざりしたような顔で、ポッツィはふうっと、この悲惨な事件を丸ごと頭から追い払おうとするかのようにため息をついた。「少なくとも治らないダメージはなさそうだ」と彼は続けた。「骨もいずれ元に戻るだろうし。でも、金を取られたのは頭に来るぜ。最悪のタイミングさ。あの小金を元手にして、大儲《おおもう》けしてやろうと思ってたのに。またゼロに逆戻り、一からやり直さなくちゃならん。ったく。正々堂々と勝負して、勝って、でも結局は負けるんだ。正義もへったくれもありゃしない。あさってが人生最大のゲームだっていうのに、それもうおじゃんさ。どう頑張ったって、必要な金がそれまでに揃《そろ》いっこない。この週末にあるのはしけた三文ゲームばかりで、何の足しにもなりゃしない。いくらツイたって儲けはせいぜい二千ドルだ。いや、二千も無理だな」

この最後の一言に促されて、ようやくナッシュも口を開く気になったのだった。ささやかなアイデアが彼の体内を駆けめぐり、言葉が唇までのぼってきたころには、もうすでに声の興奮を抑えるのも一苦労になっていた。そのプロセス全体、要した時間は一秒か二秒だったろうが、すべてを変えるにはそれで十分だった。ナッシュを崖《がけ》っぷちから突き落とすにはそれで十分だった。「そのゲーム、いくら要るんだ？」と彼は訊ねた。

「少なくとも一万」とポッツィは言った。「それが最低線だな。それより一セント欠けても駄目だ」

「ずいぶん金のかかる話みたいだな」

「一生に一度のチャンスだったんだぜ。フォート・ノックス（ケンタッキーにある金塊貯蔵所）に呼ばれたみたいなもんだよ」

「勝てばの話だろ。負けるかもしれんじゃないか。いつだってそのリスクはあるわけだろう？」

「そりゃあリスクはあるさ。ポーカーだぜ、当然さ。でもこいつは絶対に勝てるゲームなんだ。こいつらとは一度やったことがあるんだ。訳ないはずさ」

「どのくらい勝つつもりだった？」

「大金さ。すごい大金」

「だいたいの額を言えよ。大まかでいいから」

「さあなあ。三万、いや四万ドルかな、よくわからないよ。ひょっとして五万」

「そりゃ大金だな。昨日の夜のお友だちと賭《か》けてたのよりずいぶん多いじゃないか」

「だからさっきからそれを言ってるわけでさ。こいつら億万長者なんだよ。で、ポーカーのことはなあんにも知らない。まるっきりの無知無能なんだ。一緒にプレーしてると、何だかローレル＆ハーディを相手にしてるみたいでさ」

「ローレル＆ハーディ？」

「俺が勝手にそう呼んでるんだよ、ローレル＆ハーディって。一人は太ってて一人は痩《や》せてるんだ、まるっきりあのスタンとオリーみたいに。底なしの脳たりん、生まれついてのカモ・コンビなのさ」

「ずいぶん自信があるんだな。奴らがペテン師じゃないってどうしてわかる？」

「ちゃんと調べたんだよ。六、七年前にこいつら、ペンシルベニア州の宝くじを二人で買って、二七〇〇万ドル当てたんだ。史上最高クラスの賞金さ。そういう金を持ってる奴らが、俺みたいな小物を相手にわざわざペテンやったりしないよ」

「作り話じゃないだろうな？」

「作り話なんかしてどうする？　太ってる奴の名前はフラワー、痩せっぽちはストーンだ。妙なことに二人ともファーストネームは同じで、ウィリアムっていうんだ。でもフラワーはビルで通ってるし、ストーンはウィリーと名のってる。だからそんなにややこしくはないわけで。いったん顔を合わせりゃ、区別するのは訳ない」

「マットとジェフ（訳注　漫画に出てくる大男と小男）みたいにか」

「うん、そんな感じだな。まるっきりのお笑い二人組さ。ほら、テレビに出てくるちっこい人形いるだろ、アーニーとバートだっけ。こいつらはウィリーとビル。響きも悪くないだろ？　ウィリー・アンド・ビル」

「どうやって知りあった？」

「先月アトランティック・シティ（訳注　ニュージャージーにある行楽地）で偶然出会ったんだよ。俺、ときどきあそこでやってるゲームに入りにいくんだ。で、奴らもしばらく仲間に入ったんだ。二十分も経《た》ったころには二人とも五千ドルはすってたね。あんな馬鹿な賭け方、生まれてこのかた見たことないぜ。ハッタリかませば何でも通ると思い込んでるんだ。まるで自分たち以外はみんなやり方もろくすっぽ知らなくて、奴らのまるっきりメチャクチャのでたらめを大喜びで信じると思ってるみたいでさ。二時間ばかりして、カジノに顔を出してみたら、また奴らがいて、ルーレットをやってる。で、太った方が俺のところに寄ってきて――」

「フラワーか」

「――そう、フラワー。奴が寄ってきて言うんだ、あんたいい腕してるじゃないか、なかなかのポーカーぶりだなって。それだけじゃない、もし軽く一勝負やりたいんだったら奴らの屋敷に来れば歓迎するって言うじゃないか。そういうふうにしてまとまったんだよ。結構、ぜひやりましょうって俺も言ってさ、先週電話をかけて、今度の月曜日に行くことになったのさ。だからこそ昨日の夜のことが頭に来るんだよ。きっとすごい勝負になっただろうよ、正真正銘の大当たり街道《ジャックポット・レーン》をまっしぐらだったね」

「いま『奴らの屋敷』って言ったな。一緒に暮らしてるのか？」

「あんたけっこう頭いいな。ああ、言ったよ、『奴らの屋敷』ってね。ちょっと変に聞こえるけど、べつにゲイとかそういうんじゃないと思う。二人とも五十代で、昔はどっちも女房がいた。ストーンは女房と死に別れた。フラワーは離婚した。どっちも二人ずつ子供がいて、ストーンなんか孫までいる。宝くじが当たる前、ストーンは検眼士をやってた。フラワーは会計士だった。そこらじゅうに転がってる、典型的な中流階級さ。たまたま二十部屋ある邸宅に住んで、たまたま毎年一六〇万ドル非課税で転がり込んでくるだけの話さ」

「予習はしたみたいだな」

「言っただろ、ちゃんと調べたって。相手がどんな奴かもわからないでゲームするのは嫌だからな」

「あんた、ポーカー以外にもやるのか？」

「いや、やらない。ポーカーだけ」

「職はないのか？　ツキが落ちたときのバックアップは？」

「いっぺんデパートに勤めたことがある。高校を出たての夏だった。紳士靴売場に回されて、もう最低だったね、ほんとだぜ、どん底のまた底さ。犬みたいに四つんばいに這《は》いつくばって、汚ねえ靴下の臭《にお》いを嗅《か》がされるんだ。ワンワン吠《ほ》えてやりたくなるぜ。三週間で辞めた。それ以来職についたことはないね」

「じゃあまあ立派に一人立ちしてるわけだ」

「ああ、立派に一人立ちしてる。波はあるけど、こりゃもうどうしようもないってとこまで落ちたことは一度もないね。要は、とにかく自分のやりたいことをやってるってことさ。負けたとしても、自分がカラッケツになるだけで。勝てば全部自分の金だ。他人にあごで使われたりはしない」

「自分が自分のボスってわけだ」

「そのとおり。俺が俺のボスさ。自分の運命は自分で決める」

「じゃあけっこう腕はいいんだな」

「ああ、腕はいい。でもまだまだ先は長いよ。神様みたいな連中――ジョニー・モーゼズ、アマリロ・スリム、ドイル・ブランソン、俺もああいう連中の仲間入りしたいんだよ。ラスベガスのビニオンズ・ホースシュークラブって聞いたことあるか？　ポーカーのワールドシリーズをそこでやるのさ。あと二年もすれば、俺もあそこでやれる腕になってると思うんだ。それが俺の望みなんだ。どっさり金をためて、あのゲームに入る権利を買って、最高の連中と勝負するのさ」

「そりゃいい。夢を持つのはいいことだ、やる気が保てるからな。でもまあそれはあとの話、言ってみれば長期計画だ。俺が訊きたいのはだな、今日お前がどうするつもりかだ。あと一時間くらいでこの車はニューヨークに着く。そしたらお前、どうなる？」

「ブルックリンに知りあいがいるんだ。着いたら奴のところに電話して、いるかどうか見てみるよ。いたらしばらくは泊めてくれると思う。無茶苦茶な奴だけど、俺とはうまく行ってるんだ。クラッピー・マンゾーラっていうんだ、すごい名前だろ？　子供のころ、ぼろぼろなひどい歯をしてたからそういうあだ名《クラッピー》がついたんだってさ。いまはもう立派な総入れ歯してるけど、いまだにみんなクラッピーって呼んでる」

「で、クラッピーがいなかったら？」

「わからんね。まあ何か思いつくさ」

「ということは、取っかかりなしってことだな。出たとこ勝負ってわけだ」

「心配するなって、自分のことは自分で何とかするさ。これよりもっとひどい目に遭ったことだってあるんだし」

「心配なんかしてないさ。ただ、ちょっとひとつ思いついてな、ひょっとしてお前も興味あるんじゃないかと思ってさ」

「というと？」

「フラワーとストーンの二人組とプレーするのに、一万ドル要るって言ったろう。もしそれだけの金を用立ててくれる人間を俺が知ってるとしたら？　お返しにそいつにどういう約束をする？」

「ゲームが終わったらすぐ返すさ。利息もつけて」

「そいつは金貸し業者じゃない。たぶんビジネスパートナーみたいな線で考えると思うね」

「で、あんたは何者だい、ベンチャーキャピタリストか？」

「俺のことはいいからさ。俺はただクルマを運転する男だよ。訊きたいのは、お前がどういう条件を出してくるかだ。つまり、パーセントってことさ」

「そう急に言われてもなあ。まず一万は返した上で、ある程度の分け前は出すけど。二十パー、二十五パー、そんなところかな」

「そいつはちょっとケチ臭くないか。何てったって、リスクを背負《しょ》うのは向こうだろ。もしお前が勝てなかったら、金をなくすのは向こうであってお前じゃない。わかるか？」

「ああ、わかるよ」

「だから、きれいに山分けでどうかってことさ。お前に五十パーセント、向こうに五十パーセント。もちろん一万ドルを引いた上でだ。それでどうだ？　フェアだと思うか？」

「うん、いいんじゃないかな。あの阿呆《あほう》どもとプレーする手立てがほかにないんだったら、まあ仕方ない。だけどあんたはどうなる？　いままでのところ、俺とあんたとで、こうやって車のなかで話してるだけだろ。その向こうの奴ってどこにいるんだ？　一万ドル持ってる奴はさ」

「近くにいるよ。見つけるのは訳ない」

「ああ、たぶんそうだろうと思ったよ。で、そいつがいま、たまたま俺のすぐ隣に座ってるとしたら、知りたいのはだな、何でそいつはこんなことにかかわりたがるのかってことだ。だって、俺のことなんかまるっきり何も知らないわけだろ」

「理由なんかないさ。ただそうしたいんだよ」

「それじゃ納得できんね。何かきっと理由があるはずさ。そいつがわからんかぎり、話には乗れないね」

「金が要るのさ。それくらい見当がつくと思うがな」

「だけどすでに一万ドル持ってるわけだろ」

「もっと要るんだよ。それに時間もなくなってきた。これがたぶん、そいつに巡ってきた最後のチャンスなんだ」

「うん、オーケー、それならわかる。背水の陣ってわけだな」

「でもそいつだって馬鹿《ばか》じゃないぞ、ジャック。インチキな奴に金を捨てたりはしない。だから、お前とビジネスの話をする前にだ、お前が本物だってことはきちっと確かめておかなきゃならん。ポーカーの腕はいいかもしれんが、嘘《うそ》つきの腕もいいかもしれん。取引きする前に、お前の腕前を、自分の目で確かめてみないと」

「お安い御用さ、パートナー。ニューヨークに着いたら俺の妙技を見せてやる。訳ないって。あんた心底ぶったまげるよ、口があんぐり開くよ。保証する。あんたの顔から両目落っことしてやるよ」

3

自分がもう自分のようにふるまっていないことをナッシュは自覚していた。言葉が自分の口から出るのは聞こえても、赤の他人の考えを伝えているような気がした。もはや自分がどこか架空の舞台に立った役者にすぎず、前もって書かれた科白《せりふ》を反復しているだけのように思えた。こんな気持ちになったのははじめてだった。驚くのは、なのにほとんど何の不安も感じず、あっさりこの役柄に入り込んでいったことだった。唯一《ゆいいつ》大事なのは金であって、この口の悪い若造が金を稼いでくれるのだったら、そのお膳《ぜん》立てをするためにすべてを危険にさらすこともいとわなかった。馬鹿《ばか》げたやり方かもしれない。でも危険それ自体も、動機のひとつだった。何がわが身に起ころうと、いまや自分は受け入れることができる。危険はそのことを証明する、理屈抜きの信仰の飛躍だった。

この時点でのポッツィは、ナッシュにとってまだ、単に目的のための手段、壁の一方からもう一方へ移るための穴にすぎなかった。人間の形をしたひとつのチャンス、ナッシュが自由を取り戻すのを助けることが唯一の存在理由である、ポーカーをする幽霊。仕事が終われば、二人はまた別々の道を行く。要するにポッツィを利用しようとしているわけだが、といって、彼のことを根っから嫌な奴《やつ》だと思ったということではない。利口ぶったポーズをとってはいても、この若者にはどこか惹《ひ》きつけられた。しぶしぶの敬意を感じずにいられなかった。少なくともこいつには、確信から生まれる勇気がある。それだけでも大方の人間より上だ。自分自身の深奥《しんおう》に思いきって飛び込んだ人間なのだ。出たとこ勝負、即興で人生の荒波を渡っていく。溺《おぼ》れずに生き延びる頼りは自分の知恵だけだ。こうやってついいましがた袋叩《ふくろだた》きにあっても、打ちひしがれたり、敗北感に包まれたりはしていない。表向きはぎすぎすしていて、時には不愉快でさえある奴だが、にじみ出てくる自信がナッシュには頼もしかった。もちろん、こいつを信じていいかどうかはまだわからないが、話をでっち上げる時間もほとんどなかったわけだし、状況全体が、何とも突拍子もないゆえの説得力を逆に帯びていることを思うと、ひとまずその言葉も額面どおりに受けとってよさそうに思えた。少なくともナッシュはそう考えた。どっちにしろ、もうじきわかることだ。

大事なのは平静を装《よそお》い、興奮を外に出さないことだ。こっちは自信をもってふるまっているようにポッツィに信じ込ませることだ。相手を圧倒したいというのとはちょっと違うが、ここは自分が上に立たねばならないことを、ナッシュは直感的に感じとっていた。ポッツィのこけおどしに対し、静かな、揺るがぬ沈着ぶりでもって応じねばならない。向こうが成り上がり役ならこっちは老人役。体格と年齢が上という点を活《い》かして、いかにも苦労して叡智《えいち》を身につけたような雰囲気を発散させる。相手のせわしない、衝動的な動きとバランスをとるような、どっしりした安定感を漂わせるのだ。ブロンクスの北端にたどり着いたころには、ナッシュの行動プランは出来上がっていた。まあちょっと出費がかさむプランではある。だが最終的には、それだけの値打ちは十分あると思った。

肝腎《かんじん》なのは、ポッツィの方から訊《き》いてくるまでは何も言わないことだ。そしていざ訊いてきたときのために、ベストの答えを用意しておくこと。状況をコントロールするにはそれが一番だ。この若造のバランスをわずかに失わせたままに保ち、こっちの方がつねに一歩先を行っているような錯覚を作り出すのだ。ナッシュは何も言わずに車をヘンリー・ハドソン公園道路に入れ、ポッツィがとうとう、どこへ行くんだと訊いてきたところで（ちょうど九十六丁目を通過している最中だった）、こう答えた。「お前くたくただろう、ジャック。まずは食べて、眠らなくちゃいかん。俺もちょっと昼飯くらい食いたいし。プラザにチェックインして、態勢を立て直そうぜ」

「プラザって、プラザ・ホテルか？」とポッツィは言った。

「そうさ、プラザ・ホテルさ。ニューヨークに行くときはいつもあそこに泊まるんだ。何かまずいことでも？」

「まずくなんかないさ。プラザ・ホテルなのかなって思っただけさ。いいんじゃないか、それ」

「お前も気に入ると思ってたよ」

「ああ、気に入った。物事、やるんなら豪勢にやった方がいい。精神にいいよな、その方が」

　車を東五十八丁目の地下駐車場に駐《と》めて、トランクからナッシュの荷物を出し、角を曲がってホテルまで歩いていった。ナッシュは共用のバスルームをあいだにはさんだシングルルーム二部屋を頼んだ。フロントでチェックインのサインをしながら、目の端でポッツィの様子をうかがった。嬉《うれ》しそうな、いささかぎこちない笑みがその顔に浮かんでいるのが見えた。結構。自分の幸運にしかるべく恐れ入っていて、ここへ連れてきてもらったことをありがたく思っている。要は舞台設定ということに尽きる。ほんの二時間前、こいつの人生はボロボロだった。それがいま、こうして宮殿のなかに立ち、周りの豪華絢爛《けんらん》な眺めに口をあんぐり開いて見とれぬよう懸命にこらえている。コントラストがここまでくっきりしていなかったら、望んだだけの効果も上がらなかっただろう。だが現に、ぴくぴく震えるポッツィの口元を見るだけで、狙《ねら》いが達成されたことは明らかだった。

　部屋は七階で（「ラッキーセブン」とポッツィはエレベーターのなかで言った）、チップをやったボーイも出ていきひとまず落着くと、ナッシュはルームサービスに電話して昼食を注文した。ステーキ二つ、サラダ二つ、ベークトポテト二つ、ベックビール二本。一方ポッツィはシャワーを浴びにバスルームに入り、ドアは閉めたものの鍵《かぎ》まではかけなかった。これもいい兆候だ。水がバスタブに当たる音にしばし耳を澄ませてから、ナッシュは洗濯済みの白いシャツに着替えて、さっきグラブコンパートメントからスーツケースに移した金（小さなビニールの買い物袋にくるんだ一万四千ドル）を取り出した。そしてポッツィには何も言わずに部屋を抜け出し、エレベーターで一階まで降りていって、ホテルの金庫に一万三千ドル預けた。部屋に戻る前に、ニューススタンドへ寄ってトランプを一組買った。

戻ってみると、ポッツィは自分の方の部屋に入っていた。バスルームのドアは両方とも開いていて、ナッシュの部屋からも、二枚か三枚の白いタオルに身を包んだポッツィが、肱掛《ひじか》け椅子《いす》に座って長々と体をのばしているのが見えた。テレビでは土曜の午後のカンフー映画をやっていて、ナッシュが首をつっ込んでようと言うと、ポッツィはテレビを指さし、俺もブルース・リーに習うといいかもなと言った。「あいつ、俺とおんなじくらい小さいくせに、見ろよ、あっさりみんな片付けちまう。ああいうのができたら、昨日の夜みたいなことにはならなかったんだ」

「気分は良くなったか？」とナッシュは訊いた。

「体じゅうヒリヒリするけど、折れてるところはないらしい」

「じゃあまあ死にはしないな」

「ああ、たぶん。バイオリンはもう弾けないかもしれんが、どうやら死にはしない」

「もうじき食い物が来る。よかったら俺のズボンをはくといい。食べ終わったら、お前の服を買いにいこう」

「それがいいな。このローマの元老院ごっこ、さすがにちょっとやり過ぎかなって思ってたとこでさ」

レッドソックスのTシャツと合ったブルージーンズをナッシュは投げてやった。それをはくと、ポッツィはまたもや子供の大きさに縮んでしまったように見えた。ズボンの裾《すそ》を踏んで転ばぬよう、くるぶしまで折り上げた。「あんた、まったく大した衣裳《いしょう》持ちだな」とポッツィは、ジーンズが落ちぬよう腰のところをつまみながらナッシュの部屋に入ってきて言った。「何者だいあんた、ボストン・カウボーイか？」

「タキシードを貸してやろうかとも思ったんだが、お前のテーブルマナーを見てからにしようと思ってな。口からケチャップを垂らさずに食えないような奴に着せて台なしにされてもな」

ごとごとと鳴るカートで食事が運び込まれ、二人は昼食を食べにかかった。ポッツィは嬉々《きき》としてステーキと取り組み、嚙《か》んでは飲み込むのを何分間か黙々と続けていたが、ふと急に興味を失ったかのようにナイフとフォークを置いた。そして椅子にもたれかかって、部屋のなかを見回した。「妙なもんだな、いきなり思い出すなんて」と彼はひっそりした声で言った。「俺さ、このホテルに来たことあるんだけど、長いあいだ考えたこともなかったよ。もう何年も」

「そんなに昔だってことは、まだずいぶん小さかったんだな」

「ああ、まだ子供だった。秋の週末に、父親に連れてこられたんだ。十一歳か、十二歳だった」

「二人だけか？　お袋さんは？」

「両親は離婚してた。俺が赤ん坊のころに別れたんだ」

「じゃお前はお袋さんと暮らしてたのか？」

「ああ、ニュージャージーのアービントンに住んでた。俺はそこで育ったんだ。チャチな情けない町でさ」

「親父《おやじ》さんにはよく会ったのか？」

「父親が誰なのかもろくに知らなかったね」

「で、ある日突然現われて、お前をプラザに連れてきたわけか」

「まあそんな感じだ。でもその前に、一度だけ会ったことはあった。この一回目の出会いってのがすごく変な話でさ、あんなに不思議な気持ちになったことっていっぺんもないんじゃないかな。そのころ俺は八つで、真夏のある日、うちの玄関先の階段に座ってた。母親は仕事に出かけていて、俺は一人でオレンジのアイスキャンデーをくわえて通りの向こう側を見てたんだ。どうしてそれがオレンジだったと覚えてるんだなんて訊くなよ、とにかく覚えてるのさ。何だかいまもそのキャンデーを手に持ってるみたいな気がするよ。暑い日だった。俺はオレンジのキャンデーを片手に持って座って、食べ終わったら自転車に乗って友だちのウォルトの家に行って、裏庭のホースの水を出して遊ぼうかなって思ってた。アイスキャンデーが溶けかけて、脚にぽたぽた垂れはじめたあたりで、いきなり、大きな白いキャデラックがゆっくり道路を走ってくるのが見えたんだ。すごい車だった。ピカピカの新車で、スパイダーウェブのホイールキャップにホワイトウォールのタイヤで。運転席に座った大人の男は、道に迷ってるみたいに見えた。一軒一軒、前を通るたびにスピードを落として、窓から首を出して住所を確かめるんだ。で、俺も、アイスキャンデーが体じゅうぽたぽた垂れるのも忘れて見とれてたよ。すると、車が止まって、大人はエンジンを切った。うちの真ん前でさ。そうして車から降りて、こっちへやって来る——派手な白のスーツ着て、親しげにニコニコしてさ。はじめはビリー・マーチンかと思ったぜ、すごく似てたんだ。ほら、野球の監督だよ。で、俺は思った。ビリー・マーチンがなぜ僕に会いにきたんだろう？　僕を新しいバットボーイに雇ってくれるのかな？　ったく、子供のころってほんとに馬鹿なこと考えるよな。でもまあ、もうちょっと近くまで来て、さすがにビリー・マーチンじゃないことはわかった。

それで俺はまるっきり頭がこんがらがっちまってさ、正直な話、ちょっと怖くもなった。アイスキャンデーは草むらに捨てたけど、それから次に何をするか考えてるあいだに、大人はもう俺の目の前に来ていた。『ようジャック、久しぶりだな』とそいつは言った。何が久しぶりなんだかさっぱりわからなかったけど、とにかくこっちの名前を知ってるんだから母親の知りあいか何かだろうって思ったんだ。だから、礼儀正しくしなきゃと思って、お母さんは仕事に行ってますって言ったら、ああわかってる、いまレストランで話をしてきたところさって言うんだ。レストランってのはお袋の勤め先でさ、そのころはウェートレスをやってたんだ。で、俺はその大人に言ったんだ。『じゃあ僕に会いに来たの？』。すると奴は言った、『そのとおりさ、坊主《ぼうず》。最近どうしてるか、おたがい知らせあってもいいころだと思ってな。こないだ見たときは、お前まだオムツをしてたもんな』。話せば話すほど、訳がわからなくなってきたよ。ただひとつ俺に思いついたのは、この人はきっとヴィンス叔父さんだってことだった。うちのお袋がまだ小さいころ、カリフォルニアに逃げたっていう叔父さんなんだ。『おじさん、ヴィンス叔父さんだね、そうでしょ？』と俺は言ったけど、向こうはただ首を横に振ってニコニコしてるだけだった。『いいか、聞いて驚くなよ』とか何とかそんなことを男は言った。『信じられんかもしれんが、いま目の前にいるのはお前のお父さんなんだよ』。そのとおりさ、そんなの信じられるわけないさ。『嘘《うそ》だ、僕の父さんだなんて。僕の父さんはベトナムで戦死したんだもの』と俺は言った。『ああ、みんなそう思ったんだけどな。実は死んでなかったんだよ。父さんは逃げたんだ。捕虜になったんだが、穴を掘って脱走したんだ。それでこっちまで戻ってくるのにすごく時間がかかったんだよ』。だんだん本当かなって思えてもきたけど、俺はまだ疑っていた。『じゃあ、これからはうちで一緒に暮らすの？』って訊くと、『いや、そういうわけでもないんだ』と向こうは答えた。『でもだからといって、俺とお前とで仲よしになっちゃいかんってことにはならんぞ』。そんなの変だ、こいつきっと僕のことをだまそうとしてるんだと思ったね。『嘘だ、僕の父さんだなんて』と俺はもう一度言った。『父さんはいなくなったりしないもの。父さんならうちで家族と一緒に暮らすはずさ』。『そういう父親もいるけどな、そうじゃない父親もいるんだよ。いいか、信じないんなら証拠を見せてやろう。お前の名字はポッツィだろ？　ジョン・アンソニー・ポッツィ、愛称ジャック。ということはお前の父さんの名字もポッツィのはずだ。そうだな？』。俺は黙ってうなずいた。すると男はポケットに手をつっ込んで、財布を引っぱり出した。『これ見てみな、坊主』と男は言って、財布から運転免許証を出して俺に渡した。『その紙に書いてある字を読んでごらん』。言われたとおり読んでみた。『ジョン・アンソニー・ポッツィ』。これでいっぺんに疑いは晴れちまったわけさ」

ポッツィは一呼吸置いて、ビールを一口飲んだ。「わからないな」と彼はまた話し出した。「いま考えてみると、何もかもが夢のなかで起こったように思える。部分部分はいくつか覚えてるんだけど、あとはみんなぼんやりしていて、ひょっとしたらあんなこと起こりもしなかったんじゃないかって気がしてくる。キャデラックに乗せられてドライブに連れていかれたことは覚えてるけど、どのくらい走ったかは覚えてないし、親父とどんな話をしたかも覚えていない。だけど車にエアコンがあったことや、革のシートの匂《にお》いとかは覚えてる。アイスキャンデーを食べてたせいで両手がべたべたで気持ち悪かったこともだ。要するに、俺はまだ怖がっていたんだと思う。父親の免許証も見たけど、やっぱりまた疑う気持ちが戻ってきたんだ。何か変だぞ、そう何べんも思ったよ。僕の父さんだとか言ってるけど、本当かどうかわかるもんか。何かのペテンかもしれないぞ。とか何とか、町をドライブしながら俺は頭のなかであれこれ考えてるわけで、それから突然、車はまたわが家の前に戻ってきた。何だかまるで、何もかもがあっという間に、〇・五秒で終わっちまったみたいにさ。父親は車から降りもしない。ただポケットに手をつっ込んで、百ドル札を一枚引っぱり出して、ばしんと俺の手のなかに押し込んだ。『さあ、ジャック。ちょっとした記念だよ、父さんがいつもお前のことを考えてるしるしさ』。たまげたね。生まれてこのかた、そんな大金見たこともなかった。百ドル札なんてものがこの世にあることだって知らなかった。俺はその札を手に持って車から降りた。そのとき、こう思ったのを覚えてるよ――うん、これってやっぱり、この人が僕の父さんだって証拠なんだろうな。でも何て言ったらいいか思いつきもしないうちに、向こうは俺の肩をぎゅっと握って、別れの言葉を言っていた。『じゃあまたな、坊主』とか何とか言ったんだと思う。それからエンジンをスタートさせて、帰っていった」

「父親に会うにしちゃ妙な会い方だな」とナッシュは言った。

「わかってる」

「で、このプラザに来たのは？」

「三年か四年先のことだ」

「そのあいだいっぺんも会わなかったのか？」

「いっぺんも。また消えちまったみたいな感じだったよ。お袋に何べんも、父さんはどうしたのって訊いたんだけど、それについちゃお袋も口が固くて、ろくに答えてくれなかった。あとになってわかったんだが、親父は前に二年ばかり刑務所に入ってたんだ。離婚したのもそのせいなのよってお袋も言ってた。ろくでもない真似《まね》をやらかしたんだ」

「何をやったんだ？」

「証券詐欺《さぎ》だよ。架空の会社の株を売ったんだ。詐欺のなかじゃ高級な部類だ」

「出所してからはうまく行ったみたいじゃないか。少なくとも、キャデラックを乗り回すくらいには」

「ああ、そうなんだろうな。結局フロリダで不動産屋になったらしい。高級マンションの本場で大儲《おおもう》けしたみたいだ」

「確証はないんだな」

「確証なんか何もないさ。ずいぶん長いこと連絡がないからな。ひょっとしていまじゃもう死んでたって不思議はない」

「でもまあとにかく、三年か四年後にまた現われたわけだ」

「またいきなり、一回目と同じにな。そのころにはもう、こっちはとっくに親父のことなんかあきらめてた。子供にとって四年てのは長い時間だからな。永遠みたいに思える」

「で、百ドルはどうした？」

「それなんだけどさ。はじめは使うつもりだった。ほら、上等なグラブを買うとかさ。だけど何を買うのもどうも違うような感じがして、どうしても使う気になれなかったんだ。で、結局ずっと持ってたよ。小さな箱に入れて、下着の引出しにしまって、毎晩取り出して眺めるんだ――ほんとにまだそこにあるのを確かめるためにさ」

「まだそこにあれば、本当に親父さんに会った証拠ってわけだ」

「そういうふうには考えなかったな。でも、そうだな、たぶんそういうことなんだろうな。俺が金をしっかり持ってれば、父さんはいつか帰ってくる、そういうことだったんだな」

「子供なりの論理だ」

「子供のころってほんとに馬鹿だよな。哀れなもんだ。信じられないよ、自分がそんなふうに考えてたなんて」

「みんなそうだったさ。大人になるにはかならずそこを通る」

「まあな、でも何だか訳がわからなくてさ。金はお袋には見せなかったけど、ときどき箱から出して、友だちのウォルトに持たせてやった。そうすると何となくいい気分になるんだよ、なぜだかわからないけど。ウォルトがそれに触ってるのを見れば、俺の頭のなかの作り話じゃないことが確かめられるってことかな。で、変な話なんだけど、半年ばかり経《た》ったあたりで、これってニセ金じゃないか、偽造紙幣じゃないかって思いついてさ。いったんそう思ったら、頭から離れなくなったんだ。ウォルトが何か言ったのがきっかけだったかもしれないけど、よくわからない。でもとにかく、もしこれがニセ金だったら、これをくれた奴《やつ》は僕の父さんじゃない、そう思ったのは覚えてる」

「堂々めぐりだ」

「ああ、堂々めぐりもいいところさ。ある日、ウォルトとその話をしていて、はっきり確かめるには銀行に持っていくしかないってウォルトが言うのさ。俺としては金を部屋の外に出すのは気が進まなかったんだけど、結局、どっちみちニセ金なんだからどうだっていいやって思うことにしたんだ。それで銀行に行ったんだが、途中ずっと、誰かに取られちゃうんじゃないかって二人ともびくびくして、何か危険な任務でも遂行してるみたいにこそこそ歩いてた。それで銀行に着いたら、窓口の人がいい人でさ。ウォルトがその人に、『こいつ僕の友だちなんだけど、これが本物の百ドル札かどうか知りたがってるんです』って言ったら、受けとって、すごくていねいに隅々まで見てくれて。念のため虫眼鏡まで使って見てくれたんだぜ」

「で、何て言われた？」

『本物だよ、君たち』そう言われたよ。『本物の合衆国法定紙幣だよ』」

「じゃあそれをくれた男は本当に親父さんだったわけだ」

「そのとおり。でもそれで俺はどうなる？　本当に父親なんだったら、どうしてまた会いにきてくれないんだ？　せめて手紙くらい寄こしたっていいじゃないか。でも俺は、それで恨めしく思う代わりに、父親がなぜ連絡もしてこないのか、いろんな理由をでっち上げ出したんだ。僕の父さんはジェームズ・ボンドみたいな人で――やれやれ――政府の秘密諜報員《ちょうほういん》だから僕に会いにきて正体を明かすわけにはいかないんだ、とかさ。何てったって、そのころにはもう、ベトナムの捕虜収容所から脱走したとかいう寝言だって俺は信じきってたわけで。そんな芸当ができるんだったら、すごく強い男だってことだろ？　たくましい、男のなかの男さ。ほんとに救いようのない間抜けだったよな、そんなこと考えるなんて」

「何か考えずにはいられなかったさ。白紙のままにしておけやしないよ。頭の方がじっとしちゃいない」

「そうかもしれない。でも俺ときたら、そういうアホな話を一トンくらいひねり出したんだぜ。とことんのめり込んでたね」

「それでついに親父さんが現われて、どうなった？」

「今回はまず電話をかけてきて、お袋と話をした。俺はもうベッドに入ってたんだが、お袋が部屋まで知らせに上がってきたのを覚えてるよ。『お父さんがお前と一緒に、週末をニューヨークで過ごしたいんですって』とお袋は言った。カッカしてるのは一目《ひとめ》でわかったね。『よくまあ恥ずかしくないわよねえ、まったく』そう何度も言ってた。『ほんとによく恥ずかしくないわよ』。というわけで、金曜日の午後、親父はこないだとは別のキャデラックでうちの前に乗りつけた。今度のは黒で、親父は高そうなキャメルのコートを着て、でっかい葉巻をくわえてた。ジェームズ・ボンドなんてお呼びじゃなかった。アル・カポネの映画から抜け出てきたみたいな感じだったね」

「今回は冬だったんだな」

「真冬で、凍《い》てつく寒さだった。リンカーン・トンネルを抜けて、プラザにチェックインして、五十二丁目のギャラガーズに行ったんだ。あの店のことはまだ覚えてるよ。まるで屠場《とじょう》にでも迷い込んだみたいだったね。生のステーキ肉が何百とウィンドウにぶら下がってて、見ただけでベジタリアンに転向したくなるね。でも店のなかはよかった。ダイニングルームの壁に政治家やスポーツ選手や映画スターの写真がずらっと並んで、すごいなあって思ったのは確かだ。たぶんそれが、親父の狙《ねら》いだったんだと思う。週末のあいだずっと、親父は俺に、すごいなあって思わせようとしたのさ。成果は上々だったよ。食事が済むと、ボクシングを見にマジソンスクエア・ガーデンに行った。次の日もまたガーデンに行って大学バスケットボールのダブルヘッダーを見て、日曜日には車でスタジアムまで出かけて今度はフットボール、ジャイアンツ＝レッドスキンズ戦だった。それも長椅子《ながいす》席なんかじゃないぜ。五十ヤードライン、最高級の席さ。ああ、たしかにすごいと思いましたよ、心底たまげましたよ。どこへ行ってもわが父親が、ポケットに入れた分厚い札束から札をひょいひょい引っぱがしてる。十ドル札、二十ドル札、五十ドル札、ろくに見もしないんだ。気前よくチップをやりまくってさ。案内係、ヘッドウェイター、ホテルのボーイ、そいつらが手を出しただけで、親父ときたらもう、明日なんかないみたいに金をばらまくんだ」

「で、すごいと思った。だけど、楽しめたのか？」

「そうでもないね。だってさ、世の中みんなこういうふうに暮らしてるんだとしたら、俺はいままで何してたんだ？　わかるかい、俺の言ってること？」

「わかると思う」

「親父とどう口をきいたらいいか見当もつかなくてさ、たいていは俺、もじもじ黙りこくってた。親父の方は、週末のあいだずっと自慢話をしてたね。取引きの話とかいろいろして、すごい大物だって思わせようとしたんだろうけど、俺には何の話だかよくわかんなくてさ。忠告もいろいろされたよ。『約束してくれ、高校は卒業するって』なんて二度か三度言われた。『約束してくれ、やくざ者なんかにならんよう高校は卒業するって』。俺はまだ小学校六年のガキなわけでさ、高校がどうとか言われたってわかるわけないだろ？　でもとにかく約束しろって言うから、卒業するって誓ったよ。何だかだんだん気味が悪くなってきてさ。最悪だったのは、前にもらった百ドル札のことを親父に話したときだ。まだ持ってるって言ったら喜んでもらえるだろうと思ったんだけど、向こうはほとんど、ショックを受けたって感じでさ。顔を見ればわかったよ、まるで俺に侮辱でもされたっていう表情なんだ。『金を使わずに持ってるなんて、間抜けのすることだぞ』そう親父は言ったよ。『金なんてただの紙切れなんだ。箱なんかに入れといたって何の役にも立たんぞ』」

「タフガイの喋《しゃべ》り方だな」

「ああ、自分がすごいタフガイだってところを見せたかったのさ。でも結局、たぶん親父の思ったようにはならなかったね。日曜の夜にうちへ帰ってきたときは、俺はもう頭がくらくらしてさ。今回も百ドル札を一枚渡されたんだ。で、翌日、学校が終わってから、町に出かけてその金を使ったよ。親父が使えって言うから、あっさり使ったんだ。だけどどうも、自分に使う気がしなくてさ。町の宝石屋に行って、お袋に真珠のネックレスを買ってやったんだ。まだ値段を覚えてる。税込みで一八九ドルだった」

「残りの十一ドルはどうした?」

「お袋に大きな箱入りのチョコレートを買ってやった。ハート形のおしゃれな赤い箱でさ」

「お袋さんは喜んだろうな」

「ああ、プレゼントだって言って渡したら、わっと泣き出してさ。正解だったと思ったね。いい気分だった」

「で、高校は?　約束は守ったのか?」

「俺のこと何だと思ってるんだ、うすのろか何かだと?　もちろん高校は卒業したさ。成績だってまあまあだった。平均Bマイナス、バスケットのチームにも入ってた。これでちょっとした名選手だったんだぜ」

「どうやったんだ、竹馬に乗ったか?」

「ポイントガードだったんだよ、ばっちりの適役さ。みんなにはネズミって呼ばれてた。

ものすごくすばしっこくて、相手の脚のあいだにパスを通すことだってできた。ある試合なんか、アシストを十五やって学校新記録を作ったんだぜ。山椒《さんしょ》は小粒で何とやらさ」

「でも奨学金つきで大学に誘われはしなかったんだな」

「しけた話はいくつか来たけど、気をそそられるのはひとつもなかった。だいいち、どっかの三流大学で経営管理学なんか勉強するより、ポーカーやった方が儲かると思ってさ」

「それでデパートに就職した」

「とりあえずな。ところがそこで、親父から卒業プレゼントが届いた。五千ドルの小切手を送ってきたんだよ。どうだ？　もう六、七年会ってないのに、俺の高校卒業をちゃんと覚えてるんだぜ。泣きたいやら笑いたいやらとはこのことでさ。死ぬほど嬉《うれ》しくもあった。だけど金玉を蹴飛《けと》ばしてやりたくもあった」

「礼状は書いたのか？」

「書いたとも。それって決まりみたいなもんだろ？　でも返事は来なかった。それ以来、あの野郎からは何の連絡もない」

「世の中、もっとひどい目に遭うこともあるよな」

「ふん、もうどうだっていいさ。結局はこれでよかったんじゃないかね」

「かくしてお前のキャリアがはじまったわけだ」

「そのとおり。かくしてわが輝かしいキャリアがはじまった。名声と富の頂点へ向かう絶えざる前進が」

この会話のあと、ポッツィに対する自分の気持ちが微妙に変わったことをナッシュは感じた。いくぶん情が湧《わ》いてきて、渋々ではあれ徐々に、この若者には根っから好ましいところがあることを認める気になってきた。だからといって信用する気になったわけではなく、警戒心はまだ残ったものの、こいつを見守ってやろう、こいつを導き、護《まも》る役を引き受けてやろうという気持ちになってきたのだ。ポッツィの体格も一因だったかもしれない。栄養の足りない、ほとんど発育不全といった感じの小さな体を見ていると、何かがまだ完全に出来上がっていないように思えてしまうのだ。だが、父親をめぐるポッツィの話が原因だということも大いにありえた。ポッツィが過去を語っているあいだずっと、ナッシュは否応《いやおう》なしに、自分の少年時代のことを考えさせられていた。そして、おたがいの人生が奇妙に符合していることを知って、心の琴線を揺すぶられたのだった。幼いころ父親に捨てられたこと、思いがけず転がり込んできた金、ずっと消えない怒り。他人のなかにひとたび自分を認めると、もうその人間が他人には思えなくなってくる。好むと好まざるとにかかわらず、そこには絆《きずな》が生じる。そういう考え方にひそむ罠《わな》はナッシュも承知していたが、いまはとにかく、この瘦《や》せこけた迷子に惹《ひ》かれずにはいられなかった。ポッツィとのあいだの距離が、こうしてにわかに縮まった。

ポーカーのテストはとりあえずあと回しにして、ポッツィの服を調達しに出かけることにした。店はあと二、三時間で閉まってしまうし、一日じゅうこんなだぶだぶのピエロみたいな格好をさせて歩き回らせても仕方ない。本当はもっと冷酷にふるまうべきだとナッシュは思ったが、ポッツィは見るからに疲れていたし、即座に腕前を見せろと強いる気にはなれなかった。もちろん、それは間違いだった。ポーカーが忍耐の勝負であり、プレッシャーの下でのすばやい頭脳の回転を競う勝負だとすれば、疲労で頭が朦朧《もうろう》としているときこそ実力を試すのに最適ではないか？　どのみちこいつは、たぶんテストに落第するだろう。いまからこいつの服に注ぎ込もうとしている金も無駄に終わるだろう。だが、どうせ失望に終わると思っても、ナッシュはさっさと事に取りかかる気になれなかった。ひとまずはもうしばらく、期待を味わっていたかった。望みはあるのだ、という妄想を、もう少しのあいだ抱えていたかった。それに、ささやかな買い物も楽しみだった。数百ドルここで使おうが使うまいが結局は大差ないだろうし、ポッツィがサックス・フィフスアベニューの豪奢《ごうしゃ》な店内をそぞろ歩く姿を見られるチャンスをむざむざ捨てるなんて、あまりにももったいない。笑いの種がいくらでも出てきそうな状況ではないか。ほかには何も残らないとしても、笑える思い出はいくつか残るだろう。考えてみれば、けさサラトガで目ざめたときには、それだけのことすら望めなかったのだ。

店に入ったとたん、ポッツィはギャアギャアわめき出した。何だよこれ、オカマの服ばっかりじゃないかよ、こんなプレッピーのゲロ着てるとこ見られるくらいならバスタオル巻いて歩く方がマシだぜ。ダドリー・L・ディップシット三世とかいう名前でパークアベニューにでも住んでりゃいいかもしれんけどな、俺はニュージャージーはアービントンの出、ジャック・ポッツィだぞ。こんなピンクのワニのシャツ着るなんて冗談じゃない。俺が育ったあたりじゃ、こんなもん着てったらケツに思いっきり蹴り入れられるのがオチだぜ。八つ裂きにされてバラバラにされてトイレに流されちまうぜ。そうやって口汚くわめき散らしながら、ポッツィはすれ違う女たちをじろじろ眺めた。女性が若かったり魅力的だったりすると、喋るのをやめて、目を合わせようと試みたり、去ってゆく女の尻《しり》の揺れを見ようと首をねじったりした。二人にはウィンクを送ったし、たまたま腕が触れた別の女性には声までかけた。「ようお嬢さん、今晩ヒマかい？」

「落着け、ジャック」とナッシュは二度ばかり警告した。「いいから落着け。そんなことやってると叩《たた》き出されるぞ」

「落着いてるって」とポッツィは言った。「地元の女をチェックするくらいいいだろ？」

実のところ、ポッツィがこんな真似《まね》に走るのも、ナッシュがそれを期待していることに勘づいているからでもありそうに思えた。これは計算ずくのパフォーマンスなのだ。

新たな友人であり恩人である人物への感謝のしるしに捧《ささ》げられた、いかにもといった感じの悪ふざけの旋風なのだ。ナッシュが本気でやめてほしがっていると思ったら、ポッツィもそれ以上何も言わずにやめただろう。少なくともあとでナッシュはそう結論を下した。というのも、いったん真剣に服を選びはじめると、ナッシュの講釈に対してポッツィは驚くほど素直になったからだ。どうやらポッツィは、自分が何かを学ぶ機会を与えられていることを感じとっているように思えた。ということは裏を返せば、ナッシュはすでにポッツィの敬意を勝ちとったのだ。

「いいか、ジャック」とナッシュは言った。「お前は二日後に、二人の億万長者と勝負しようとしている。場所だってそこらの薄汚いビリヤード場なんかじゃなくて、招待客として二人の家に行くんだ。向こうはたぶん食事も出してくれる気だろうし、一晩泊めてもくれるわけだ。だったら相手に悪い印象を与えたくはなかろう？　何も知らないごろつきみたいな格好で行っちゃまずいぞ。お前の服の好みはだいたいわかったがな、それじゃあお里が知れるぞ。チャチな世間知らずと思われるのがオチだ。そういうボロを着てる奴を見たらみんな思うのさ、こりゃあ全米負け犬協会の歩く広告塔だよなって。スタイルも品もあったもんじゃない。車に乗ってたとき、お前言ったろう、この商売やるには芝居ができなきゃ駄目だって。芝居やるんだったら衣裳《いしょう》が要るだろうが。こんな服好きじゃないかもしれんが、金持ちはこういうのを着るんだよ。まっとうな趣味の、思慮ある人間だってところをお前も世間に見せなくちゃいかん。大人になる時期なんだよ、ジャック。自分のことを真面目《まじめ》に考えはじめる時期なんだ」

　ナッシュはじわじわと説得を重ね、結局店を出たときには、ブルジョワ的穏健と抑制を五百ドル分二人で抱えていた。底なしに当たり前の、着ている人間を人波のなかで不可視にしてしまう服だ。ネイビーブルーのブレザー、ライトグレーのスラックス、ペニーローファー、白い綿シャツ。まだ暖かい気候だからネクタイはいいだろう、とナッシュが言うと、ポッツィも反論はせず、何ごとにも限度ってものがあるもんなと答えた。「もうこれで十分変態になった気がするよ」とポッツィは言った。「この上、首まで締められちゃたまんないよな」

　プラザに戻ったときは五時近かった。買い物を七階の部屋に置いてから、また下に降りて、一杯やりにオイスター・バーに行った。ビールを一杯飲み終わると、どっと疲れが襲ってきたのか、ポッツィは目を開けているのもつらそうな様子だった。どうやら体に痛みもあるようだ。これ以上無理強いしてもと、勘定にしてくれとナッシュはバーテンに言った。

「お前、そろそろ息切れしてきたみたいだな」とナッシュは言った。「部屋に戻って一眠りした方がよさそうだ」

「もう駄目だなこりゃ」とポッツィもあえて否定しなかった。「土曜の夜のニューヨークだってのに、起きてられそうにない」

「ここは夢の国だ。早めに目がさめたら夜食を食えばいいし、朝までぶっとおしで眠るのも悪くない。起きたら気分もずっとよくなってるさ」

「大一番に備えて調子を整えなくっちゃな。女のケツなんか追っかけ回してるヒマないよな。ムスコはちゃんとズボンのなかに、脂《あぶら》っこい食事は御法度《ごはっと》。五時にロードワーク、十時にスパーリング。ハングリー精神だ。ハングリー精神、贅肉《ぜいにく》ゼロ精神」

「よしよし、呑《の》み込みが早いな」

「何てったってチャンピオン戦だぜ、ここはしっかり休養をとらなくちゃ。トレーニング中はほかのことはすべて犠牲にしないと」

そこで二人で七階に戻り、ポッツィはベッドにもぐり込んだ。明かりを消す前にナッシュは彼にアスピリンを三錠飲ませ、水の入ったコップとアスピリンの壜《びん》をナイトテーブルに置いた。「もし目がさめたらあと二、三錠飲むといい。痛みが和らぐから」

「ありがと、ママ」とポッツィは言った。「今夜はお祈りをお休みしてもいいよね。すごく眠たがってたって、神さまに伝えてくれる？」

ナッシュはバスルームを通って、両方のドアを閉め、自分のベッドに腰かけた。にわかに手持ち無沙汰《ぶさた》になって、一人で晩をどう過ごしたらいいかわからなかった。街に出てどこかでディナーを食べようかとも思ったが、結局やめにした。ポッツィからあまり離れていたくなかったのだ。まあ何も起こりはしないだろうが、と同時に、何ごとも当然と思ってはいけない気もした。

七時になって、ルームサービスでサンドイッチとビールを注文し、テレビをつけた。メッツがシンシナティでプレーしていた。ベッドに腰かけて九回まで試合を見ながら、新しいカードを何度もシャッフルしては、一人でくり返しソリテアをやった。十時半になって、テレビを切り、サラトガにいるあいだに読み出したルソーの『告白』のペーパーバックを手にベッドにもぐり込んだ。眠りに落ちる直前、作者が森のなかに立って木に石を投げる一節に行きあたった。もしこの石があの木に当たったら、とルソーは胸のうちで言う、これからの私の人生は万事うまく行くはずだ、と。彼は石を投げる。外れる。いまのは勘定に入らない、と彼は言って、もうひとつ石を拾い上げ、木に何メートルか近よる。また外れる。いまのも勘定に入らない、と彼は言ってさらに木に近より、もうひとつ石を探し出す。またしても外れ。いまのが最後のウォームアップさ、本番は次の一投だ。だが念には念を入れて、今度は木のすぐそばまで歩いていって、標的の真ん前に立つ。もういまでは、木までの距離は三十センチ程度、手をのばせば触《さわ》れる近さだ。そして彼は石をふわりと放り投げる。石は幹に命中する。やった、成功だ、と彼は胸のうちで言う。これからはずっと、私の人生はうまく行くはずだ。

愉快な一節だとナッシュは思ったが、と同時に、あまりに気恥ずかしくて、素直に笑う気にはなれなかった。ここまで率直に言われてしまうと、どこか恐ろしくもなってくる。こんなことまで打ち明けてしまう勇気を、ルソーはどこで見出《みいだ》したのだろう。ここまで露骨な自己欺瞞《ぎまん》を認めてしまえるなんて。ナッシュは明かりを消して、目を閉じた。エアコンがブーンとうなっていた。ナッシュはそれに耳を澄ましたが、やがてそれも聞こえなくなった。夜中に、森の夢を見た。風が木々のあいだを、カードがシャッフルされる音を立てて吹き抜けていった。

翌朝になっても、ナッシュは依然テストを先延ばしにしていた。この時点ではもう、テストは一種の儀式と化していた。まるで本当のテストの対象は彼自身であって、ポッツィのカードの実力ではないかのような気がしてきていた。要は、不確かな状態のまま、ナッシュがどれくらい持ちこたえられるかだ。もうテストのことなど忘れてしまったかのようにふるまい、その沈黙の力を利用して、ポッツィの方から事を起こすようプレッシャーをかけるのだ。もしポッツィが何も言わなければ、要するにそれは、口だけの奴《やつ》だということだ。この逆説の対称性をナッシュは面白く思った。言葉がゼロなら、すべては言葉ということだ。すべては言葉なら、見せかけとハッタリとごまかしにすぎないということ。ポッツィが本気だったら、いずれ切り出してくるはずだ。時間が経《た》つにつれて、ナッシュはだんだん、待とうという気分になっていった。何だかちょっと、息をすると同時に止めようとしているみたいだなと思ったが、せっかく実験をはじめたのだから、とことん最後までやってみる気だった。

一晩ぐっすり眠ったおかげで、ポッツィはだいぶ元気を取り戻したようだった。シャワーの湯を出すのが聞こえたのが九時ちょっと前で、その二十分後、ナッシュの部屋に立った彼は、またしても白いタオルに身を包んでいた。

「けさは元老のご機嫌はいかがですかな？」とナッシュは言った。

「余程よろしい」とポッツィは言った。「骨はまだ痛むが、ジャックス・ポツィウス、もうぴんぴんしておる」

「ということは、ここでささやかな朝食が出てくる番だってことだな」

「たっぷりの朝食にしていただきとうござる。元老、腹が減って死にそうじゃ」

「ではサンデー・ブランチということに」

「ブランチ、ランチ、呼び名はどうでもよろしい。とにかく腹ぺこじゃ」

ナッシュはルームサービスで朝食を注文し、その後一時間も、テストの話は出ぬまま過ぎた。ひょっとしてポッツィの奴も同じことを考えてるんじゃないだろうか、とナッシュは思いはじめた。あくまで自分からは言い出さず、神経戦を展開しようというのだろうか。だが、そう思ったのもつかのま、それが単なる勘違いだったことが判明した。食事が済んで、いったん着替えに自分の部屋に行って戻ってきたポッツィが（例の白いシャツを着てグレーのスラックスをはき、ローファーをはいている。なかなか見栄《みば》えがするじゃないか、とナッシュは思った)、さっそく話を切り出したのだ。「俺のポーカーの腕を見たいって言っただろ」とポッツィは言った。「どこかでカードを買って、そろそろはじめた方がいいんじゃないか」

「カードはある」とナッシュは言った。「お前の用意ができるのを待ってたんだ」

「俺の用意はできてるさ。はじめからずっとできてたさ」

「よし。いよいよ真実の瞬間だな。そこに座れ、腕前を見せてもらおうじゃないか」

その後三時間、七枚のスタッドポーカーを、ホテルの便箋《びんせん》を破いた紙をチップ代わりにしてプレーした。二人だけの勝負では、実力を十分測るのは難しかったが、そういう不自然な状況(運の要素が大きくなるし、大きく賭《か》けるのはほとんど不可能)でも、ポッツィはナッシュを着実に負かして、ナッシュの紙チップはじわじわ減っていき、やがてすっかりなくなってしまった。むろんナッシュはプロなどではないが、素人《しろうと》としては決して下手な方ではない。ボードン大学に二年いたあいだはほぼ毎週やっていたし、ボストンで消防署に就職してからもずいぶん場数を踏んで、相手がそこそこの腕でもまあたいていは渡りあえるようになっていた。だがこの若造は次元が違う。そう思い知らされるのにさして時間はかからなかった。これまで対戦したどの相手より、集中力も、状況を分析するすばやさも、自分の力に対する確信も上だった。まず一回身ぐるみはがれたあと、今度はナッシュが二人分の手をやって勝負したが、それでも結果は基本的に同じだった。むしろ勝負はますます速くつくようになっていく感じだった。ナッシュもそれなりに何度か勝ったが、額はいつも大したことはなく、ポッツィがコンスタントに得る額よりずっと少なかった。いつ降りて、いつ続けるか、それを判断するポッツィの勘は例外なく的確だった。勝てない手でつっぱりすぎたりすることも決してなく、三枚目か四枚目が配られた時点で降りてしまうことも珍しくなかった。はじめはナッシュもでたらめなハッタリで二、三度は勝てたが、二十分か三十分もすると、そういう戦略が裏目に出はじめた。手口をすっかり見抜かれてしまって、最後にはもう、心をまるごと読まれているような感じだった。まるでポッツィがナッシュの頭のなかに座っていて、ナッシュが考えるさまを逐一見守っているみたいだった。ナッシュは気をよくした。ポッツィの腕がよくなくては困るのだから。とはいえ、そこにはいくぶん、心乱されるところも混じっていて、その不愉快な感触はしばらくあとまで残ることになった。そもそもナッシュがはじめのうち慎重にプレーしすぎて、用心深く勝負しすぎたものだから、ポッツィにあっさり主導権をとられてしまい、その後は思うままにハッタリをかけられ、操られてしまったのだ。といっても、ポッツィはそれで嬉《うれ》しそうにはしゃいだりはしなかった。真剣そのものの顔でプレーを続け、いつもの皮肉やユーモアはおくびにも出さなかった。もう終わりにしようとナッシュに言われて、ようやく本来の自分に戻ったか、いっぺんに気を抜いて椅子《いす》の背にもたれかかり、ニッと満足げに、満面の笑みを浮かべた。

「やるじゃないか、なかなか」とナッシュは言った。「コテンパンにやられたぜ」

「言っただろ」とポッツィは言った。「ポーカーとなると気は抜かないのさ。十回に九回は勝つ。自然の法則みたいなものさ」

「明日が九回のうちに入るよう願いたいね」

「心配するなって、あのカモたちの息の根止めてやるから。保証する。あいつら、あんたの半分の腕もありゃしない。で、俺があんたをどう負かしたかは、いま見たとおりだ」

「完璧《かんぺき》に破壊されたよ」

「そのとおり。核兵器の皆殺しさ。ヒロシマだ」

「で、昨日決めた約束でいいか？」

「五割ずつ山分けってことか？　ああ、いいとも」

「もちろん、まず一万ドル差し引いてだ」

「まず一万差し引き。それにまだ勘定に入れなくちゃならんことがある」

「というと？」

「ホテル。食事。昨日買ってくれた服」

「気にするなって。そういうのは考えなくていい。いわば必要経費だ」

「何言ってんだ。そんなことまでしなくちゃならない理由なんてないだろう？」

「俺がしなくちゃならないことなんか何もないさ。こっちはやりたくてやってるんだ。プレゼントってことにしておけ。何なら、俺を仲間に入れてくれたお返しのボーナスと思ってくれてもいい」

「斡旋料《あっせんりょう》か」

「まさしく。仲立ちの手数料だ。あとはもう、ローレル＆ハーディに電話して、まだちゃんとお前のことを待ってるか確かめるだけだ。無駄足を踏むのは御免だからな。あと、道順もちゃんと訊《き》いとけよ。遅れたら礼儀に反する」

「あんたが一緒に来ることも知らせといた方がいいな。向こうにも心の準備ってものがあるし」

「車を修理に出したんで友だちの車に乗せてもらっていくって言えばいい」

「あんたのこと、俺の兄貴だってことにするよ」

「誇張はよそうぜ」

「いいさ、兄貴だって言うよ。そう言っとけば、あれこれ訊かれずに済む」

「わかった、好きに言えばいい。だけどあんまりややこしい話にはするなよな。はじめからやりづらい態勢になってもまずいから」

「心配するな、任しとけって。俺は大当たり小僧《ジャックポット・キッド》だぜ、覚えてるか？　俺が何を言ったって大丈夫なのさ。言う人間が俺であるかぎり、何もかもうまく行くのさ」


翌日の午後一時半に、二人はオッカムの町へ出発した。ゲームは日が暮れるまではじまらない予定だが、フラワーとストーンには四時に来るよう言われていた。「王様でも迎えるみたいな歓迎ぶりなのさ」とポッツィは言った。「まずアフタヌーンティーを出してくれる。それから屋敷のなかを案内してくれる。で、いよいよプレーに入る前にみんなでディナーだ。どうだい？　アフタヌーンティーだぜ！　信じられんね」

「何ごともはじめての時はそういうものさ。とにかくお行儀よくしろよ。ズブズブ音を立てて紅茶を飲むんじゃないぞ。角砂糖はいくつ要るか訊かれたら、ひとつだけお願いしますって言え」

「あの二人、頭は空っぽだけど心はまともみたいだぜ。俺がこんなに欲深くなけりゃ、ほとんど同情しちまうところさ」

「お前くらい億万長者に同情しそうもない人間はいないと思うがね」

「いや、つまりさ、まずは酒もメシもたっぷりごちそうしてもらって、それから金をごっそり巻き上げて帰るわけだろ。相手に同情せずにいられないじゃないか。すごくじゃなくても、少しは」

「あんまり決めてかからない方がいいぞ。いくらお行儀のいい億万長者だって、はじめから負けるつもりでやるわけじゃないからな。わからんものだぜ。ひょっとしていまごろ、向こうもペンシルベニアで俺たちに同情してるかもしれんぞ」

午後は暖かく、もやが出ていて、分厚い大きな雲が上空を覆《おお》い、いまにも雨が降り出しそうな気配だった。リンカーン・トンネルを越え、ニュージャージーの高速道路を何本か、デラウェア川の方角に向けて抜けていった。はじめの四十五分くらいは、二人とももあまり喋《しゃべ》らなかった。ナッシュが運転し、ポッツィは窓の外を見て地図を調べた。何はともあれ、自分がひとつの転換点に達したことをナッシュははっきり感じていた。その夜ゲームで何が起ころうと、車を走らせつづける日々は終わりを迎えたのだ。ポッツィと一緒に車に乗っているという事実だけでも、終わりの必然を証《あか》しているように思えた。何かが終わり、別の何かがはじまろうとしている。いまはしばしその中間にいて、ここでもそこでもない場を漂っている。ポッツィが勝つ確率が、それなりに高いことはわかっている。それなりどころか、相当高いと言っていいだろう。だが、勝つんだと思うと、なぜか話がうますぎるような気がしてならなかった。あまりにあっさり、あまりに自然に起きすぎて、何も永続的な結果が残りえない気がした。そこでナッシュは、負ける可能性をつねに一番に考えるよう努めた。不意打ちを喰うよりは最悪の事態を覚悟しておいた方がいい、そう自分に言い聞かせた。うまく行かなかったらどうするか？

金がなくなったらどういう手がある？　不思議なのは、自分がそういう可能性を思い描けること自体ではなく、それをひどく無頓着《むとんちゃく》に、冷静に、胸にほとんど何の痛みも覚えずに思い描けることだった。まるでもう、いまとなっては自分の身に起ころうとしていることに自分が関与していないような気分だった。では、自分の運命にもはやかかわっていないのだとすれば、俺はどこにいるのか？　俺という人間はどうなってしまったのか？　ひょっとすると俺は、天国と地獄の中間にあまりに長くとどまりすぎたのかもしれない。そのせいで、いまこうして自分を見つけ出す必要が生じても、もはや何も取っかかりが残っていないのだ。ナッシュは突然、自分の内部が死んでしまったような、自分の感情がすべて使い尽くされてしまったような気分に襲われた。怖くなった方がいい、と頭では思ったが、破滅を思い描いても恐怖を感じることはできなかった。

出発してそろそろ一時間というところで、ポッツィがふたたび喋り出した。ちょうどニューブランズウィックとプリンストンの中間あたりで、雷雨のただなかを走り抜けている最中だった。一緒に過ごして三日目になってはじめて、ポッツィは自分を救ってくれた人間について好奇心を示してきた。ナッシュの方はすっかり油断していて、ポッツィがそこまであけすけに訊いてくるとは思ってもいなかったから、いつもよりオープンに、ふだんなら他人には明かさないようなことまでいつしか打ち明けてしまっていた。はっと気がついて、途中で話を打ち切ろうかとも思ったが、いいさ、構うものか、と思い直した。明日になればこいつは俺の人生から消えているんだ。二度と会わない人間にわざわざ隠しごとをしてどうする？

「それで、教授どの」とポッツィは切り出したのだった。「二人でしこたま儲《もう》けたら、あんたそのあとどうするんだい？」

「まだ決めてない」とナッシュは答えた。「明日まず娘に会いにいって、二、三日一緒に過ごすつもりだ。それからじっくり計画を立てることにするよ」

「へえ、子供がいるのか。あんた、妻子持ちには見えないがな」

「妻子持ちじゃないさ。でも娘はミネソタにいる。あと二か月ばかりで四つになる」

「カミさんは関係ないのか？」

「前はあったけど、もうない」

「娘と一緒にミシガンにいるのかい？」

「ミネソタだ。いや、娘は俺の姉のところで暮らしてる。姉貴と、その亭主のところで。亭主ってのはもと、バイキングズのディフェンスをやってたんだ」

「ほんとかい？　何て名前だ？」

「レイ・シュワイカート」

「聞いたことないなあ」

「二シーズンくらいしか続かなかったからな。キャンプで膝《ひざ》を傷《いた》めて、それで一巻の終わり」

「で、カミさんは？　先立たれでもしたか？」

「いや、そういうわけじゃない。まだどっかで生きてるはずだ」

「消滅芸か」

「まあそう言ってもいい」

「子供を連れずに出てったわけか？　それってどういう女だ？」

「その質問は俺も胸のうちで何度もしたよ。だが少なくとも、書き置きは残していった」

「何たる優しさ」

「ああ、感謝の念で胸が一杯になったね。ただひとつ問題だったのは、あいつがそれを台所のカウンターに置いていったことでね。朝食の後片付けもせずに出ていったから、カウンターは濡《ぬ》れていた。その晩、俺が帰ってきたころには、書き置きはびしょ濡れだった。インクがにじんだ手紙ってのは読みづらいもんだ。ちゃんと相手の男の名前まで書いてあったんだが、それも読めなかった。ゴーマンだかコーマンだかだったと思うんだが、いまだにどっちだかわからない」

「せめて美人ではあったんだろうな。何か取り柄があったはずだぜ、結婚したいと思ったからには」

「ああ、大した美人だったよ。はじめて見たときは、世の中にこんな綺麗《きれい》な女がいるのかと思った。俺はあいつから手が離せなかった」

「いい女だったんだな」

「そう言っていい。でもしばらく経《た》って、脳味噌《のうみそ》の方は空っぽだってことがわかった」

「よくある話さ。頭じゃなくてムスコに考えさせると、そうなっちまうのさ。でもな、俺の女房だったら、引っぱってでも連れ帰って、性根《しょうね》を叩《たた》き直してやるね」

「そんなことしても無駄だったさ。だいいち俺には仕事があった。仕事を放ったらかして女房を探しにいくわけには行かん」

「仕事？　あんた、職があるのか？」

「もうない。一年ばかり前に辞めた」

「何をしてたんだ？」

「火消し業さ」

「ふーん、調停屋か。問題が起きた会社に呼ばれて、ふさぐ穴を探してまわるわけか。それってトップレベルの経営管理だろ。ずいぶん儲かったろうな」

「いや、本物の火事の話さ。ホースで水かけて消す方だよ。昔ながらのはしご車さ。報知器が割られる、ビルが燃える、人が窓から飛び降りる。新聞で読むたぐいのやつだよ」

「冗談だろ?」

「本当さ。ボストン消防署に七年近く勤めてた」

「ずいぶん自慢みたいだな」

「まあ自慢なんだろうな。これでもけっこう有能だった」

「そんなに好きな仕事なら、なぜ辞めた?」

「運が巡ってきたんだよ。ある日突然、大金が転がり込んできたんだ」

「アイリッシュ・スイープステークス（アイルランドの病院が主催する競馬くじ）でも当てたか?」

「というか、お前の話の卒業プレゼントに近いな」

「ただしもっと大金」

「まあそうだな」

「で、いまは? いまは何やってる?」

「たったいまは、お前と一緒に車に乗って、今夜お前がしこたま稼いでくれることを願ってる」

「金のためならどこまでも、と」

「そのとおり。とにかく自分の鼻に頼って、結果が出るのを待ってる」

「われらがクラブへようこそ」

「クラブ？　何のクラブだ？」

「世界負け犬協会さ。決まってるだろ。あんたを公式の正規会員として認定する。会員番号ゼロゼロゼロゼロゼロ」

「それってお前の番号かと思ってたがな」

「そうさ。でもあんたの番号でもある。それがこの協会のいいところさ。入る奴《やつ》はみんなおんなじ番号がもらえるんだ」


フレミントンに着いたころには雷雨も止《や》んでいた。散っていく雲の向こうから陽がさして、濡れた土地が突然、ほとんどこの世のものとは思えぬほど鮮明にきらめき出した。木々は空を背景にくっきりと立ち、影までまるで、その暗く込み入った輪郭を医療用メスで精緻《せいち》に切りとられたかのように、いつになく深く地面に食い込んで見えた。悪天候にもかかわらずここまでは調子よく飛ばしてきていて、予定よりいくぶん先を行っていたので、コーヒーを飲んでいくことにした。町に着いたところで、どうせならトイレにも寄って煙草《たばこ》も一カートン仕入れていこうということになった。ふだんは喫《す》わないんだがカードをやるときは手元に置いておくんだ、とポッツィは言った。小道具にいいのさ、煙のかげにこっちの魂胆を隠せるってところまでは行かんが、とにかく相手にじっくり見られずに済む。肝腎《かんじん》なのは、底の知れない奴だと思わせておくことさ。自分のまわりに壁を築いて、なかに誰も入れないようにするんだ。ポーカーってのは自分のカードに賭《か》けるだけのゲームじゃない。相手の弱味を探ったり、相手のしぐさからいろんな手がかりを読みとったりしなくちゃならない。いったんパターンを見抜いてしまえば、ぐっと有利になる。当然、いいプレーヤーは、自分がそうされないようつねにできるだけのことはやるのさ。

ナッシュは煙草の代金を払い、ポッツィに渡した。マルボロの細長い箱をポッツィが小脇《こわき》に抱え、二人で店を出て、メインストリートをしばらくぶらついた。夏の観光客の小さな群れがいくつか、太陽とともにふたたび姿を現わしていて、二人はそうした人波のあいだを縫うようにして歩いていった。四つ角を二つ過ぎたあたりで、古いホテルに行きあたった。表の壁に貼《は》られた銘板によると、一九三〇年代にリンドバーグ誘拐裁判が行なわれた際に裁判を取材した新聞記者たちがこのホテルに泊まったということだった。ブルーノ・ハウプトマンはたぶん無実だったんだ、新発見の証拠によればどうやら無実の人間が処刑されてしまったんだ、とナッシュはポッツィに言った。そして全米の英雄リンドバーグの話をナッシュは続け、戦争中リンドバーグがファシズムに転じたことなどを語ったが、ポッツィがこの講義に退屈しているようだったので、車に引き返した。

フレンチタウンの橋を見つけるところまでは簡単だったが、デラウェア川を渡ってペンシルベニアに入ると、道はいささかわかりづらくなってきた。オッカムは距離としては川から二十五キロと離れていないはずなのに、ややこしい曲がり角をいくつも経ねばならず、狭く曲がりくねった道を四十分近くのろのろ走る破目になった。雷雨がなかったらもう少し速く進めただろうが、地面が濡れて泥道になっていたし、木から落ちて道をふさいでいる枝をどかすために車から降りねばならないことも二度ばかりあった。電話でフラワーと話したときに書きとめた道順をポッツィは何度も見直し、目印が現われるたびに声に出して確認した。草木に覆《おお》われた橋、青い郵便箱、黒い丸が描かれた灰色の石。しばらくすると、何だか迷路のなかを走っているような気になってきて、いよいよ最後の曲がり角が前に見えてきたときには、こりゃもう川まで戻ろうにもちょっとやそっとじゃ戻れんだろうなということで二人の意見は一致した。

ポッツィはその屋敷を見たことはなかったが、大きくて堂々とした建物だということは聞かされていた。部屋が二十あって、三百エーカー以上の敷地に囲まれた大邸宅だという。だが道路からは、木々の障壁の向こうに富があることを匂《にお》わせるようなものは何もなかった。〈フラワー〉〈ストーン〉と書かれた銀色の郵便箱が、舗装されていない道の脇《わき》に立っていて、その道から、鬱蒼《うっそう》と茂った林と灌木《かんぼく》が続いている。ろくに手入れもしていない様子で、古い、廃業した農場の入口のように見えた。ナッシュはサーブのハンドルをぐいと切って、でこぼこの、轍《わだち》のついた小道に乗り上げ、のろのろと五、六百メートルそのまま走りつづけた。道があまり長く続くので、いったいいつになったら終わるのか、ナッシュはいくぶん不安になってきた。ポッツィは何も言わなかったが、やはり彼も落着かなくなってきているのがわかった。むっつりとした、すねたような沈黙が、こんなところに来るんじゃなかったかなと思いはじめていることを伝えていた。やっとのことで道が上り坂になり、数分後にまた平らな地面に出ると、五十メートル先に、背の高い鉄の門が見えた。さらに車を進めて、門の前に着くと、屋敷の上の部分が鉄柵《てつさく》ごしに見えてきた。煉瓦《れんが》作りの巨大な建物がさして遠くないところにそびえ、煙突が四つ、空に向かって突き出し、傾斜のついたスレート屋根に陽光が当たって弾んでいた。

門は閉まっていた。ポッツィは車から飛び出して、開けようとしたが、把手《とって》を二、三回引っぱった末に、ナッシュに向かって首を横に振り、鍵《かぎ》がかかっていることを知らせた。ナッシュはギヤをニュートラルにして、ハンドブレーキをかけ、様子を見に車を下りた。空気が急にひんやりしてきたように思えた。強めのそよ風が尾根の向こうから吹いてきて、秋の最初のかすかな兆《きざ》しでもって木の葉を揺すった。地面に足をつけて、身をのばすと、抑えようもないほどの幸福感がナッシュの体を貫いた。それは一瞬しか続かず、今度はつかのま、ごくわずかな眩暈《めまい》のような感覚が訪れたが、ポッツィの方に向かって歩き出すと同時にそれも消えた。そのあと、頭が奇妙に空っぽになったようにナッシュは感じた。何年ぶりかに、子供のころときどき襲われたトランス状態に陥った

――心のなかのバランスが突然崩れ去り、まるで周囲の世界から現実感がいっぺんになくなったような気になるのだ。自分が影になったような、目を開けたまま眠りに落ちたような気がした。

門を調べているうちに、鉄細工を支えている石柱のひとつに小さな白いボタンが埋め込んであるのをナッシュが見つけた。屋敷内のベルにつながっているのだろうと思って、人差し指の先で押してみた。何も音がしなかったが、もう一度、外にも聞こえる仕掛けではないことを確かめようと長めに押してみた。ポッツィは険悪な顔をして、なかなか事が運ばないことに苛々《いらいら》してきていたが、ナッシュは黙ってそこに立ち、湿った土の匂いを吸い込みながら周囲の静けさを味わっていた。二十秒ばかりして、屋敷の方から、一人の男が小走りにこっちへやって来るのが見えた。その姿が近づいてくるにつれて、これはフラワーでもストーンでもないとナッシュは結論を下した。少なくとも、二人に関するポッツィの説明とは違っている。年齢不詳の、ずんぐりした体つきの男で、青い作業ズボンに赤いフランネルのシャツを着ていて、服装からして雇い人だろうと思えた。庭師か、それとも門番か。男は柵の向こうから、まだ息を切らせたまま二人に声をかけた。

「何か用かね？」と男は言った。それは好意も敵意もない無色の問いで、誰が来てもかならずこう訊《たず》ねることにしているらしい口調だった。詳しく観察してみると、男の目の驚くほどの青さがナッシュの注意を惹《ひ》いた。あまりにも透きとおった青さに、光が当たると目がほとんど消えてしまいそうに見えた。

「ミスター・フラワーに会いにきたんだ」とポッツィが言った。

「あんたらニューヨークから来たのか？」と男は言って、二人の向こうの、土の道でアイドリングしているサーブに目を向けた。

「そうとも」とポッツィが答えた。「プラザ・ホテルから直行してきたのさ」

「じゃあ車はどうなんだ？」と男は、砂っぽいグレーの髪にずんぐり太い指を何本か滑らせながら訊いた。

「車がどうしたっていうんだ？」とポッツィが言った。

「いや、ちょっと思ったんだが」と男は言った。「あんたらニューヨークから来たって言うけど、車のプレートは、ミネソタ、『一万の湖の地』って書いてあるだろ。方角が反対じゃないかね」

「あんた、頭がどうかしてるのか？」とポッツィは言った。「車がどこのだからって、それがどうしたってんだ？」

「まあそう怒らんでもいいだろうに」と男は答えた。「わしは自分の仕事をしてるだけさ。このへんをうろうろしている連中が大勢いるでな、招かれざる客を入れるわけには行かんのだよ」

「俺たちは招かれてるんだよ」とポッツィは癇癪《かんしゃく》をこらえながら言った。「ポーカーをやりに来たんだ。信じないんだったら、あんたのボスに訊《き》いてきな。フラワーでもストーンでもどっちだっていい。二人とも俺の友だちなんだから」

「こいつの名前はポッツィ」とナッシュが言い添えた。「ジャック・ポッツィだ。こいつが来るはずだってことくらい、あんた知らされてるんじゃないのか」

男はシャツのポケットに手をつっ込み、小さな紙切れを取り出して、軽く丸めた手のひらに載せ、腕をのばしてしばし眺めた。「ジャック・ポッツィ」と男は読み上げた。「で、あんたは？」と男はナッシュの方を向いて言った。

「ナッシュだ」とナッシュは言った。「ジム・ナッシュ」

男は紙切れをポケットに戻して、ふうっとため息をついた。「名前のわからん奴は入れられんのさ」と男は言った。「それが決まりなんだよ。はじめから名のればよかったのに。そうすりゃ問題なかったんだ」

「あんた、訊かなかったじゃないか」とポッツィが言った。

「ああ」と男はもごもごと、ほとんど独り言のように言った。「ま、忘れたかもな」

男はそれ以上何も言わずに、門の扉を両方開けて、背後の屋敷を身ぶりで指した。ナッシュとポッツィは車に戻り、門を通ってなかに入った。

4

玄関のチャイムを押すと、ベートーベンの第五の冒頭が鳴り出した。二人は驚いて、間の抜けた顔でニッと笑ったが、それについて何か言う間もなく、糊《のり》のきいた灰色の制服を着た黒人のメイドがドアを開けて、二人を招き入れた。メイドのあとについて、彼らは広々とした玄関広間の、黒白のチェックの床を歩いていった。広間のあちこちに、壊れた彫像が置いてある。右腕をなくした裸のニンフの木像、頭のない狩人《かりゅうど》、石の台座の上に浮かぶ脚のない馬（腹から鉄の柄がのびていて台座につながっている）。メイドはなおも先へ進んで、天井の高いダイニングルームを抜け（真ん中に巨大なクルミ材の食卓がある）、薄暗い照明のともる、壁に小さな風景画をいくつも飾った廊下を通った末に、重たそうな木のドアをノックした。なかから返事があって、メイドはドアを押して開け、ナッシュとポッツィが入れるよう脇に寄った。「お客さまがお見えです」とメイドはろくに部屋のなかも見ずに言ってから、ドアを閉め、黙ってそそくさと立ち去った。

広々とした、ほとんどわざとらしいくらい男性的な部屋だった。ナッシュがしばし敷居に立って室内を見渡すと、黒っぽい壁板、ビリヤードテーブル、くたびれたペルシャ絨毯《じゅうたん》、石造りの暖炉、革張りの椅子《いす》数脚、天井で回っている扇風機などが目に入ってきた。まず頭に浮かんだのが、何だか映画のセットみたいだなという思いだった。世紀末あたりにどこかの植民地に作られた英国人クラブの模造という感じだ。ポッツィのせいだな、とナッシュは思った。ローレル&ハーディがどうこうなんて言うものだから、ハリウッドへの連想が頭に埋め込まれてしまい、現にこうやって来てみても、屋敷がどうも幻影に思えて仕方ないのだ。

フラワーとストーンは二人とも白いサマースーツを着ていた。一方は暖炉の脇に立って葉巻を喫《す》っており、もう一方は革の椅子に座って、水だろうかジンだろうか、何か無色の液体が入っているグラスを手にしていた。白いスーツも植民地っぽい雰囲気に一役買っていたにちがいない。が、ひとたびフラワーが、荒っぽい、しかし不快ではないアメリカ人らしい声で二人を招き入れると、幻影はいっぺんに崩れ去った。なるほど、一人は太っていて一人は痩《や》せている、でも似ているのもそこまでだ、とナッシュは思った。ストーンは張りつめた、やつれたような表情をしている男で、憂鬱《ゆううつ》をたたえていつも涙ぐんでいる感じのローレルよりも、むしろフレッド・アステアを思わせる。そしてフラワーも、肥えているというよりはがっしりとたくましく、二重あごをしたその顔は、肥満ながら足どりは軽いハーディというより、エドワード・アーノルド、ユージーン・パレットといった重々しい雰囲気の俳優に似ていた。それでも、ポッツィの言わんとしていたことはよくわかった。

「諸君、ようこそ」とフラワーが、片手をさし出しながら近づいてきて言った。「よくいらしてくださった」

「やあ、ビル」とポッツィが言った。「また会えて嬉《うれ》しいよ。こっちは兄貴のジム」

「ジム・ナッシュだね？」とフラワーは愛想よく言った。

「そうです」とナッシュが言った。「ジャックとは異父兄弟でしてね。母親は同じ、父親は別々なんです」

「誰のおかげか知らんが」とフラワーはポッツィの方をあごで指しながら言った。「大したポーカーの腕だねえ、この人は」

「まだ小さいころから仕込んだんですよ」とナッシュはお芝居の誘惑に抗《あらが》えずに言った。「才能があると思ったら、あと押ししてやるのが務めですからね」

「そのとおり」とポッツィは言った。「ジムが俺の先生だったんだ。知ってることは全部ジムから教わったのさ」

「でもいまじゃ私なんかコテンパンにやられちまいます」とナッシュは言った。「もうこいつと同じテーブルに座る気もしませんよ」

このころにはもうストーンも椅子から立ち上がって、グラスを持ったまま彼らの方に歩いてきた。そしてナッシュに向かって自己紹介し、ポッツィと握手した。四人は空っぽの暖炉のまわりに立って、飲み物が来るのを待っていた。話はほとんどフラワーがしたので、二人のうち支配権を握っているのはこっちだろうと思ったが、この大男の温かさ、騒々しいユーモアも悪くないと思うものの、ナッシュはなぜか、無口ではにかみがちのストーンに惹《ひ》かれていった。小柄なストーンは、他人の話にじっくりと耳を傾け、自分ではろくに口を開かなかったが（開いてもどもりがちで言葉ははっきりせず、自分の声が立てる音をほとんど恥ずかしく思っているみたいだ）、その目に浮かぶ静謐《せいひつ》、落着きには、他人に対する深い共感がこもっているように見えた。フラワーの方はいつも神経が高ぶっていて、好意をずんずん押し出してくるが、どうもどこか粗野な感じがしてしまう。何か不安の刃《やいば》みたいなものが引っかかっていて、自分自身としっくり行っていないような印象を与えるのだ。それに対してストーンは、もっと素朴で、穏やかな人柄であり、気どったところもなく、自分の肌のなかにしっくり収まっている。でもまあしょせんこれは第一印象だ、とナッシュは思った。グラスに入った澄んだ液体をちびちび飲んでいるストーンを見ていると、ひょっとすると酔っているだけかもしれないという気もしてきた。

「ウィリーも私も昔からカードが好きでね」と、ナッシュが我に返るとフラワーが言っていた。「フィラデルフィアにおったころもね、毎週金曜の晩にポーカーをやったもんです。わしらにとっちゃ儀式みたいなもので、十年のうちで休んだことなんて数えるほどしかなかったね。日曜日に教会へ行く人もおるが、わしらには金曜の夜のポーカーだったんだ。いやあ、あのころは週末がほんとに楽しみだったなあ！　とにかくね、味気ない日々の疲れを洗い流すには、和気あいあいのポーカーにまさる薬はありません」

「心が安まるね」とストーンが言った。「余計なことは忘れられる」

「まさにそのとおり」とフラワーが言った。「新しい可能性に向けて心を開くのに役立つ。まっさらな気持ちに戻ることができる」。話の筋道を思い出そうと、彼はしばし間を置いた。「そんなわけで、ウィリーも私も長年チェスナット・ストリートの同じビルにオフィスを構えておりましてな。ウィリーは検眼士で、わしは会計士。金曜は毎週、五時になったら二人ともさっさと店を閉めるんだ。ゲームは七時からでね。毎週毎週、あいだの二時間はいつもまったく同じように過ごすんです。まず四つ角のニューススタンドに直行して、宝くじを一枚買う。それから、通りの向かいにある、デリカテッセンのスタインバーグズに行く。わしはいつもライ麦パンのパストラミサンドを注文する。ウィリーはコーンビーフ。わしらずいぶん長いことそうしてたよな、ウィリー。九年か、十年かな」

「少なくとも九年か十年だね」とストーンが言った。「ひょっとすると十一年か、十二年か」

「ひょっとすると十一年か、十二年かな」とフラワーが満足げに言った。ここまでの話しぶりからして、もうこれまで何度も語ってきた話にちがいない。だがそれでも、機会があればやはりまだ話したいらしい。まあわからないでもないな、とナッシュは思った。幸運というものは不運と同じくらい人をとまどわせる。何千万ドルもの金が文字どおり空から降ってきたら、それが本当に起きたことを自分に納得させるためにも、何度もくり返し話さずにはいられないのだろう。「とにかく」とフラワーは言葉を続けた。「わしらは長いあいだこの習慣を守りました。もちろん生きてるあいだにはいろんなことがあったが、金曜の夜はいつだって神聖でした。結局のところ、これがほかの何よりも根強く残りましたね。ウィリーは女房をなくして、わしの女房は出ていった。失望の種は次々と訪れ、わしらも心を挫《くじ》かれそうになった。でもそれでもずっと、五階のアンディ・ドゥーガンのオフィスでのポーカーだけは、時計仕掛けみたいにきちんと続いたんです。ポーカーは絶対にわしらを見捨てなかった。雨が降ろうが槍《やり》が降ろうが、ポーカにだけは安心して頼ることができたんです」

「それがある日」とナッシュが口をはさんだ。「出し抜けに大金が転がり込んできた」

「ある日突然にね」とストーンが言った。「本当に寝耳に水だった」

「ほぼ七年前のことです」とフラワーが本筋から外れまいとして言った。「正確には十月四日。もう何週間も当たりが出ていなくて、賞金は史上最高の額に達しておったんです。二千万ドル以上、べらぼうな大金でしょう。ウィリーとわしはもう何年も買ってましたが、それまでは一セントだって稼いだためしがありませんでした。何百ドルと注ぎ込んだってのに、五セント貨一枚当たりやしません。べつにわしらとしても、当たるなんて思っちゃいませんでしたがね。結局のところ、何回買おうが、それぞれの確率はいつだって同じなんです。何百万、何千万分の一、本当にごくごくわずかな可能性です。それよりね、宝くじなんか買ったのは、もし万一当たったら賞金を何に使うかを話すのが楽しかったからだと思うんですよ。それがわしらの気晴らしだったんです。スタインバーグズでサンドイッチを食べながら、突然運が巡ってきたらどんな暮らしをするか、いろんな物語をひねり出す。罪のないささやかなゲームですよ。そうやって思いつくままにいろんなことを考えるのが面白かったんですな。何ならセラピー効果があると言ってもいい。いまとは違う人生を想像することで、心が元気になるんだ」

「血のめぐりがよくなる」とストーンが言った。

「そのとおり」とフラワーは言った。「心臓に燃料が注ぎ込まれるんですな」

と、ドアをノックする音がして、メイドが入ってきて氷入りの飲み物とティー・サンドイッチを載せたカートを押してきた。飲食物が配られるあいだフラワーは話を中断したが、四人がそれぞれ椅子に収まると、ただちにまた喋《しゃべ》り出した。

「ウィリーとわしとで、いつも共同で一枚買ったんです」とフラワーは言った。「その方が楽しいからね。おたがい張りあわなくて済む。一人だけ当たってごらんなさい！どうしたって、もう一人と山分けしないわけには行かなかったでしょうよ。だったらそんな余計な気苦労をするよりはと、はじめから一枚のくじを半分ずつ分けたんですよ。どちらかが最初の数字を選んで、もう一方が二番目を選んで、という按配《あんばい》に、穴が全部開くまで代わりばんこに選んでいくんです。もうちょっとで大当たりってことも何度かありましたよ。数が一つか二つ違っただけとかね。外れは外れだけど、そういうもう一歩ってのもけっこうわくわくしましたねえ」

「拍車がかかったね」とストーンが言った。「どんなことだって起こりうるんだ、そう信じる気になった」

「その問題の日」とフラワーが話を進めた。「七年前の十月四日、ウィリーとわしは、いつもよりいくらか慎重に番号を選んだんです。なぜかわからんのですが、どういう番号にするか二人でわざわざ話しあったんですよ。もちろんわしは、商売柄ずっと数字を勘定してきました。そうするとね、そのうちに、数ってものはそれぞれ性格があるんだって気持ちになってくるんです。たとえば、十二ってのは十三とは全然違う。十二は潔癖で、生真面目《きまじめ》で知的だが、十三は一匹狼《いっぴきおおかみ》で、ちょっとうさん臭いところもあって、欲しい物を手に入れるためなら法を破ることも辞さない。十一はタフで、森を闊歩《かっぽ》したり岩登りをしたりするのが好きなアウトドアタイプ。十はどっちかというと単純素朴で、言われたとおりのことを大人しくやる奴《やつ》です。九は奥が深くて神秘的で、御釈迦《おしゃか》さまみたいに瞑想《めいそう》的。あんまり並べても退屈なさるでしょうからこれくらいにしときますが、わしの言わんとすることはおわかりでしょう。どれもすごく個人的な感慨ですが、でもね、会計士仲間に訊《き》いてみると、みんなおんなじこと言うんですよ。数には魂があるんだ、数とつき合っていればそのつき合いもいずれかならず個人的なものになるんだってね」

「そんなわけで」とストーンが言った。「二人で宝くじの券を握って、どの数に賭《か》けるか考えたんです」

「そしてわしがウィリーの方を向いて」とフラワーが言った。「『素数』と言ったんです。そしたらウィリーもわしを見返して、『それだ』と言った。なぜってウィリーもまさにそう言おうとしていたところだったんですよ。わしの方が口に出すのがほんの一秒早かっただけで、二人とも同じことを思いついておったわけです。素数。実に綺麗《きれい》で、優美な思いつきだ。協力を拒み、変わりもしないし割れもしない数。未来永劫《えいごう》、それ自身でありつづける数たち。かくしてわしらはひと続きの素数を選んで、道を渡っていつものサンドイッチを食べたんです」

「三、七、十三、十九、二十三、三十一」とストーンが言った。

「一生忘れませんよ」とフラワーが言った。「魔法の組合わせでした。天国の門を開ける鍵《かぎ》だったんです」

「それでもやっぱり、ショックでしたねえ」とストーンは言った。「最初の一、二週間は途方に暮れましたよ」

「大混乱でした」とフラワーは言った。「テレビ局、新聞、雑誌。次から次へと取材に押しかけてきて、わしらの話を聞いて、写真を撮っていくんです。騒ぎが収まるのにしばらくかかりましたね」

「もうまるで有名人ですよ」とストーンが言った。「庶民の英雄です」

「でもわしらはね」とフラワーが言った。「宝くじに当たった連中がよく口にするような馬鹿《ばか》な科白《せりふ》を吐いたりはしませんでしたぞ。仕事は続けますって言う秘書とか、これからもずっと小さなアパートで暮らしますって誓う配管工とか、よくいるでしょう。ウィリーとわしはそんな馬鹿じゃありません。金ってのは人生を変えちまう。金が多ければ多いほど、変化も大きくなるんだ。それにこっちはもう、賞金をどう使うかも決めてあったんです。その話はさんざんやってましたからね、いまさら頭をひねる必要なんかなかった。騒動が鎮《しず》まったところで、わしは会社の持ち株を売って、ウィリーも同じように商売から手を引きました。考えることなんてありませんでした。結論ははじめから決まっておったんです」

「でもそれはまだ、ほんのはじまりだった」とストーンが言った。

「まさしく」とフラワーが言った。「わしらは成功にあぐらをかいたりはしませんでした。毎年百万ドル以上の金が入ってくるんですから、やりたいことはほとんど何だってできます。この地所を買ったあとだって、手持ちの金を活用してもっと金を作りましたよ。そうしちゃいかん法なんてありゃしませんからね」

「ここはバックス郡！」とストーンは言って、つかのまがははと笑った。

「そのとおり」とフラワーは言った。「まさしくここはドル《バック》の地。金持ちになったと思ったのもつかのま、わしらは大金持ちになりました。そして大金持ちになったら、今度はとてつもない大金持ちになったんです。まあわしの場合、投資にはいろいろ通じてましたからね。長年他人の金を扱ってきたんだ、コツの一つや二つは当然身についてます。だけど正直な話、まさかここまでうまく行くとは二人とも思っておらんかったね。はじめは銀だった。次がユーロダラー。それから商品市場。ジャンク債、超伝導体、不動産。百発百中、何に手を出してもかならず利益が上がりましたよ」

「ビルはミダス王です」とストーンは言った。「手に触れたものは何でも黄金に変えちまう。金儲《かねもう》けの才にかけちゃ空前絶後です」

「たしかに宝くじは当たった」とフラワーは言った。「でもそれで終わってもおかしくはないわけですよ。一生に一度の奇跡だったってことでね。だけどわしらの場合、幸運の勢いはいまだに衰えておらん。何に手を出しても、どうもかならずうまく行くみたいなんです。いまじゃもう、あんまりたくさん入ってくるから半分は寄付しちまいますが、それでもまだ、どうしたらいいかわからないぐらい残ります。何だかこう、神さまがわしら二人を選び出されたみたいな有様でね。わしらに大層な幸運を与えて、幸福の極みに引き上げてくだすったんです。こんなこと言うとさぞ傲慢《ごうまん》に聞こえるでしょうが、わしなんかときどきね、自分たちが不死身になった気がすることもあるんですよ」

「ずいぶん景気がよさそうだけど」とポッツィがようやく会話に割って入った。「俺とポーカーやったときは、それほどでもなかったね」

「そうなんだ」とフラワーが言った。「まったくそうなんだ。これまでの七年、わしらが運に見放されたのは、あとにも先にもあのときだけです。ウィリーもわしもあの晩はヘマの連続で、あんたにさんざん搾《しぼ》りとられちまった。だからこそぜひ復讐戦《ふくしゅうせん》をとお願いしたわけでね」

「どうして今回は違うはずだって思うんだい？」とポッツィが言った。

「よくぞ訊いてくだすった」とフラワーは言った。「先月あんたにやられて、ウィリーもわしもすっかり恥じ入ったんだ。昔からずっと、ポーカーにかけちゃ二人ともなかなかのもんだって気でいたところを、とんでもない話だってことを思い知らされたわけでね。で、あっさり白旗をあげるよりはと、ここはひとつ上達に努めようと決めたんです。昼も夜も練習を積んできましたよ。レッスンも受けました」

「レッスン？」とポッツィが言った。

「シド・ジーノって男に」とフラワーが言った。「聞いたことあるかね？」

「当然さ、シド・ジーノだろ」とポッツィは言った。「ラスベガスに住んでるんだよな。最近はちょっと歳《とし》を食ってきたけど、昔はポーカーの世界で五本の指に入る腕前だった」

「いまでも大した名声です」とフラワーは言った。「そこで、ネバダから飛行機で来てもらって、結局ここに一週間泊まっていきましたよ。今度はわしらの腕もだいぶ上がっていると思うよ、ジャック」

「だといいがね」とポッツィは言った。少しも恐れ入っていないのは明らかだったが、礼儀だけはまだ装《よそお》おうと努めていた。「それだけレッスンに金を使って、何の足しにもならないんじゃもったいないからな。シドの奴、きっと相当な授業料ふっかけただろ」

「安くなかったですな」とフラワーが言った。「だがそれだけの値打ちはありましたね。あんたのこともね、聞いたことあるかって訊《たず》ねてみたんだが、残念ながら知らないと言われたよ」

「ま、シドもこのごろは第一線から離れてるから」とポッツィは言った。「それに俺のキャリアはまだはじまったばかりだからな。まだそんなに噂《うわさ》が広まっちゃいないさ」

「ウィリーとわしのキャリアも、はじまったばかりと言ってよさそうですな」とフラワーは、椅子《いす》から立ち上がって新しい葉巻に火をつけながら言った。「何はともあれ、今夜は面白いゲームになりそうだ。すごく楽しみにしてますよ」
「俺もだよ、ビル」とポッツィは言った。「きっと面白くなるぜ」

一階のツアーがはじまった。みんなで部屋を一つひとつ見てまわりながら、フラワーが家具、改築部分、壁に掛かった絵などに講釈を加えていった。二つ目の部屋に入るころには、それぞれの品の値段を大男がめったに言い落とさないことにナッシュは気がついていた。支出のカタログがふくらんでいくなか、この人物の下劣さに対する嫌悪感《けんおかん》がナッシュのなかでどんどん募っていった。うぬぼれの塊で、嬉々《きき》として金にこだわり、少しも恥じていない。会計士根性丸出しだ。ストーンは相変わらずほとんど何も言わずに、時おり突拍子もない科白を口にしたり、単なるくり返しにすぎない言葉をはさむ程度だった。まるっきり、自分より大柄で攻撃的な相棒の言いなりだ。ナッシュはだんだん気が滅入《めい》ってきた。そのうちに、何で俺はこんな馬鹿なところにいるんだという思い以外、頭にほとんど何も浮かばなくなってしまった。でっぷり太った赤の他人の騒々しい自慢話を聞かされることが唯一《ゆいいつ》の目的であるかのようにして、いまこの瞬間この屋敷に自分はいる。そういう事態を生み出した偶然の連なりを、ナッシュは頭のなかで一つひとつ列挙していった。これでポッツィがいなかったら、心底憂鬱《ゆううつ》な気分に陥っていたかもしれない。ポッツィはといえば、部屋から部屋へ楽しそうに歩きながら、フラワーの話を聞いているふりをしつつ、皮肉たっぷりの礼儀正しさをふりまいている。ナッシュは彼のたくましさに感心せずにはいられなかった。状況を精一杯いいように捉《とら》える能力がこの男には備わっているらしい。三番目か四番目の部屋で、ポッツィが愉快げな顔でウィンクを送ってきたときなど、ナッシュの胸にほとんど感謝の念が湧《わ》いてきた。まるで自分がふさぎ込んだ王であって、その王が、道化の悪ふざけに元気づけられたような気がした。

二階に上がると、状況はだいぶましになった。中央の廊下に面して閉じたドアが六つあって、それぞれが寝室になっていたが、それらをいちいち見せる代わりに、フラワーは一同を廊下のつき当たりまで連れていき、彼が「東の袖《そで》」と呼ぶ部分に通じる七番目のドアを開けた。それはごく目立たないドアで、フラワーがそのノブをつかんで開けるまでは、そこにドアがあることさえナッシュは気がついていなかった。廊下の壁全面に貼《は》られた壁紙（醜い、時代遅れの、くすんだピンクとブルーのアヤメ柄）がドアの上にも貼ってあって、そのカムフラージュがあまりに巧みなので、ドアが壁のなかに溶け込んで見えるのだ。フラワーによれば、彼もストーンも、一日の大半をこの「東の袖」で過ごすという。移ってまもなくに建て増ししたもので、ここでもフラワーは建て増しにかかった金額を正確に挙げてみせ、ナッシュはすぐさまその数字を頭から追い払おうと努めた。暗い、いくぶん黴臭《かびくさ》い古い屋敷と、この新しい別棟との対照は著しく、ほとんど息を呑《の》むほどだった。敷居をまたいだとたん、一同は大きな、多面のガラス屋根の下に立っていた。頭上から光が降り注ぎ、午後遅くの明るさが部屋じゅうに氾濫《はんらん》していた。目が慣れるのに少し時間がかかったが、いざ慣れてみると、ここが単なる通路にすぎないことがわかった。正面にもうひとつ壁があるのだ。塗り立ての白い壁で、閉じたドアが二つある。

「一方がウィリーの場所で、もう一方がわしのです」とフラワーが言った。

「何だか温室みたいだな」とポッツィが言った。「植物でも育ててるのかい？」

「いや、そういうわけでも」とフラワーは言った。「まあいろんなものを育てちゃいますが。おのおのの興味や情熱の対象をね。心の庭みたいなもんです。金がいくらあったって関係ない。人生、情熱を注げるものがなけりゃ生きるに値しません」

「いいこと言うなあ」とポッツィは真剣さを装ってうなずきながら言った。「まったく同感だよ、ビル」

「どっちからごらんいただいても構わんのですが」とフラワーは言った。「ウィリーがね、あんた方にぜひ街をお見せしたいって言っとりましてね。左側のドアから入りましょうか」

ストーンが自身の意向を口にするのも待たず、フラワーは左のドアを開けて、先に入るようナッシュとポッツィに合図した。部屋はナッシュが思っていたよりずっと広く、ほとんど納屋《なや》のような大きさだった。高い透明な天井と、色の薄い木の床のせいで、光に満ちあふれた広大な空間という印象を与えた。まるで空中に浮かぶ部屋みたいだ。四人のすぐ左の壁ぎわにはベンチやテーブルが並び、上にいろんな道具や木ぎれや金属の小物類が散乱していた。それ以外、唯一部屋のなかにあるのが、中央に置かれた巨大な演壇だった。その上を、ひとつの街のミニチュア模型とおぼしきものが覆《おお》っていた。それは目を見張る眺めだった。狂おしくのびた尖塔《せんとう》、本物そっくりのビル、狭い街路、ごく小さな人間たち。四人で壇の方に近づいていきながら、ナッシュの顔に笑みが広がっていった。その圧倒的な創意、精緻《せいち》さに、ナッシュは度肝を抜かれていた。

「〈世界の街〉っていうんです」とストーンは慎ましげに言った。口から言葉を出すことがほとんど苦闘であるかのような話し方だった。「まだ半分しか出来ていませんが、まあどういうものになるかはだいたいおわかりになると思います」

それ以上何を言ったらいいか考えて、ストーンは一瞬間《ま》を置いた。そのすきにフラワーが割り込んで、また喋り出した。その口調たるや、客が来るたびに息子をうしろから押してピアノを弾かせようとする親馬鹿の威圧的な父親そっくりである。「ウィリーはこれにもう五年取り組んでるんです。ごらんのとおり、実に大したものです。驚くべき偉業と言っていい。あそこの市庁舎をごらんなさい。あの建物ひとつ作るにも、四か月かけたんですよ」

「作っていて楽しいんです」とストーンはためらいがちの笑顔を浮かべながら言った。「世界がこんなふうだといいなと思ってるのを、形にしているんです。ここでは何もかもがすべて同時に起きているんです」

「ウィリーの街は単なるおもちゃじゃありませんぞ」とフラワーは言った。「これは人間というものをめぐる芸術的ビジョンだ。ある意味では自伝のようなものですが、別の意味では、世に言うユートピアですな。過去と未来がひとつになり、善がついに悪を滅ぼす場です。じっくりごらんになればおわかりになりますが、そこらじゅうに、ウィリー自身をかたどった人間がおるんです。ほれ、あすこの遊び場には子供のころのウィリーがいます。あっちでは大人になったウィリーがレンズを磨いています。そっちの、街路の四つ角ではわしら二人が宝くじを買っておる。ウィリーの奥さんとご両親はこっちの墓地に埋められておるんだが、それと同時に、天使になってあすこの家の上を漂ってもいる。かがみ込んで見てごらんなさい、ウィリーの娘が家の前の階段にいて、父親と手をつないでおるでしょう。いわば個人的背景というか、プライベートな素材、内なる構成要素ですな。だがそういうのがみんな、もっと大きな枠組のなかに組み込まれておるのです。あくまでひとつの例にすぎんのです。一人の人間が、世界の街を旅していく道のりの、ひとつの実例ってわけです。ここが裁判所、図書館、銀行、刑務所です。ウィリーはこれを〈結束の四本柱〉と呼んでおりましてね、都市の調和を守る上でそれぞれがなくてはならん役割を果たしておるわけです。刑務所をごらんなさい、囚人がいろんな仕事に嬉《うれ》しそうに携わっておるでしょう。みんな笑顔を浮かべてね。自分が犯した罪の罰を受けることを喜んでおるのです。重労働を通して、自分のなかの善を取り戻すすべを学んでおるわけです。こういうところが素晴らしいんですよ、ウィリーの街は。架空の場所なんだが、非常に現実的でもある。悪はいまだ存在しておる、だがこの街の統治者たちは、その悪を善に戻すすべを考え出したのです。ここでは叡智《えいち》が支配しております。それでも苦闘は不断に続いておって、市民一人ひとりが警戒を怠らぬよう求められておるのです――みなそれぞれが、自分のなかにこの街全体を抱えておるわけですからな。諸君、ウィリアム・ストーンは偉大な芸術家です。自分が彼の友人の一人に数えられることを、わしとしてもこの上ない名誉と思っとります」

ストーンが赤面し、うつむいて床を見下ろしたものだから、ナッシュは演壇のなかのまだ何もない部分を指して、あそこはどういうふうにするつもりかと訊《き》いてみた。ストーンは目を上げて、その空っぽのスペースをしばし見つめてから、今後に控える仕事を想《おも》ったのか、にっこりと微笑《ほほえ》んだ。

「いま私たちが立っているこの屋敷を作ります」とストーンは言った。「屋敷、それから地所、野原、林。あっちの、右の方に――そう言って彼は奥の隅を指さした――この部屋の模型を別個に作ろうかと考えているところです。もちろんそこには私もいるわけで、ということは当然、そこにもうひとつ世界の街を作らなくちゃなりません。もっと小さい、部屋のなかの部屋に収まる第二の街です」

「模型の模型ですか？」とナッシュは言った。

「そう、模型の模型です。でもまずはほかのところを仕上げないと。それは最後の要素というか、一番おしまいに付け加えるべきものですから」

「そんな小さい物、作れるわけないだろ」とポッツィはまるで狂人を見るような目でストーンを見ながら言った。「そんなことやったら目がつぶれちまうぜ」

「レンズがありますから」とストーンは言った。「細かい仕事は全部拡大鏡を使ってやるんです」

「だけど、模型の模型を作るとなると」とナッシュが言った。「理屈から言えば、もっと小さい、その模型の模型を作らなくちゃならないわけでしょう。模型の模型の模型の模型です。きりがないじゃないですか」

「ええ、おっしゃるとおりでしょうね」とストーンは、ナッシュの言葉に笑みを浮かべながら言った。「でもまあ、二番目の段階より先へ進むのはちょっと無理じゃないでしょうか。作るのが大変だっていうだけじゃなくて、時間の問題もあります。ここまで作るのに五年かかりました。第一の模型を仕上げるのに、たぶんあと五年かかるでしょう。模型の模型を作るのが私の予想どおりの難しさだとすれば、十年、ひょっとすると二十年かかってもおかしくない。私はいま五十六です。足し算してみれば、出来上がったころにはどのみち相当な歳になっているわけです。そして永遠に生きられる人間なんていませんし。少なくとも私はそう思ってます。ビルは違う意見かもしれんが、私にはそこまで信じられなくてね。遅かれ早かれ、私も万人と同じく、この世を去る日が来るんです」

「ということは」とポッツィが、驚きに思わず声を張り上げて言った。「これを一生続ける気だってこと？」

「ええ、そうですよ」とストーンが、そう思わない人間が存在しうることにほとんどショックを受けたような口調で言った。「もちろんそうです」

その一言《ひとこと》の重みが沈み込むあいだ、つかのまの沈黙があった。やがて、フラワーが片腕をストーンの肩に回して言った。「わしにはウィリーみたいな芸術の才はありやしません。でもまあそれでよかったんでしょうな。一家に芸術家二人ってのはあんまりかもしれませんからな。誰かが実際的な事柄の面倒も見なくちゃならん、そうだろウィリー？　世界を成り立たせるにはあらゆる種類の人間が必要なんです」

フラワーのまとまりのないお喋《しゃべ》りが続くなか、四人はストーンの工房を出て通路に戻り、もうひとつのドアに近づいていった。「諸君、ごらんになればわかりますが」とフラワーは相変わらず喋っている。「わしの関心はまったく別の方向に向いております。もともと骨董《こっとう》趣味に生まれついておるんでしょうな。何か価値なり意義なりがある歴史的な品を探し出して、そういう過去の手触りを伝えてくれる物を身のまわりに並べるのが好きなんです。ウィリーは物を作る。わしは物を集めるんです」

同じ東の袖でも、フラワーの側はストーンの工房とはまったく違っていた。ひとつの広々とした空間の代わりに、いくつもの小さな部屋に分かれていて、頭上に据えられたガラスの丸天井がなければ何とも重苦しい雰囲気になってしまいそうだった。五つの部屋はどこも、家具、本のあふれた本棚、絨毯《じゅうたん》、鉢植え、その他無数の小物がぎっしり並んでいて、さながら、ビクトリア朝の居間などに見られる、濃密で錯綜《さくそう》した感じを再現しようと狙っているように思えた。だがフラワーの説明によれば、一見無秩序に見えるなかにも、ある種の体系がそこにはあった。部屋のうち二つは書庫として使われ（一方の部屋は英米の作家の初版本中心、もう一方は歴史書のコレクション）、三つ目の部屋は葉巻が主役で、空調を施し屋根も低くして、手巻きの逸品が集められていた（キューバやジャマイカ、カナリア諸島やフィリピン、スマトラやドミニカ共和国の葉巻）。四つ目は財務上の仕事をするためのオフィスになっていて、ほかと同様部屋は古めかしいが、現代的な装置もいくつか備えつけてあった（電話、タイプライター、コンピュータ、ファクス、株式相場表示器、ファイルキャビネット等々)。そして最後の部屋はほか四室の倍の広さで、散らかり方もだいぶ少なく、較《くら》べればほとんど快適と言ってもいいようにナッシュには思えた。フラワーが言う歴史的な品々をしまっておくのもこの部屋である。部屋の中心に、ガラスに覆われた展示キャビネットが何列か並んでいる。壁ぎわはガラスの保護扉のついたマホガニーの棚や物入れで埋められていた。ナッシュはまるで博物館に迷い込んだような気分だった。ポッツィの方に目をやると、間の抜けた顔でニヤッと笑い、目をぎょろつかせて、もう死ぬほど退屈していることをあからさまに伝えてきた。

ナッシュはこのコレクションを、退屈というよりもむしろ奇妙だと思った。きちんと展示台に載せられてラベルも貼られたそれぞれの品は、おのれの重要性を高らかに宣言するかのように物々しくガラスケースに収まっている。だが実のところ、それらには大騒ぎしたくなるようなところはほとんど何もなかった。この部屋は瑣末《さまつ》な物たちを記念する場だった。さしたる値打ちもない品々ばかりが所狭しと並んでいた。ひょっとして何かの冗談なんだろうか、とまで思ったが、フラワーは本当に自慢で仕方ないらしく、これが人目にはどんなに馬鹿《ばか》げて見えるか、まるで気づいていない様子だった。ケースのなかの品々を何度も「逸品」「至宝」と呼び、自分の熱狂を共有しない人間がこの世にいるなどとは思いもよらないらしい。ツアーが三十分を超えたころには、ナッシュもついフラワーを哀れに思ってしまうほどだった。

ところが、長期的には、この部屋に関して残った印象は、予想とはまったく違ったものになった。その後の数週間、数か月のあいだに、ナッシュは何度も、そこで見たもののことをわれ知らず思い起こすことになった。思い出すことのできる品の数の多さに、自分でも愕然《がくぜん》としてしまった。ナッシュの心のなかでそれらは、まばゆい、ほとんど神々《こうごう》しいほどの輝きを帯びていった。心のなかで、品のどれかひとつに行きあたるたびに、くっきりと鮮明な像が掘り起こされ、それが別世界から来た亡霊のような光を発するのだった。かつてウッドロー・ウィルソンの机の上に置かれていた電話機。サー・ウォルター・ローリーが身につけていた真珠のイヤリング。一九四二年にエンリコ・フェルミのポケットから落ちた鉛筆。ジョージ・マクレラン将軍の使っていた双眼鏡。ウィンストン・チャーチルの執務室の灰皿からくすねてきた喫《す》いかけの葉巻。ベーブ・ルースが一九二七年に着たトレーナー。ウィリアム・スーアードの持ち物だった聖書。ナサニエル・ホーソーンが子供のころ脚を折ったときに用いた杖《つえ》。ヴォルテールの着用した眼鏡。まったくの雑多な、見当外れもいいところの、まるっきり意味のないコレクションだ。フラワーの博物館は幻たちの墓場だった。無の精神に捧《ささ》げられた、狂える殿堂だった。こういう品々がいつまでも俺に呼びかけてくるのは、こいつらが了解しえない、不可解な物たちだからだ、そうナッシュは考えた。みずからについて何ひとつ明かそうとしない物たちだからだ、と。歴史とは何の関係もないし、かつてそれらを所有していた男たちともまったく関係ない。ナッシュを魅了するのはあくまで、それらの品々の物質性そのものであり、本来の居場所から引きずり出されて何の理由もなく存在しつづけることをフラワーによって強いられているという事実なのだ。それらはすでに生を終え、目的もなくなったまま、時の終わりが来るまでひとりぽつんと存在させられている。その孤立ぶりがナッシュの心にとり憑《つ》いたのだった。和らげようのない、何ものからも切り離されているという感触が、彼の記憶に焼き入ったのだった。どうあがいても、その感触をふり払うことはできなかった。

「いろいろ新しい分野にも手を出しておるところでしてな」とフラワーは言った。「ここでごらんに入れているのは、言ってみれば断片というか、ささやかな記憶のよすが、すきまから抜け落ちた埃《ほこり》の粒にすぎません。最近はじめた新しい計画が完了したあかつきには、こんな物はみんな子供の遊びに思えるはずです」。太った男は一息ついて、消えた葉巻にマッチで火をつけ直し、顔が煙で囲まれるまでふかしていた。「去年ウィリーと二人で、イングランドとアイルランドへ出かけましてな」とフラワーは言った。「残念ながらこれまでは二人ともあまり旅行もしとりませんで、今回よその土地の生活を垣間見《かいまみ》て、実に楽しかったですな。何よりよかったのは、あのへんには非常にたくさん古い物が残っておるのがわかったことです。わしらアメリカ人は、せっかく建てたものをすぐ壊しちまう。一からやり直そうと過去を破壊して、未来めざして突き進んでいきます。ところが、海の向こうにいるわしらのいとこたちは、歴史というものにもう少し愛着を抱いておる。彼らがひとつの伝統に属しておって、昔ながらの習慣やしきたりを守っているのを見ると、実に気持ちが安らぎますよ。だが過去に対する愛着の話であんた方を退屈させるのはやめときましょう。この部屋を見渡していただければ、そういうことがわしにとってどれだけ大切かはおわかりいただけるでしょうからな。で、ウィリーと一緒にあっちを旅行しておって、古代の遺跡や記念物を見てまわっているうちに、これはひとつ壮大な事業をやってみるチャンスだと思いあたったわけです。ちょうどアイルランド西部におったときでした。ある日、車で田舎を回っていて、十五世紀の城に行きあたったんです。城といっても、実のところは石ころの山にすぎません。それが小さな谷間《ヴァリー》、あちらじゃ峡谷《グレン》と言うんですが、そこにぽつねんと立っておるわけです。実に情けない、見るも無惨《むざん》な荒れようで、何だかひどく不憫《ふびん》に思えちまいましてね。で、かいつまんで申せばですな、そいつを買いとってアメリカへ送らせることにしたわけです。もちろん時間はかかりましたよ。持ち主はマルドゥーンていう名の偏屈者でしてね、パトリック・ロード・マルドゥーン、当然ながらなかなか売りたがらない。口説き落とすにはだいぶ手間どりました。だがまあ、最後は金が物を言います。結局はこっちの思いどおりになりました。城の石をトラックに積んで——向こうじゃローリーって言うんですな――コークまで運んで船に載せて、海を越えてこっちまで持ってきて、もう一度ローリーに積んで――こっちじゃトラックって言うわけですがね！――ここペンシルベニアの森のなか、わしらのささやかな住居まで持ってきたわけです。すごいでしょう？何やかやと、ずいぶん金はかかりましたぞ。でもまあ仕方ありません。石は一万個以上あったわけだし、それだけたくさんあれば船荷としてどれだけ重くなるかも想像がつくでしょう。金は問題じゃないんだから、そんなことを気に病んでもはじまらん。先日やっと到着しましてな、まだ一か月も経《た》っておりません。こうやってわしらが喋ってるあいだも、城がこの地所に眠っておるのです。敷地の北端の野原にね。諸君、考えてもみてください。オリヴァー・クロムウェルによって破壊された、十五世紀のアイルランドの城ですぞ。きわめて重要な歴史的廃墟《はいきょ》であり、それをウィリーとわしとで所有しておるのです」

「まさかその城を復元するつもりじゃないでしょうね？」とナッシュは訊《たず》ねた。なぜかそれはひどく醜悪なアイデアに思えたのだ。城の代わりに、ナッシュの脳裡《のうり》に執拗《しつよう》に浮かんだのは、老いて腰も曲がったマルドゥーン卿《きょう》が、フラワーの札束攻勢を浴びて、疲れた顔で降参している姿だった。

「それはわしらも考えたんですがね」とフラワーは言った。「結局やめにしました。現実性がなさすぎるってことでね。欠けてる箇所が多すぎるんです」

「ごたまぜになってしまいます」とストーンが言った。「復元するには、古い材料に新しい材料を混ぜなくちゃなりません。それじゃ目的にかないませんからね」

「じゃ、野原に一万の石が転がっていて」とナッシュは言った。「それをどうしたらいいかわからずにいるってことですね」

「いや、もうそんなことはありません」とフラワーが言った。「どうしたらいいか、しっかりわかっておりますとも。そうだろ、ウィリー？」

「そうだとも」とストーンが、にわかに目を輝かせて言った。「壁をね、作るんですよ」

「記念碑です、より正確に言えば」とフラワーは言った。「壁の形をした記念碑です」

「そりゃ素敵だなあ」とポッツィが、うわべはお世辞たらたら、だが軽蔑《けいべつ》のにじみ出た声で言った。「早く拝見したいですねえ」

「そうでしょう」とフラワーは、ポッツィのからかいの口調にも気づかぬ様子で言った。「自分で言うのも何ですが、誠に巧みな解決策です。城を復元する代わりに、芸術作品に変えようってわけです。わしに言わせれば、壁ほど神秘的で美しいものはありません。いまから目に浮かびますよ、野原にそれが屹然《きつぜん》と立っておる姿が。時間に抗《あらが》う巨大な防壁のように、そいつがそびえておるんです。諸君、その壁は石みずからを記念する碑となるでしょう。よみがえった石たちから成る交響曲です。それが毎日、人間みんなが自分のなかに抱えておる過去を弔《とむら》う歌を歌うのです」

「嘆きの壁ですか」とナッシュは言った。

「そうです」とフラワーは言った。「嘆きの壁。一万の石から成る壁です」

「作業は誰にやらせるんだい、ビル？」とポッツィが訊ねた。「いい業者を探してるんだったら、俺、力になれるかもよ。それともウィリーと二人で、自力でやろうってのかい？」

「それには二人ともいささか歳《とし》をとりすぎておると思うんだ」とフラワーが言った。

「人夫を雇ったり、毎日の作業を監督したりするのはうちの使用人がやります。お二人とももう会ってるんじゃないかな。カルヴィン・マークスっていうんです。門に出てあんた方に応対したのがマークスです」

「で、作業はいつはじまるんだい？」とポッツィが訊ねた。

「明日です」とフラワーは言った。「まずはポーカーが先です。それが済んだら、次のプロジェクトが壁ってわけだ。実はね、わしら二人とも今夜の準備にかまけていて、まだそっちにはあまり気を注いでおらんのですよ。でも今夜はもうじきだし、次はそっちです」

「カードから城《カースル》へ」とストーンが言った。

「そのとおり」とフラワーが応じた。「そして、お喋りから食事へ。諸君、驚くなかれ、そろそろディナーの時間のようですぞ」

ナッシュはもはや訳がわからなかった。はじめのうちは、フラワーとストーンのことを、愛嬌《あいきょう》ある変わり者二人組くらいに考えていた。まあちょっとネジはゆるんでいるかもしれないが、基本的には害のない連中だろう、と。ところが、二人の挙動を眺め、話を聞けば聞くほど、だんだん気持ちがゆらいできた。ストーンなどは、何とも謙虚で大人しい愛すべき小男と思えたのに、実は毎日、薄気味悪い全体主義世界の模型を作って過ごしている。たしかにそれは楽しいおもちゃであり、精妙で見事で力作ではある。だがそこには、何か歪《ゆが》んだ、呪術《じゅじゅつ》的な論理がひそんでいるようにも思えた。何というか、一見いかにもキュートで手が込んだ玩具《がんぐ》と見える下に、かすかな暴力の気配を、残酷と復讐《ふくしゅう》の雰囲気を感じとるべきだという気がするのだ。フラワーにしても、どうにも曖昧《あいまい》で捉《とら》えどころがない。ある瞬間には完璧《かんぺき》にまっとうに思えても、次の瞬間にはもう狂人みたいな話をはじめていて、とことん正気を失《な》くしたかのようにべらべら喋り立てる。愛想がいいことは間違いないが、その陽気さにもどこか無理した感じがあって、ああやって衒学《げんがく》的な、多弁すぎるお喋りを他人に浴びせつづけていないことには、友好の仮面が顔からずり落ちてしまうのかと思いたくなる。仮面が落ちたら、何が見える？　それについてはナッシュもまだわからなかったが、自分自身の気持ちがどんどん落着かなくなってきていることはよくわかった。何はともあれ用心しないと。気をゆるめちゃいけない、そう自分に言い聞かせた。

いよいよはじまったディナーは、何とも滑稽《こっけい》な代物《しろもの》だった。その低俗な茶番劇を前にしてみると、ナッシュの不安は取越し苦労であって結局ポッツィの方が正しかったかなという気がしてきた。ポッツィははじめからずっと、この二人は歳を食った子供にすぎず、真面目《まじめ》に考えるには及ばない薄馬鹿の道化コンビだという意見なのだ。東の袖から母屋《おもや》に戻って階段を下りてみると、ダイニングルームの巨大なクルミ材の食卓は四人用にセットしてあった。フラワーとストーンはいつもどおり両端の席につき、ナッシュとポッツィは真ん中に向かいあって座った。第一の驚きは、ナッシュが自分のランチョンマットを見下ろしたときに生じた。それは一九五〇年代のものとおぼしき、ビニール製のおもちゃっぽい品で、表面には、往年の日曜昼興行《マチネー》のカウボーイスター、ホパロング・キャシディの総天然色写真が刷り込んであった。ナッシュの頭にまず浮かんだのは、これは計算ずくのキッチュ趣味であって、客を楽しませるささやかなユーモアのつもりなのだ、という解釈だった。が、やがて運び込まれてきた食事は、ほとんどお子さまランチのような、六歳の子供にふさわしいディナーだった。トーストしていない白い丸パンに載せたハンバーガー、ビニールのストローが突き出た壜《びん》入りコーラ、ポテトチップ、軸つきのトウモロコシ、そしてトマトの形をしたケチャップ入れ。これでペーパーハットと鳴り物のクラッカーがあれば、まるっきりナッシュが子供のころ招かれた誕生日パーティーと同じだ。ナッシュは何度も、給仕をしている黒人のメイドのルイーズの方を見て、これが冗談であることを明かすような表情を探った。だがルイーズは終始にこりともせず、四つ星レストランのウェートレスにふさわしい重々しさで給仕を続けている。おまけにフラワーなどは、紙ナプキンをあごの下にたくし入れているのはまだいいとして（一応は白いスーツにはねがかかるのを防ぐつもりなのだろう）、ストーンがハンバーガーを半分しか食べていないのを見てとると貪欲《どんよく》に目をぎらぎらさせて身を乗り出し、それ、わしが片付けようかと持ちかけた。ストーンも二つ返事で承諾したが、皿ごと相手のところへ回すかと思いきや、何と食べかけのハンバーガーをつまみ上げてポッツィに渡し、フラワーに渡してくれと頼んだ。その瞬間のポッツィの表情を見たナッシュは、ひょっとするとポッツィは「キャッチしろ！」とか「そら行くぞ」とか叫びながらフラワーめがけて投げつけるんじゃないかと思ってしまった。デザートになり、ルイーズが四皿のラズベリー・ジェローを運んできた。それぞれのゼリーの上に、ホイップクリームが軽く盛られ、シロップ漬けのサクランボが一個載せてあった。

何より奇妙なのは、このディナーについて誰一人何も言わないことだった。フラワーとストーンの二人は、大人がこういう食事をするのはごく当たり前であるかのような顔をして、何ら弁解も説明もしなかった。一度だけ、月曜の夜は昔からいつもハンバーガーでしてなとフラワーが言ったが、それっきりだった。それ以外、会話はいままでと同じように進行し（すなわち、フラワーがえんえん喋りまくるのを残り三人が聞く）、ポテトチップの最後の一かけらをみんなが嚙《か》み砕くころには、話題はポーカーに移っていた。ポーカーがなぜ自分にとって魅力的なのか、その理由をフラワーは列挙し――危険を冒すスリル、知恵較《くら》べ、その混じり気なしの純粋さ――珍しくポッツィもそこそこに気を入れて聞いているように見えた。ナッシュ自身は、この話題で自分に言い添えられることはほとんどないと自覚して、何も言わなかった。やがて食事が終わり、四人はようやくテーブルから立ち上がった。どなたか何か飲み物はいかがかな、とフラワーが訊ね、ナッシュもポッツィも断ると、ストーンが両手をすり合わせて、「ではそろそろ隣の部屋に行って、カードの封を切りましょうかね」と言った。そのようにして、ゲームははじまったのだった。

5

プレーするのは、紅茶が出されたのと同じ部屋だった。大きな折りたたみ式テーブルが、ソファと窓のあいだのスペースに据えてある。木製のテーブルの、何も載っていない表面と、それを囲んで置かれた空っぽの椅子《いす》を見て、ナッシュはにわかに、これが自分にとってどれだけ大事《おおごと》であるかを実感した。自分が何をやっているのかを本気で直視したのはこれがはじめてだった。その認識がいきなり押し寄せてきて、脈拍は波のように強まり、頭はずきずき狂おしく打った。俺はこのテーブルに自分の人生を賭《か》けようとしているんだ、そう思った。そのリスクの狂気ぶりを考えると、ほとんど畏怖《いふ》の念のようなものが胸に満ちた。

フラワーとストーンはこつこつと、ほとんど厳《いか》めしいと言ってもいい様子で準備を進めた。二人がチップを数え、封のしてあるカードを吟味しているのを眺めていると、決して簡単な話で済むはずがないことをナッシュは悟った。ポッツィの大勝利、なんて確実でも何でもないのだ。ポッツィは車に置いてきた煙草《たばこ》を取りに出ていき、戻ってきたときはすでに一本口にくわえて、せかせかとせわしげにマルボロの煙を吐いていた。ついさっきまでの華やいだ雰囲気も、その煙のなかに消えていく気がして、一気に部屋じゅうが、これから起きることへの予感に緊迫していった。自分がもっと能動的な役割を演じられればとナッシュは思ったが、ポッツィとの取決めだから仕方ない。いったんカードが配られたら、自分はただの見物人であって、あとはもう見守るしか、待つしかないのだ。

フラワーが部屋の奥に歩いていって、ビリヤードテーブルの横の壁に作られた凹《くぼ》みに置いてある金庫を開け、こっちへおいでなさいとナッシュとポッツィに声をかけた。「ごらんのとおり、まったくの空っぽです」とフラワーは言った。「これを金入れに使おうと思いましてな。チップに替えた金をここに入れるんです。ゲームが終わったときにこいつを開けて、結果に従って金を分配する。お二人ともそれでよろしいですかな？」。どちらも反対しないのを確かめて、フラワーは続けた。「公平さの見地から、みんな同じ額を出すのがいいと思うんです。その方が勝ち負けがはっきりする。それで、ウィリーもわしも単に金目当てでプレーするわけじゃありませんから、額はあんた方で決めてくださって結構。いかがです、ミスター・ナッシュ？　弟さんにいくら賭けるおつもりでしたか？」

「一万ドルです」とナッシュは言った。「そちらさえよければ、はじめる前に全額チップに替えたいんですが」

「大変結構」とフラワーは言った。「一万ドル、実にきりのいい額だ」

ナッシュは一瞬迷ってから、言った。「あなた方の壁の、石一個につき一ドルの勘定ですね」

「なるほど」とフラワーは、ほんのわずか見下すような口調で言った。「で、もしジャックが期待どおりやってのければ、終わったときには城ひとつ建てる金が出来ておるわけだ」

「スペインの城（空中楼閣の意）ってところかね」とストーンが唐突に口をはさんだ。それから、自分のジョークにニッと笑ってから、やおら屈《かが》み込んで、ビリヤードテーブルの下に手をのばし、小さな手さげ鞄《かばん》を引っぱり出した。そして絨毯《じゅうたん》にしゃがみ込んだまま鞄を開けて、千ドルずつまとめた札束を出し、一束一束、頭上のフェルトの台にぴしゃぴしゃと置いていった。そして二十束数えたところで、鞄のジッパーを閉め、テーブルの下に戻して、手をついて立ち上がった。「さ、僕の分一万、君の分一万だ」と彼はフラワーに言った。

ご確認なさるかね、とフラワーがナッシュとポッツィに訊《たず》ねると、ポッツィがイエスと答えたのでナッシュはちょっと驚いた。一束ずつ几帳面《きちょうめん》にポッツィが数えているあいだ、ナッシュは十枚の千ドル札を札入れから取り出して、そっとビリヤードテーブルの上に置いた。その日の朝早くにニューヨークで銀行へ行って、百ドル札の山をこれら途方もない高額紙幣に換えてきたのである。便利なようにというより、金をチップに替える段になって恥をかきたくなかったからだ。赤の他人の前で、くしゃくしゃの札の塊を投げ出すのはあまりにみっともない。それに、いざ換えてみると、この方が清潔で純粋な感じがした。自分の世界が小さな紙切れ十枚に還元されるのを目にすることには、一種数学的な畏怖《いふ》の感覚が伴った。もちろんまだ少し残してはあるが、二三〇〇ドルなんて大した足しにはならない。そっちはもう少し小さな額の紙幣で取ってあり、二つの封筒に分けて、スポーツジャケットの二つの内ポケットに一つずつ入れてある。目下はこれが全財産だ。二三〇〇ドルと、プラスチックのポーカーチップ一山。チップがなくなったら、もう大して続きはしまい。三週間、せいぜい四週間というところか。あとはもう、小便をするおまるだって残るかどうか。

フラワー、ストーン、ポッツィの三人でしばらく話しあって、基本ルールを決めた。はじめから終わりまでずっと七枚のスタッドポーカーで、ワイルドカードもジョーカーもなし――掛け値なしの真剣勝負だな、とポッツィは言った。もしポッツィが早いうちにリードしたら、フラワーとストーンは二人合わせて最高三万ドル元金を追加することができる。ひとつの賭け金《ベット》は五百ドルを限度とし、誰か一人の手持ちがなくなるまでゲームを続ける。三人とも生き残った場合、二十四時間経ったところで有無を言わせず終了とする。それから、たったいま平和条約を締結した外交官のごとく、たがいに握手を交わしてビリヤードテーブルのところに行き、チップを金に戻すのだ。

ナッシュはポッツィの右うしろに陣取った。フラワーもストーンも口には出さなかったが、プレーの最中に部屋のなかをうろうろするのはまずかろうと思ったのだ。何と言ってもナッシュだって当事者なのであり、疑いを招くような行動は極力避けねばならない。彼らの手をのぞける位置にいたりしたら、インチキをやっているのではないかと勘ぐられかねない。咳《せき》、まばたき、頭をかく、こっそり合図を送る手段はいくらでもある。みんなそれを承知している。だからこそわざわざ言ったりはしないのだ。

最初の数回は、ドラマらしいドラマもなかった。三人とも慎重にプレーして、序盤戦のボクサーのように、ジャブやフェイントで探りを入れてリングの感じを少しずつつかもうとしていた。フラワーは新しい葉巻に火をつけ、ストーンはダブルミント・ガムを嚙《か》み、ポッツィは火のついた煙草をつねに左手の指のあいだにはさんでいた。誰もがじっくり考え込んでいて、ろくに喋《しゃべ》らないことにナッシュはいささか驚いた。いままではポーカーといえば、気ままな荒っぽいお喋りがつきもので、口の悪いジョークや邪気のない侮辱の言葉がやりとりされるものと思っていた。それがここではみんな真剣そのものだ。まもなくナッシュは、混じり気なしの敵意が部屋全体に染《し》みわたっていくのを感じた。ほかのものはすべて消し去られたかのように、ゲームの音だけが場を包んでいった。チップのちりんと鳴る音、手が配られる前に固いカードがシャッフルされる音、べットやレイズを素っ気なく宣言する声、すべてが完璧《かんぺき》な沈黙へと沈み込んでいく。そのうちにナッシュも、テーブルの上に置いたポッツィの煙草を取って喫《す》うようになった。無意識のうちに火をつけていて、これが五年ぶりの喫煙であることにも気がつかなかった。

ポッツィがさっさとケリをつけてくれればとナッシュは期待していたが、はじめの二時間は、とりあえず負けてはいないという程度だった。勝つのもちょうど三回に一回くらいで、ほとんど進展はなかった。あまりいい手が来ず、最初の三枚か四枚で降りてしまうこともしょっちゅうで、時おりはったり《ブラフ》に走ることもあったが、当然そう強くは押せない。幸い、はじめのうちはベットも低く、一五〇ドル、二〇〇ドルといったあたりがせいぜいで、ダメージも最小限に抑えることができた。ポッツィ自身、あせっている様子は少しもなかった。それでナッシュも意を強くし、時間が経《た》つにつれて、こうやってポッツィが粘り強く持ちこたえてくれればいずれは何とかなるはずだと思うようになった。それでもやはり、またたく間の大勝利という夢は捨てねばならないわけで、いささかがっかりせずにはいられなかった。これは張りつめた、厳しいゲームになるのだ。ということはつまり、フラワーとストーンはもはや、ポッツィがアトランティック・シティで出会ったヘボ二人組ではないということだ。シド・ジーノにレッスンを受けたおかげだろうか。それとも、実は二人ともはじめから相当な腕前で、このあいだは下手糞《へたくそ》なふりをしてポッツィをここまでおびき寄せたのだろうか。あとの方かもしれないと思うと、ナッシュは心穏やかでなかった。

やがて、事態が好転してきた。十一時少し前に、ポッツィがエースとクイーンのツーペアで三千ドル勝ち、それをきっかけにその後一時間は快調に飛ばして、四回に三回は勝ちつづけた。プレーぶりも自信に満ちて、実に手ぎわよかった。相手二人が気落ちしてきていることがナッシュにも見てとれた。パンチが見るからにこたえていて、士気もだんだん挫《くじ》けてきているようだ。午前零時に至って、フラワーが元金を一万ドル追加し、十五分後にはストーンも五千ドル足していた。そのころにはもう、部屋じゅうが煙でもうもうとしていた。フラワーがようやく窓をわずかに開けたとき、外の草むらでコオロギが騒々しく鳴いているのが聞こえてナッシュは驚いてしまった。いまやポッツィの手元には二万七千ドルある。その晩はじめて、ナッシュは気をゆるめた。どうやらもう自分の集中は必要とされていない気がして、ゲーム以外のことに思いを巡らせていった。すべては快調。少しくらい気をそらして、しばし未来を夢想しても害はあるまい。あとでふり返ると何とも場違いな話に思えたが、そのときナッシュは、どこかに身を落着けることまで考えはじめたのだった。ミネソタに移り住んで、ここで儲《もう》けた金で家を買うのだ。あのへんは物価も安いし、頭金くらい十分出来るだろう。それからドナと相談して、ジュリエットを引きとる手はずを整える。そうしたら次は、ボストンでのコネを利用して地元の消防署に職を得るのも悪くない。ノースフィールドの消防車はたしか薄緑色だ。そのことを考えると何となく愉快になった。ほかに何と何が中西部では違っているだろう。何と何は一緒だろうか。

一時になって、新しいカードの封が切られたのを機に、ナッシュはちょっと失礼と言ってトイレに立った。すぐ戻ってくるつもりでいたが、水を流して、暗くなった廊下にふたたび出てみると、脚をのばしていることの気持ちよさを感じずにはいられなかった。何時間も窮屈な姿勢で座っていたせいで、体も疲れている。せっかくこうして立ち上がったのだからと、少し屋敷のなかを散歩して元気を取り戻すことにした。疲れてはいても、胸には幸福感と興奮とがみなぎっていて、すぐ戻るのはもったいない気がしたのだ。その後の三、四分間、ディナーの前にフラワーに案内してもらった、電気のついていない部屋から部屋を手さぐりで回り、ドアの枠や家具にぶつかったりしているうちに、玄関広間に出た。階段のてっぺんに明かりがともっていて、それを見上げていると、突然、東の袖《そで》にあるストーンの工房のことを思い出した。断りもしないで勝手に入るのはためらわれたが、あの模型をもう一度見たいという欲求はあまりに強かった。良心の呵責《かしやく》をふり払って、ナッシュは手すりをぐいとつかみ、階段を二段ずつのぼりはじめた。

一時間近く、〈世界の街〉を眺めて過ごした。今回は、さっきは不可能だった見方で存分に吟味することができた。礼儀を気にしなくていいし、フラワーの解説が耳元でぶんぶん鳴るのも聞かずに済む。細部にまで自分をじっくり沈めていって、一箇所ずつゆっくり見てまわり、建物の細かい装飾や、いろんな色が丹念に塗られているさまや、背丈三センチばかりの人間の顔に浮かぶ、生き生きした、時にははっとさせられるほどの表情をしげしげと眺めた。さっき見たときにはまったく気づかなかったこともいろいろ見えてきた。その多くは、いささか意地の悪いユーモア精神に彩《いろど》られたディテールだった。犬が裁判所の前の消火栓に小便をしている。二十人の男女が一団となって街路を練り歩いているのだが、それが一人残らず眼鏡をかけている。覆面をした泥棒が路地でバナナの皮を踏んづけて転んでいる。だがこういう愉快な細部も、効果としてはむしろ、全体の雰囲気をいっそう不吉にする方向に働いていた。しばらくすると、ナッシュはわれ知らず、もっぱら刑務所に見入っていた。運動場の片隅で、囚人たちが少人数で話をしたり、バスケットボールをしたり、本を読んだりしている。ところが、ぞっとさせられることに、彼らのすぐうしろの壁を背にして、目隠しをされた囚人が一人立っていて、いまにも銃殺部隊によって処刑されようとしているのだ。どういうことなのか？　この男はどんな罪を犯したのか、なぜこんな恐ろしい形で罰せられようとしているのか？　温かみや感傷を感じさせるところも多々あるものの、この街全体にみなぎる気分は、恐怖のそれだ。昼日なかに暗い夢たちが大通りをそぞろ歩いている感触だ。懲罰の気配があたりに漂っている。まるで、街がみずからと交戦状態にあるかのように。預言者がやって来て、酷《むご》い、復讐《ふくしゅう》の神の到来を告げる前に、何とか行ないを改めようと街全体がもがいているかのように。

電灯のスイッチを切って部屋から立ち去ろうとしたところで、ナッシュはふと回れ右して、模型の前に戻っていった。自分がいまから何をやろうとしているのか、はっきりと自覚しつつ、だが何らやましい思いもなく、少しの罪悪感も抱かずに、フラワーとストーンがニュースタンドの前に立っている場所に行って（二人は肩を組み、うつむいて、一心に宝くじの券を見ている）、片手の親指と中指を、二人の足が地面とつながっている地点に下ろして、軽く引っぱった。がっちり接着してあったので、もう一度、今度はもう少しすばやく、衝動のままに強く引いた。ぶちんと鈍い音がして、次の瞬間、ナッシュの手のひらに、二人の木の男が載っていた。彼らをろくに見もせずに、ナッシュは戦利品をポケットにつっ込んだ。物を盗むなんて、小さな子供のころ以来はじめてだった。なぜそんなことをしたのか、自分でもよくわからなかったが、理由などどうでもよかった。ちゃんと言葉にできなくても、この行為が絶対に必要なものだったことははっきりわかった。自分の名前がわかっているのと同じくらいはっきりわかった。

ナッシュがふたたびポッツィのうしろの席についたのは、ちょうどストーンがカードをシャッフルして次の手を配ろうとしているときだった。もう午前二時を過ぎていて、テーブルを一目見ただけで形勢が一転してしまっていることは明らかだった。彼がいないあいだに、すさまじい戦いがくり広げられていたのだ。ポッツィのチップの山はさっきの三分の一に減っていて、ということはナッシュの計算が正しければスタート時点に逆戻りしたか、下手をすれば千ドルか二千ドル足が出ているかもしれない。信じられない。さっきまでポッツィは絶好調で、片をつけるのももう間近かと思えたのに、いまや二人に追いつめられてしまっているように見えた。ぐいぐい押されて自信も砕けかけ、いまにも叩きつぶされそうだ。何があったのか、ナッシュにはほとんど想像もつかなかった。

「どこ行ってたんだよ？」とポッツィが怒りを噛み殺した声でささやいた。

「居間のソファで一眠りしてたんだ」とナッシュは嘘《うそ》をついた。「そんなつもりじゃなかったんだが、くたくたでさ」

「ふざけんなよ。どういうつもりだよ、俺を置いて出ていくなんて？　あんたは俺の守り神なんだ。あんたがいなくなったとたん、いっぺんにツキが飛んじまったんだぞ」

そこへフラワーが割って入った。ひどく上機嫌で、みずから講釈を加えぬことには気が済まない様子だった。「大きな手がこちらに何べんか来ましてな」と彼は笑みがこぼれるのを抑えながら言った。「弟さんがフルハウスで大勝負をかけてらしたんだが、ウィリーが最後の一枚で当てて、6のフォアカードを決めましてね。で、その二回ばかりあとが、これがもう実に劇的な死闘になりましてな。結局、わしがキングのスリーカードで弟さんのジャックのスリーカードを制したんです。いやあんた、いいところ見逃しましたぞ。これぞポーカーの真髄っていう名勝負です」

奇妙なことに、すっかり流れが変わってしまったというのに、ナッシュは少しも動揺しなかった。むしろ逆に、ポッツィの不調によってにわかに活気づいたくらいだった。ポッツィが苛《いら》つき、取り乱すほど、自分の自信は深まっていくように思えた。何だかまるで、こういう危機こそ自分がずっと求めていたもののような気がした。

「ここはひとつ、弟の元金に少々ビタミンを注入する時機ですかね」とナッシュは自分の洒落《しゃれ》ににっこり笑いながら言った（訳注　元金《ステーク》はステーキと発音が同じ）。そして上着のポケットに手を入れ、金の入った二つの封筒を取り出した。「ここに二三〇〇ドルある。これでチップを買い足したらどうだ、ジャック？　大した額じゃないが、少しは息がつけるんじゃないかな」

それがこの世でナッシュが持っている最後の金であることは承知していたから、ポッツィは当然ためらった。「まだ大丈夫さ」と彼は言った。「あと二、三回様子を見ようぜ」

「心配するなって、ジャック」とナッシュは言った。「いま使えよ。気分も変わるし、調子を戻すのにいい。ちょっと中休みに入っただけさ、じきまたガンガン飛ばすよ。こんなのよくあることさ」

　だがポッツィはその後もガンガン飛ばしはしなかった。チップが増えても、ツキはいっこうに巡ってこなかった。時たま勝ちはしても、じりじり手持ちが減っていくのを抑えるほどの大勝ちは一度もなかった。見込みのある手が来るたびに、大きく賭《か》けては結局負けて、運のない捨て鉢の勝負に蓄えを浪費してしまうことになった。夜が明けるころには、金は一八〇〇ドルまで減っていた。ポッツィはもう神経が参っていて、その震える両手を見ると、ナッシュの希望ももはや消えた。奇跡の瞬間は過ぎてしまったのだ。表では鳥たちが目ざめはじめていた。朝のほのかな光が部屋のなかに差し込んでくると、打ち傷の残る、血の気のないポッツィの顔は、あまりの白さに生気が抜けて見えた。ナッシュの目の前で、ポッツィは死体に変わりかけていた。

　それでも、勝負はまだ終わったわけではなかった。次の回、ポッツィのところに、伏せたカードでキングが二枚、開いたカードでハートのエースが回ってきた。四枚目のカードはふたたびキングで、それもハートのキングだった。また流れが変わりかけてきたぞ、とナッシュは思った。ところが、大きなベットがどんどんくり返され、五枚目がまだ配られてもいないというのに、ポッツィの手元にはもう三百ドルしか残っていなかった。フラワーとストーンは、金に物を言わせてポッツィをゲームから追い出そうとしているのだ。この調子では、勝負にたどり着く前に手持ちがなくなってしまう。何も考えずに、ナッシュは立ち上がり、フラワーに向かって「ひとつ提案したいんだが」と言った。

「提案？　何の話だね？」とフラワーは言った。

「我々のチップはもうほとんど残っていない」

「結構。遠慮は要らんからまたチップを買いたまえ」

「そうしたいのは山々だが、もう現金がない」

「ではゲームは終わりですな。ジャックがこの回の最後まで残れないのであれば、お開きにするしかない。そういうルールでおたがい合意したはずだ」

「わかってます。でも別の提案をしたいんです、現金ではなくて」

「よしてください、ミスター・ナッシュ。借用証書はお断りですよ。信用貸しできるほどあんたのことをよく知らんのですから」

「貸してくれっていうんじゃありません。私の車を担保にしたいんです」

「あんたの車？　どんな車ですかな？　中古のシボレーか？」

「いや、いい車です。一年前の、完璧な状態のサーブです」

「で、そんなものわしにどうしろと言うのかね？　ウィリーとわしとで、うちのガレージにはすでに三台あるんですぞ。もう一台買おうなんて気はないね」

「では売ればいいでしょう。人にあげたっていい。同じことでしょう？　私に出せるのはそれだけです。でなけりゃゲームはおしまいだ。まだ続ける手立てがあるのに終わりにしちまうことはない」

「で、そのあんたの車ってのは、いくらの値打ちがあると思うんだね？」

「わかりませんね。買い値は一万六千ドルでした。たぶんいまでも半分の値はつくと思う。ひょっとして一万ドルつくかも」

「中古車に一万ドルだって？　三千ドルがせいぜいだね」

「とんでもない。値をつけるんだったら、外へ出てごらんになったらどうです？」

「いまは勝負の最中なんだぞ。集中をとぎれさせるのは御免だね」

「じゃあ八千ドルでどうです、それで手を打ちましょう」

「五。これで最後だ。五千ドルだ」

「七」

「駄目だ、五だ。嫌ならやめて結構ですぞ、ミスター・ナッシュ」

「わかりました、それでいい。車を担保に五千ドル。でも心配は御無用です。最後にこっちの勝ち分から引きますから。そちらが要りもしないものを押しつける気はありませんよ」

「それはあとの話だ。まずはチップを追加して先へ進もうじゃないか。こんな邪魔が入るのは我慢できん。楽しさが台なしだ」

ポッツィに緊急輸血が施されたわけだが、だからといって生き延びるという保証はない。当面の危機は切り抜けられるかもしれないが、長期的展望は依然として不確かであり、よく言っても予断を許さないというところだろう。だがナッシュとしては手は尽くしたのだ。そのこと自体ひとつの慰めであり、誇りでさえあった。と同時に、血液銀行の蓄えが底をついたことも承知している。まさか自分がここまで、可能なかぎりぎりぎりまでやるとは思っていなかったが、それでもまだ十分ではないかもしれないのだ。

ポッツィの手の内にはキングが二枚、表にはハートのキングとエース。フラワーの表にはダイヤの6とクラブの7だ。ストレートということもありうるが、すでにポッツィの手元にあるキング三枚と較《くら》べれば見込みは薄い。だがストーンの手はあなどれなかった。表に8が二枚出ていたし、四枚目での強気な賭け方からして（三百ドル、四百ドルと続けてためらわずレイズした）、手の内も相当よさそうだ。そっちにもペアがあるか、下手をすればあと二枚8があるか。ポッツィが四枚目のキングを引くことにナッシュとしては望みをかけたが、とにかく早く終わりまで、七枚目が配られて対決するところまで行って欲しかった。そしてその前に、ハートがあと二枚表に出れば。それもクイーンとジャックなら最高だ。ストレートフラッシュを狙ってすべてを賭けているように見せかけるのだ――そして最後に、四枚目のキングでこいつらの鼻を明かしてやるのだ。

ストーンが五枚目のカードを配りはじめた。フラワーのところにはスペードの5。ポッツィには望みどおりハートが来た。クイーンやジャックではなかったが、8だから同じくらい好都合だ。フラッシュはまだ生きているし、ストーンが8のフォアカードになる可能性も消えた。ストーン自身のところには、クラブの3が出た。ポッツィはナッシュの方を向いて、何時間ぶりかに笑顔を見せた。一気に希望が見えてきた気がした。

3を引いたにもかかわらず、ストーンは限度額の五百ドルをベットしてきた。ナッシュはややとまどったが、きっとブラフにちがいないと決めた。向こうはポッツィの手持ちをなくしてしまおうとしているわけで、とにかく金はたっぷりあるから、二、三発当てずっぽうのパンチを出す余裕もあるのだ。ストレートの可能性を残すフラワーも依然として降りなかった。ポッツィも五百ドルのベットに応じてコールし、さらに五百ドルをレイズした。ストーンとフラワーもコールした。

フラワーの六枚目はダイヤのジャックだった。そのカードがテーブルの上を滑るのを見たとたん、フラワーはがっかりしたようにため息をついた。これでこいつは一巻の終わりだ、とナッシュは思った。それから、魔法のように、ポッツィのところにハートの3が回ってきた。が、ストーンの手元にスペードの9が出たところで、ポッツィのカードが強すぎるんじゃないかとナッシュはにわかに心配になった。ところがストーンはまたしても大きくベットしてきて、フラワーが降りたあとも緊迫した状況は依然続いた。ホームストレッチにさしかかるにつれて、勝負はますます大きくなっていった。

六枚目のラウンドでもストーンとポッツィはがっぷり四つに組み、レイズ、カウンターレイズをたがいにくり返した。それが済んだ時点では、ポッツィが最後のラウンドに使える金は一五〇〇ドルしか残っていなかった。ナッシュの目論見《もくろみ》では、車を人質に差し出すことで最低一時間か二時間は命が延びると思っていたわけだが、賭けはどんどん白熱してきて、何もかもが一気に、ただ一度の勝負に凝縮してしまっていた。取り分《ポット》はすさまじい額に達していた。もしポッツィが勝ったら、また息を吹き返すだろう。それどころか、今度こそ止めようもなく勢いがつくだろう。だがそれにはまずこの勝負に勝たねばならない。負けたら、それで万事休すだ。

四枚目のキングというのは、さすがに高望みが過ぎることはナッシュも承知していた。いくら何でも確率が低すぎる。だが次に何が来るにせよ、ストーンの側から見れば、ポッツィに少なくともフラッシュが出来ていることは予想せねばなるまい。何しろ場にはハートが四枚出ているのだし、ポッツィはもう絶体絶命なのだからブラフでここまで大きく賭けているとは考えられまい。たとえ七枚目のカードが役立たずでも、三枚のキングでたぶん勝てる。いい手だ、しっかりした手だ、とナッシュは思った。場に出ているカードから考えて、ストーンがこれの上手《うわて》を行く見込みはわずかだ。

ポッツィが引いたのはクラブの4だった。覚悟は決めていたものの、ナッシュはいくらか気落ちせずにはいられなかった。キングが出なかったから、というよりも、せめてハートがもう一枚来てくれていれば、という気持ちだった。ハートの失敗《ハート・フェイリヤー》（「心臓麻痺《まひ》」とも《●》とれる）、とナッシュは胸のうちで言ったが、それが全面的に冗談なのか、自分でもよくわからなかった。それから、ストーンが最後のカードを引いた。あとはたがいに攻めあって、決着をつけるばかりだ。

何もかもがあっという間に起きた。依然二枚の8を武器に、ストーンが五百ドルをベットした。ポッツィはコールして、さらに五百ドルをレイズした。ストーンもコールし、一、二秒チップを手に持ってためらってから、さらに五百ドル分をチリンと鳴らして置いた。そして、この時点でもう五百ドルしか手持ちのないポッツィが、残ったチップをテーブルの中央に押し出した。「よし、ウィリー」とポッツィは言った。「勝負と行こうじゃないか」

ストーンの顔には何の表情も浮かんでいなかった。一枚ずつ、伏せたカードを表返していったが、三枚とも表になってもなお、顔を見ただけでは勝ったのか負けたのか判断がつきかねたことだろう。「ここに8が二枚あって」とストーンは言った。「それから、ここに10」（表返す）、「ここにもう一枚10があって」（表返す）、「それで、ここに三枚目の8」（七枚目の、最後のカードを表返す）。

「フルハウス！」とフラワーがどなって、げんこつでテーブルをどんと叩《たた》いた。「で、ジャック、君はこれにどう応《こた》えられるかね？」

「どうも応えられんね」とポッツィは、カードを表返しもせずに言った。「俺の負けだ」。そしてしばらくのあいだ、何が起こったかを呑《の》み込もうとするかのように呆然《ぼうぜん》とテーブルを見つめていた。それから、気を奮い立たせて、ぐるっと体を回し、ナッシュに向かってニッと笑ってみせた。「よう、相棒」と彼は言った。「どうやら歩いて帰らなくちゃならんようだぜ」

この言葉を口にすると同時に、ポッツィの顔に見るみる、ひどく気まずそうな表情が広がっていった。ナッシュはひたすらポッツィを気の毒に思った。妙なもので、自分よりもまずポッツィのことが哀れだった。一文なしになってしまったというのに、胸にあるのは同情の念だけだった。

ナッシュは励ますようにポッツィの肩をぽんと叩いた。と、フラワーがげらげら笑い出した。「君たち、いい靴持ってるといいがな」と太った男は言った。「ニューヨークまでは一三〇キロか、一四〇キロくらいあるからな」

「黙りやがれ、デブ公」とポッツィがとうとう礼儀をかなぐり捨てて言った。「こっちは五千ドル借りてるだけだ。借用証を書くから車をよこせ、金は一週間以内に返す」

侮辱されても動じずに、フラワーはまたげらげら笑い出した。「いやいや、そうは行かん」とフラワーは言った。「わしとミスター・ナッシュとの約束はそうじゃないぞ。車はもうわしのものだ。ほかに手立てがないなら、君たちは歩いて帰るしかない。そういうことだ」

「お前いったいどういう神経してるんだ、カバ野郎？」とポッツィは言った。「借用証を書くって言ってるだろ。受けとるのがスジってもんだぞ」

「すでに言ったし、もう一度言う」とフラワーは落着き払って答えた。「信用貸しはしだ。君らみたいな二人組を信用するほどわしは馬鹿《ばか》じゃない。君たちが車でここを立ち去った瞬間、わしの金も消えてなくなっちまうだろうよ」

「まあまあ、二人とも」とナッシュは何とかその場を取りつくろおうとして言った。「こうしよう、ミスター・フラワー。あんたと俺とで、カードを引いて決めようじゃないか。もし俺が勝ったら、車を返してもらう。簡単だろう。一枚ずつ引いて、それでおしまいだ」

「いいとも」とフラワーは言った。「だが君が負けたら？」

「負けたらあんたに一万ドルの借りだ」とナッシュは言った。

「よく考えた方がいいぞ」とフラワーは言った。「今夜の君らはツイてないんだからな。なぜこれ以上傷を深くする？」

「なぜも何もあるか、ここから出るのに車が要るからだよ、このド阿呆《あほう》」とポッツィが言った。

「いいとも」とフラワーはもう一度言った。「だが忘れるなよ、警告はしたからな」

「シャッフルしろ、ジャック」とナッシュは言った。「したらミスター・フラワーに渡せ。あちらから引いてもらおうぜ」

ポッツィは新しいカードの封を切り、ジョーカーを捨てて、ナッシュに言われたとおりシャッフルした。そして仰々しさを装《よそお》い、わざとらしく身を乗り出して、フラワーの前にばんとカードを置いた。太った男は躊躇《ちゅうちょ》しなかった。結局のところ、彼の方は失うものなどないのだ。迷わずカードに手をのばし、片手の親指と中指で山の半分を持ち上げた。次の瞬間、彼はハートの7を掲げていた。それを見てストーンは肩をすくめ、ポッツィは手を叩いた――一回だけ、ものすごく強く、カードの弱さを祝って。

今度はナッシュが両手にカードを持つ番だった。頭のなかはまったくの空っぽだった。一瞬のあいだ、このささやかなドラマがいかに馬鹿げているかに我ながら呆《あき》れてしまった。カットする直前に、胸のうちでこう思った――これは俺の人生で最高に馬鹿げた瞬間だ、と。それからポッツィにウィンクを送って、カードを持ち上げた。ダイヤの4だった。

「4！」とフラワーがわめいて、信じられんといった顔でおでこをぴしゃりと叩いた。「4！　7にも勝てんのか！」

そのあと、何もかもが静まり返った。長い沈黙が続いた。やがて、勝ち誇ったというよりも疲れたという声で、ストーンがようやく言った。「一万ドル。どうやらまたマジックナンバーが当たったみたいだな」

　フラワーは椅子《いす》に深々と座り、しばし葉巻をふかして、ナッシュとポッツィをまるではじめて見るような目でじっと眺めていた。その表情にナッシュは、高校の校長が不良少年二人を前にして校長室で座っている情景を思い浮かべた。フラワーの顔には、怒りよりもむしろ当惑が表われていた。見たところ答えなどありそうにない哲学的問題をつきつけられた、というような感じだ。罰を与えねばならないことははっきりしていても、どんな罰を下せばいいのか、途方に暮れている様子だった。苛酷《かこく》になるつもりはないが、甘すぎるのもまずいと思っている。罪にぴったり見合う罰、何か教育的価値を伴った公正な罰が必要なのだ。罰のための罰ではなく、創造的で、罪を受ける者にとって教訓となるような罰が。

「わしらはジレンマを抱え込んだようだな」とフラワーはやっと口を開いた。

「そうだね」とストーンが言った。「本物のジレンマだ。難題と言ってもいい」

「この二人はわしらに金を借りている」とフラワーは、ナッシュとポッツィがそこにいないかのような口調で続けた。「こいつらを帰らせてしまったら、金は絶対返しやしない。かといって帰らせなかったら、返す金を作ろうにも作る機会がない」

「俺たちを信用するしかないんじゃないかね」とポッツィが言った。「そうだろ、ミスター百貫デブ?」

フラワーはその言葉を無視して、ストーンの方を向いた。「どう思う、ウィリー? 窮地に立たされちまったな、え?」

この会話を聞いているうちに、ナッシュは突然、ジュリエット名義の信託基金のことを思い出した。あそこから一万ドルを引き出すのはたぶん大した手間ではあるまい。ミネソタの銀行に電話して指示すれば、日が暮れるまでにはフラワーとストーンの口座に振り込まれているだろう。現実的な解決策だ。が、頭のなかでいざその手順をたどってみると、やっぱりよそうと思った。そんなことを考えた自分が、たまらなく恥ずかしくなった。あまりにもひどい等式ではないか――自分のギャンブルの借金を、娘の未来を奪って返すなんて。何があろうと、そんなのは論外だ。身から出た錆《さび》なのだから、ここは罰を甘受するしかない。男らしく、とナッシュは思った。男らしく罰を受けるのだ。

「そうだね」とストーンは、フラワーの最後の一言《ひとこと》について考え込みながら言った。「たしかにこれは窮地だ。でも、だからといって何も思いつけないってこともなかろう」。十秒か二十秒ばかりストーンは物思いにふけっていたが、やがて、だんだんその顔が明るくなっていった。「もちろん」とストーンは言った。「壁という手はある」

「壁? どういう意味だ?」とフラワーが言った。

「壁だよ」とストーンはくり返した。「誰かが建てなくちゃならんわけだろう」

「ふうむ……」とフラワーはようやく合点《がてん》が行った様子で言った。「壁か！　絶妙のアイデアじゃないか、ウィリー！　素晴らしい、今日の君は実に冴《さ》えておる！」

「正当な仕事に正当な給料」とストーンは言った。

「まさしく」とフラワーは言った。「そして少しずつ、借金が返済されるわけだ」

だがポッツィは冗談じゃないという顔をした。提案の中身を悟ったとたん、驚きのあまり口が文字どおりぱっくり開いた。「ふざけんじゃない」とポッツィは言った。「俺がそんなことすると思ってるんだったら、お前ら頭がどうかしてるぜ。嫌なこった。絶対嫌だ」。そして椅子から立ち上がりながらナッシュの方を向いて、「さあジム、さっさとここから出ようぜ。こんな奴《やつ》らにつき合ってられないぜ」と言った。

「まあ落着け」とナッシュは言った。「話を聞くだけなら害はないさ。とにかく何か解決案は出さなきゃならんのだから」

「害はないだって！」とポッツィは叫んだ。「こいつら頭おかしいんだぜ、わからないのか？　百パーセント、混じりっけなしのキじるしなんだぜ」

ポッツィが逆上したことは、不思議とナッシュの神経を鎮《しず》める方向に作用した。ポッツィが乱暴にふるまえばふるまうほど、自分は冷静さを保たねばならないような気がした。事態が奇妙な方向に進んできたことは間違いない。だがナッシュは、自分がなぜかそれを予期していたことを悟った。それが現に起きているいま、胸のうちにパニックはなかった。頭は明晰《めいせき》に働き、完璧《かんぺき》に自分をコントロールしているように思えた。

「心配するな、ジャック」とナッシュは言った。「向こうが何か提案してきたからって、こっちがそれを受けなきゃならんということじゃないさ。単にマナーの問題だよ。あちらに話があるんなら、一応耳は貸すのが礼儀ってもんだ」

「時間の無駄さ」とポッツィは小声で言い捨てて、また椅子のなかに沈み込んだ。「気の変な奴ら相手に交渉なんかするもんじゃないぜ。そんなことやり出したら、こっちの脳味噌《のうみそ》までおかしくなっちまう」

「君が兄上を連れてきてくれてよかったよ」とフラワーがうんざりしたようにため息をつきながら言った。「少なくともまっとうに話ができる人間が一人はいる」

「ふん」とポッツィは言った。「こいつは俺の兄貴なんかじゃない。土曜日に会ったばかりさ。誰なのかもろくに知りやしないんだ」

「まあ血縁であろうとなかろうと」とフラワーは言った。「この人が一緒でよかったぞ。何しろ君はだな、きわめて厄介な破目に陥っておる。君とミスター・ナッシュとで、わしらに一万ドルの借りがあるんだ。君らが払わずに出ていこうとしたら、こっちは警察を呼ぶ。簡単な話だ」

「もう言っただろう、話は聞くって」とナッシュが割って入った。「脅迫する必要はない」

「脅迫なんかしておらん」とフラワーは言った。「単に事実を提示しておるだけさ。君たちも協力してみんなで友好的な案を考え出すか、こちらがいささか厳しい手段に出るかのどちらかだ。ほかに選択肢はない。で、ウィリーがひとつの解決案を出してきた。私に言わせれば、完璧そのものの名案だ。君たちがもっといい代案を出さないかぎり、この線で話に入るしかない」

「具体的なことを詰めないと」とストーンが言った。「時給、宿舎、食事。実際的な細部だよ。はじめる前にきちんとしておいた方がいいだろうからね」

「あそこの野原に寝泊まりしていい」とフラワーが言った。「あそこにはすでにトレーラーがある。いわゆるモービル・ホームってやつだな。しばらく使っておらんが、手入れは万全だ。何年か前、カルヴィンの家を建ててやっている最中に奴が住んでおったのさ。したがって宿泊については問題ない。すぐ移り住んでくれて構わん」

「台所もついてる」とストーンが言った。「完全に設備の整った台所だよ。冷蔵庫、レンジ、流し台、みんな揃《そろ》ってる。水は井戸、電気も引いてあるし壁暖房までついている。自炊して好きなものを食べればいい。材料はカルヴィンに頼めば何でも届けてくれる。毎日買い物リストを渡せば、町へ行って買ってきてくれるから」

「もちろん、作業服はこちらが提供する」とフラワーが言った。「ほかにも何か必要な物があったら、遠慮なく言ってくれていい。本、新聞、雑誌。ラジオ。毛布やタオルの追加。ゲーム。何でも言ってくれ。べつに君たちに不自由な暮らしをさせたいってわけじゃないからね。実際の話、やってみたら存外楽しいかもしれんよ。仕事はそれほどきつくなかろうし、こんなさわやかな季節に外に出ていられるんだから。言ってみれば仕事休暇、ふだんの暮らしをつかのま離れたセラピー的休息だ。それに毎日、壁が少しずつ出来上がっていくのを見ることができる。これは非常に気持ちのよいものだと思うね。労働の成果をこの目で確かめられる。仕事がどれだけ進んだか、一歩下がってじっくり眺めることができる。少しずつ借金も返せて、いよいよここを出るあかつきには、もう自由の身である上に、あとに大切なものが残るんだ」

「どのくらいかかると思う？」とナッシュは言った。

「君たち次第だね」とストーンが答えた。「時給いくらで働くわけだから。稼ぎの全額が一万ドルに達したところで、出ていっていいわけだ」

「一万ドル稼ぐ前に壁が出来上がってしまったら？」

「その場合は」とフラワーが言った。「借金は全額返済されたものとみなす」

「じゃあそういう場合は別として、給料はどれくらい出す？」

「仕事に見合った額だね。この手の仕事をする労働者が普通に得る給料だ」

「というと？」

「時給五ドルか、六ドルだな」

「それじゃ安すぎる。十二ドル以下じゃ考える気にもなれんね」

「脳外科手術じゃないんですぞ、ミスター・ナッシュ。非熟練労働なんだ。石の上に石を重ねるだけだ。大した学歴は要らん」

「それにしても時給六ドルじゃお断りだ。そんな金しか出せないんだったら、さっさと警察を呼べばいい」

「では、八ドル。それが精一杯だ」

「まだ足りん」

「しぶとい人だな。では十ドルまで上げたらどうする？　何とおっしゃるかね？」

「計算してみようじゃないか、答えはそれからだ」

「いいとも。あっという間さ。一人につき十ドルということは、二人で一時間二十ドル。計算が簡単なように一日十時間働くとすれば、日に二百ドルの稼ぎになる。一万割る二百は五十。おおよそ五十日で終わるわけだ。いまが八月末だから、十月中旬ということになるかね。それほど長期間じゃない。ちょうど紅葉のはじまる季節に片がつくさ」

少しずつ、いつの間にか、ナッシュはこの案になじんでいった。自分の窮地に対する唯一《ゆいいつ》の打開策として、壁を徐々に受け入れていった。疲労も一因だったかもしれない――眠っていなかったし、もはやはっきりとは考えられなかった――が、なぜかそうではない気がした。そもそも俺はどこへ行けるというのか？　金はなくなったし、車もなくなって、もう人生はバラバラだ。何はともあれ、この五十日で生活を見つめ直すことはできる。一年ちょっとぶりにじっくりと考え、次の案を練るのだ。決定権が自分の手から奪われたこと、走るのもこれでついにおしまいなのだと思うことが、ほとんど安堵《あんど》ですらあった。壁は罰というより、むしろひとつの治療だった。現世に回帰するための片道の旅だった。

だがポッツィは収まらなかった。会話のあいだずっと、不機嫌そうな声でぶつぶつ呟《つぶや》きっぱなしで、ナッシュが大人しく相手の話を聞いた上に、何を血迷ったか賃金交渉まではじめたことに愕然《がくぜん》としていた。交渉が成立してナッシュとフラワーが握手してしまう前に、ポッツィはナッシュの腕を乱暴につかんで、二人っきりで話そうぜと言った。そして、ナッシュに答える間も与えずに椅子から引っぱり上げ、廊下に連れ出して、足でばたんとドアを閉めた。

「さあ」とポッツィはナッシュの腕を引っぱったまま言った。「行こうぜ。さっさとおさらばするんだ」

だがナッシュはポッツィの手をあっさり払いのけた。「逃げるわけには行かん」とナッシュは言った。「こっちは借金があるんだ。牢屋《ろうや》にぶち込まれるのは御免だね」

「あんなのハッタリさ。こんなことに警察なんか巻き込めるもんか」

「それは違うぞ、ジャック。ああいう金持ちはな、その気になれば何だってできるんだ。

あいつらが電話したら、あっという間に警察が飛んでくるのさ。俺たちが一キロも行かんうちにつかまっちまう」

「怖いんだな、ジム。よくない兆候だぜ。みっともなくて見てられないぜ」

「怖いんじゃないさ。ちゃんと頭を使ってるだけだ」

「頭がいかれてるってことだな。がんばれよ、その調子でやってりゃ、じき奴らと同じくらいおかしくなれるぜ」

「ほんの二か月足らずじゃないか、ジャック。大したことないさ。食い物もついてるし、寝泊まりの場所もある。気がついたら終わってるさ。そんなに気に病んでどうする？ひょっとしたらけっこう楽しいかもしれんぞ」

「楽しい？　石を持ち上げるのが楽しいだと？　俺に言わせりゃまるっきりの強制労働だね」

「死にやしないさ。たかが五十日だ。それに、運動にもなる。ウェイトリフティングみたいなもんだ。みんなヘルスクラブで、けっこういい金を払ってそういうことやってるんだぞ。こっちはもう入会金を払ったんだ、せっかくだから利用しなくちゃ」

「どうして五十日で終わるってわかる？」

「それが取決めだからさ」

「もし奴らが取決めを守らなかったら？」

「なあジャック、そんなに心配するなよ。何かまずいことになったら、あんな奴らどうにでも始末できるさ」

「絶対よくないぜ、あんな糞《くそ》みたいな奴ら信用するなんて」

「まあたしかにそうかもしれん。お前はここで消えた方がいいかもしれんな。こんなひどい話になったのも俺のせいなんだから。借金は俺が背負《しょ》うべきだ」

「負けたのは俺だぜ」

「金を取られたのはお前だが、カードを引いて車を取られたのは俺だ」

「というとあんた、一人で残って石を積もうってのか？」

「そういうことさ」

「じゃああんた、本物のキジるしなんだな」

「俺が何だろうと同じことだろ？　お前は自由なんだ、ジャック。さっさと出ていって構わん、俺は根に持ったりしない。約束する。恨んだりはせん」

ポッツィは長いあいだナッシュを見つめながら、たったいま与えられた選択肢について懸命に考えていた。ナッシュが本当に本気で言っているのかを探ろうと、その目をじっと覗《のぞ》き込んだ。それから、ひどくゆっくりと、わかりにくいジョークのおちがやっと呑み込めたかのように、ポッツィの顔に笑みが広がっていった。「ばっかだなあ」とポッツィは言った。「ほんとに俺があんたを置いてくと思ったのか？　あんなもの一人でやったら、心臓発作起こして死んじまうぜ」

　まさかの反応だった。ナッシュとしては、ポッツィはきっとこの申し出に飛びつくだろうと思っていたのだ。そう確信していたあいだ、ナッシュは早くも、野原に一人で住むのがどんなものかを頭に思い描きはじめていた。その孤独を甘受しようと努め、潔《いさぎよ》く覚悟を決めて、ほとんどその孤独を歓迎しはじめていた。ところが、ポッツィも仲間に入ることになって、ナッシュはやはり嬉《うれ》しかった。この決断を伝えに部屋に戻りながら、自分がいかに喜んでいるかをしみじみ感じて、ほとんど唖然《あぜん》としてしまった。

　次の一時間を費やして、四人はすべてを文書にまとめた。可能なかぎり明確な言葉で取決めの諸条件を明記した書類を作成し、借金の額、返済の条件、時給等々を記載した。ストーンがそれを二通タイプして、四人全員が両方の下の部分にサインした。それが済むとフラワーが、これからマークスのところに行って、トレーラー、作業現場、生活用品などの手はずを整えてくると言った。それに何時間かかるだろうから、ひとまず君たち二人とも、腹が減っているんだったらキッチンで朝食をとってくれて結構だ、とフラワーは言った。壁のデザインについてナッシュがひとつ質問をしたが、それについては君が考えんでもよろしいと言われた。青写真はわしとストーンとですでに作ってある、何をどうしたらいいかはマークスが全部承知しておる。奴の指示に従ってくれればいいんだ。そう言い放って、太った男は部屋を出ていった。一方ストーンは、ナッシュとポッツィをキッチンに連れていき、この二人に何か朝食を作ってやってくれとルイーズに指図した。それから、短い、ぎこちない別れの言葉を呟いて、痩《や》せた男も姿を消した。

朝食を作らされる破目になったことを、ルイーズは見るからに憤《いきどお》っていた。卵をといたりベーコンを焼いたりするあいだずっと、二人に一言も話しかけないことでその不快感を吐き出していた。声を殺して何やら悪態の言葉をひっきりなしに呟き、まるでこの仕事が彼女の尊厳に対する侮辱であるかのようにふるまった。事態がいかに大きく変わってしまったかをナッシュは痛感した。自分たちは身分を剝奪《はくだつ》されたのであり、これからはもう招待客として扱われはしないのだ。いまや二人とも、下男の身、残り物を乞《こ》いに裏口にやって来る流れ者の身に墜《お》ちたのだ。その落差が身にしみた。座って食べ物を待ちながら、どうしてルイーズはこんなに早く勘づいたんだろう、とナッシュは不思議に思った。昨日は完璧に礼儀正しく、慇懃《いんぎん》にふるまっていたというのに、わずか十六時間後のいま、彼らに対する軽蔑《けいべつ》を隠しもしない。フラワーもストーンも、彼女には一言も言っていないというのに。まるで何か秘密の声明が、暗黙のうちに屋敷じゅうに広められて、ナッシュとポッツィはもはや取るに足らぬ存在だ、いまやこいつらは人間として扱うに値しないのだということが彼女にも伝わっているみたいではないか。

だが食事は大変美味《おい》しかった。二人とも相当の食欲を示して、トーストのお代わりを貪《むさぼ》り、コーヒーを何杯も飲んだ。いったん腹が満たされると、今度は眠気に襲われ、煙草《たばこ》を喫《す》いつづけることでかろうじて目を開けていた。長い夜がここへ来てようやく堪《こた》えてきて、二人とももう喋《しゃべ》る気力も出そうになかった。やがてポッツィが、座ったままうとうとしはじめた。ナッシュはそのあと長いあいだぼんやり虚空《こくう》に目を向け、何も見ぬまま、深くけだるい疲労に体が沈んでいくに任せていた。

マークスが十時少しすぎに現われた。ワークブーツの音をどすどすと立て、鍵束《かぎたば》を鳴らしながらキッチンに飛び込んできたものだから、ナッシュは即座に我に返って、マークスがテーブルにたどり着いたときにはすでに椅子《いす》から立ち上がっていた。だがポッツィはそのまま眠りこけ、まわりでがたがた音がしてもいっこうに反応しなかった。

「こいつ、どうしたんだ？」とマークスが、親指でポッツィを指して言った。

「きつい夜だったのさ」とナッシュは言った。

「ああ、だけどあんただって楽じゃなかったらしいじゃないか」

「俺は奴ほど眠りが要らんのさ」

マークスはこの返答についてしばし考えていたが、それから言った。「ジャックとジム、だったな？　で、あんたはどっちだ？」

「ジムだ」

「じゃあ相棒がジャックってことだな」

「ご名答。それさえ当たればあとは簡単。俺はジム・ナッシュ、こいつはジャック・ポッツィ。あんたにもおいおいわかってくるだろうよ」

「ああ、覚えてる。ポッツィだったな。何系だ、スペイン系か何かか？」

「まあそんなところだ。クリストファー・コロンブスの直系でな」

「ほんとか？」

「そんなことでっち上げてどうする？」

この奇妙な情報を呑《の》み込もうとするかのように、マークスはふたたび口をつぐんだ。それから、薄青色の目をナッシュに向けて、いきなり話題を変えた。「あんたの荷物は車から出してジープに入れておいた」とマークスは言った。「鞄《かばん》と、テープもずいぶんあったな。手元に置いておきたかろうと思ってな、あんたらしばらくここで暮らすそうだから」

「で、車は？」

「わしの家に持っていった。何なら明日登録証にサインしてくれればいい。べつに急がんから」

「というと、あいつら、あんたに車をやったのか？」

「ほかに誰がいる？　あの二人は要らないし、ルイーズも先月新車を買ったばかりだし。なかなか良さそうな車だな。実に運転しやすい」

マークスのその一言は、腹を見舞うパンチのようにナッシュを打った。一瞬のあいだ、涙が出るのをこらえねばならないほどだった。いままではサーブのことなど考えもしなかったのに、それがいま、突然、失ってしまったんだという思いがどっと押しよせてきた。まるで一番の親友が死んだと告げられたような気がした。「いいとも」とナッシュは感情が外に表われるのを必死に抑えながら言った。「明日書類を持ってきてくれ」

「わかった。今日はどのみち相当忙しいからな。やることがたくさんある。あんたらの引越しをまずせにゃならんし、それが済んだら図面を見せて、敷地を案内する。石がどれだけたくさんあるか、見たら驚くぞ。まるで山みたいなんだ。本当に、本物の山みたいなんだ。生まれてこのかた、あんなにたくさんの石は見たことがないね」

6

屋敷から野原には道が通っていないので、マークスの運転するジープは林のなかをつき抜けていった。マークスは慣れた様子で猛スピードで飛ばし、さっと大きくハンドルを切っては木々のあいだをすり抜けていった。石だろうが露出した木の根だろうが物ともせずつっ切って、車体が大きく上下に揺れるのも構わず、枝がぶら下がってるから首を引っ込めろよ、とナッシュとポッツィに向かってわめいた。ジープが立てる騒音はすさまじく、近よってくると鳥もリスもあわてて逃げ出し、木の葉に覆《おお》われた闇《やみ》のなかへあたふたと散っていった。そんなふうにして十五分ばかり走ったところで、空が急に明るくなって、草深い一画に出た。ところどころに低い灌木《かんぼく》が生えたり、細い若枝が出たりしていた。野原はすぐ前にあった。ナッシュの目にまず入ったのがトレーラーだった。薄緑色の車体が、建築用ブロックを何列か並べた上に載せてある。それから、野原の向こう端に、マルドゥーン卿《きょう》の城の残骸《ざんがい》が見えた。マークスは山と言っていたが、石はひとつの山というより、いわば山脈を形成していた。ごちゃごちゃに積まれた石の山が一ダースばかり、雑多な角度や高さで地面からつき出ている。子供の積木セットみたいに、うずたかくそびえる瓦礫《がれき》がてんでに散らばっていた。野原自体も思っていたよりずっと広かった。四面をすべて林に囲まれていて、大まかに見て、フットボール場を三つか四つ合わせた広さと思えた。刈り込まれた短い草に覆われた広大な区域で、湖の底のように平らで静かだ。ナッシュはうしろをふり返って屋敷を探したが、もはやどこにも見えなかった。フラワーとストーンが窓から望遠鏡か双眼鏡で監視している姿を想像していたが、幸い林が視界をさえぎってくれているのだ。彼らから見えないところにいるとわかっただけでもありがたかったし、ジープから下りて外に立ってみると、もうそれだけである程度の自由を取り戻したような気がした。たしかにわびしい場所ではある。けれどもそこには、荒涼とした美のようなものもあった。ほとんど安らぐと言っていいほどの、何もかもから隔たった、静かな落着きの気配がある。ほかに何を考えたらいいかもわからないので、ナッシュはそのことを思って気を強く持とうと努めた。

トレーラーも案外悪くなかった。なかは暑くて埃《ほこり》っぽかったが、二人で住むには十分な広さで、まずまず快適に暮らせそうだった。キッチン、バスルーム、リビングルーム、小さなベッドルーム二室。電気はつながっていたし、トイレの水も流れるし、マークスが蛇口をひねると水が流し台に流れ出た。家具は必要最低限しかなく、置いてある品にしても陰気で味気ないものばかりだったが、まあ並の安いモーテルでお目にかかる品々と変わりはしない。バスルームにはタオルもあって、キッチンには料理用具と食器が揃《そろ》っており、ベッドにもちゃんと寝具が一式載っていた。ナッシュとしてはほっと一安心だったが、ポッツィはあまり喋《しゃべ》らず、心は上の空の様子でマークスとナッシュのあとについて回っていた。まだポーカーのことでくよくよしてるんだな、とナッシュは思った。そっとしておいてやろう、と決めたが、立ち直るのにいったいどれくらいかかるだろうか、と考えずにもいられなかった。

窓を開けて換気扇を回して空気を入れ替えてから、キッチンのテーブルに座って青写真の検討に取りかかった。「べつに綺麗《きれい》綺麗したものを作ろうっていうわけじゃない」とマークスは言った。「まあそれでいいんだろうよ。相手は怪物だからな、飾り立てたってはじまらん」。そしてボール紙の筒から図面をそろそろと抜き出し、テーブルの上に広げて、重し代わりのコーヒーカップを四隅に置いた。「要するにごく当たり前の壁だ」と彼は続けた。「長さ六百メートルで高さ六メートル、一段につき千個の石が十段。曲がったり折れたりもない。アーチも円柱もない。飾りはいっさいなしだ。ごく単純な、何の変哲もない壁さ」

「六百メートルか」とナッシュは言った。「そいつは長いな」

「さっきからわしが言ってるのもそこさ。こいつは化け物なんだよ」

「出来上がりっこないさ」とポッツィが言った。「たった五十日で、二人でこんな物、出来るもんか」

「べつにあんたらが完成させなくたっていいんだろ」とマークスが言った。「あんたらはとにかく決められた時間働いて、できるだけの仕事をする。それだけのことだ」

「そのとおりさ、爺《じい》さん」とポッツィは言った。「それだけのことさ」

「まあやってみるさ」とマークスは言った。「信心は山をも動かすって言うからな。ひょっとしたら筋肉にだって山が動かせるかも」

　図面によれば壁は、野原の北東と南西の角を結ぶ対角線上にのびている。じっくり眺めた末にナッシュもようやくわかったのだが、六〇〇メートルの壁をこの長方形の野原（横およそ三五〇メートル、縦およそ五〇〇メートル）に収めるにはこれ以外手はない。とはいえ、数学的必要上どのみち選択の余地はないにしても、これは決して悪い手ではない。どっちでもいいと言えばどっちでもいいが、斜めの方がまっすぐより好ましいことはナッシュにも理解できる。野原を箱型に仕切るより三角形に切った方が、壁の視覚的インパクトも強くなるだろう。何にせよ、これしか方法がないというところがナッシュの気に入った。

「高さ六メートルか」とナッシュは言った。「じゃあ、足場が要るんだな？」

「その時になればな」とマークスは言った。

「で、それは誰が作るんだ？　俺たちじゃないだろうな」

「そこまで行くかどうかもわからんことを心配するな」とマークスは言った。「三段目を積みはじめるまで足場のことは考えんでいい。ということは二千個積み終えたあとだ。五十日以内にもしそこまで行ったら、足場なんぞわしがあっという間に作ってやる。三、四時間もあれば出来ちまうさ」

「それに、セメントもある」とナッシュは続けた。「ミキサーを持ってくるのか、それとも俺たちが自分で混ぜるのか？」

「町の金物屋で袋入りのを買ってきてやる。あそこの道具小屋に一輪の手押し車がいくつもあるから、それを使って混ぜればいい。大した量は要らん。必要なところに一塗り、二塗りだけさ。がっしりした石だからな。いったん積んじまえば、ちょっとやそっとじゃ崩れやせん」

マークスは図面を丸めて、筒に戻した。彼が先頭に立って三人で外に出て、ジープに乗り込み、野原の向こう端まで行った。草が短いのはわしがついこないだ刈っといたからさ、とマークスは言った。実際、草からはかぐわしい香りが漂っていて、かすかな甘さを空気に加えていた。ナッシュはなぜか、遠い昔の日々を思い浮かべた。気分がだいぶよくなって、ささやかなドライブが終わるころには、もはや仕事の細かいことに心をわずらわせてはいなかった。こんないい天気の日に、いちいちそんなことを気に病んではいられない。暖かい太陽の光が顔にさんさんと降り注ぎ、何を心配するのも馬鹿《ばか》げたことに思えた。成行きに任せるさ、とナッシュは胸のうちで言った。とにかく生きてることをありがたく思うんだ。

遠くから見るのとは違って、いざそばに来てみると、石に触ってみずにはいられなかった。表面に手を滑らせて、その感触を確かめてみたくなった。ポッツィも同じように反応したらしく、最初の数分は二人とも、花崗岩《かこうがん》の小山のまわりをただぶらぶら回って、滑らかな灰色の塊を恐る恐るなでたりしていた。それらの石には、どこか畏怖《いふ》の念を誘うところがあった。ほとんど恐ろしいほどの静謐《せいひつ》さが備わっていて、一つひとつがどっしりと重々しく、触れると肌にひどく冷たくて、それがかつて城に属していたのが信じられない気がした。城の一部であったにしては、あまりに古すぎる気がするのだ――まるで、大地のもっとも深い層から掘り出されたかのように、人間が夢見たこともないほどの遠い時間の遺物であるかのように。

ひとつの山の端に、塊からはぐれた石が一個転がっているのをナッシュは目にとめ、どのくらい重いのだろうと、身をかがめて持ち上げてみた。力を入れたとたん、背中の下の方にぴんと圧力が走った。石を地面から浮かせたころには、その重みにナッシュはうなり声を上げていた。両脚の筋肉がいまにも引きつけを起こしそうだった。三歩か四歩歩いて、石を下ろした。「やれやれ」とナッシュは言った。「あんまり友好的じゃないな」

「一つ二十五キロから三十キロある」とマークスは言った。「ちょうど一キロ一キロが実感できる重さだ」

「実感したよ」とナッシュは言った。「嫌っていうくらいな」

「で、どうやって運ぶんだ、爺さん？」とポッツィが、マークスの方を向いて言った。

「この石ころ、ジープで移動するのか、それとも何か別の車をくれるのか？　さっきからトラックを探してるんだが、どうも見当たらなくてさ」

マークスは笑みを浮かべて、ゆっくりと首を横に振った。「あんたら、あの二人が馬鹿だと思っちゃおらんだろ？」

「何が言いたいんだ？」とナッシュは言った。

「あんたらにトラックをやったら、そいつを使ってここから逃げ出すだろうが。わかりきった話だろう？　みすみす逃がす手段を作ってやるような真似《まね》はせんさ」

「牢獄《ろうごく》に入れられたとは知らなかったな」とナッシュは言った。「俺たちは仕事をするために雇われたと思ったんだが」

「そのとおりさ」とマークスは言った。「だけど向こうだって、あんたらに約束を反古《ほご》にされちゃ困るからな」

「じゃあどうやって運ぶんだよ？」とポッツィが言った。「角砂糖じゃないんだぜ。ポケットに詰め込むわけに行かんだろうが」

「まあそうカッカしなさんな」とマークスは言った。「小屋に荷車がある。あれで十分用は足りる」

「荷車なんかじゃ、いつまで経《た》っても終わらんぜ」とナッシュが言った。

「それがどうした？　あんたらは約束の時間働きさえすりゃいいんだろ。出来上がるのにどれだけかかろうが、関係なかろう？」

「なぁるほど」とポッツィが、指をぱちんと鳴らしながら、頭の鈍い田舎者の声を装《よそお》って言った。「教えてくれてありがとう、カルヴィン。そうだよな、文句言うことなんか何もないよな。俺たちには荷車まである。荷車があれば、どれだけ仕事の助けになるかくっちゃな。——それもまっとうな神の仕事だよ、兄弟カルヴィン——そう思うと神さまに感謝しなくっちゃな。おいら、間違ってたよ。ほんとにさ、ジムもおいらも、この世で一番の果報者だよ」

それからジープでトレーラーに戻って、ナッシュの荷物をジープから下ろしにかかり、スーツケースと、本やテープの入った袋を、リビングルームまで運んでいった。そしてもう一度みんなでキッチンテーブルを囲んで座り、買い物リストを作った。書く役はマークスが受け持ち、ひどくのろのろと、一字一字念入りに書いていくものだから、出来上がるのに一時間近くかかった。一連の食べ物、飲み物、調味料。作業服、ブーツと手袋、ポッツィ用の着替え、サングラス、石鹸《せっけん》、ゴミ袋、蠅《はえ》たたき。必需品が一通り済むと、ナッシュがポータブルのラジカセを追加し、ポッツィもこまごまとした品をいくつか頼んだ（トランプ、新聞、『ペントハウス』）。午後なかばには帰ってくる、とマークスは言って、あくびを押さえながらテーブルから立ち上がり、出ていこうとした。が、マークスがいまにも立ち去ろうとしたところで、さっき訊《き》くつもりだった質問をナッシュが思い出した。

「電話はかけられるのかな」とナッシュは言った。

「ここには電話はない」とマークスは言った。「見ればわかるだろう」

「じゃあ屋敷まで乗せていってくれるかな」

「何で電話なんかかけたいんだ？」

「それは君には関係ないいんじゃないかな、カルヴィン」

「まあないだろうよ。だが理由もわからずに、あんたを屋敷に連れていくわけには行かんのだよ」

「姉に電話したいんだ。二、三日後に訪ねていくことになってるのさ。連絡もせずに行かなかったら心配する」

マークスはしばし考えて、それから、首を横に振った。「済まんな。屋敷には連れてくるなって言われてるんだ。二人に念を押されたもんでな」

「じゃあ電報は？　俺が文面を書くから、あんたがそれを電話局に伝えてくれればいい」

「いや、無理だね。ボスたちがいい顔をしない。でも葉書なら書いてもいいぞ。わしが投函《とうかん》してやる」

「手紙にしてくれ。町で便箋《びんせん》と封筒も買ってきてくれないか。明日出せばたぶん間に合う」

「わかった、便箋と封筒だな。引き受けた」

マークスのジープが走り去ったあと、ポッツィがナッシュの方を向いて言った。「あいつ、ほんとに投函するかな？」

「わからん。賭《か》けるとしたら、まあする方に賭けるかな。でも確信はできない」

「どっちだろうが、知りようはないよな。どうせ口では出したって言うだろうけど、そんなの信用できないし」

「返事をくれって姉貴に書くよ。返事が来なかったら、われらが友マークスは嘘《うそ》をついたってことだ」

ポッツィは煙草《たばこ》に火をつけて、マルボロの箱をテーブルごしにナッシュの方に押しやった。ナッシュは一瞬迷ってからそれに手をのばした。いざ喫《す》ってみると、自分がどれだけ疲れているか、いかに精力が尽きているかがわかった。三回か四回ふかしただけでもみ消して、ポッツィに言った。「少し昼寝する。どうせとりあえずはすることもないし、新しいベッドを試してみることにするよ。お前どっちの部屋がいい、ジャック？

俺は残った方で構わん」

「どっちでもいいさ」とポッツィは答えた。「あんた、好きな方をとれよ」

ナッシュは立ち上がったが、動いたはずみで、ポケットに入った木の人形が揺れた。脚に当たる感触が不快で、盗んで以来はじめて、ナッシュは人形がそこにあることを思い出した。「見ろよ、これ」とナッシュは、フラワーとストーンを引っぱり出してテーブルの上に置きながら言った。「われらの小さな友二人だ」

ポッツィは一瞬顔をしかめたが、それから、ゆっくりと顔に笑みを広げながら、ちっぽけな、本物に生き写しの男たちをじっくり眺めた。「いったいどこから持ってきたんだ、これ？」

「どこからだと思う？」

ポッツィは顔を上げて、奇妙な、まさかという表情を浮かべてナッシュを見た。「盗んだんじゃないだろうな？」

「もちろん盗んだのさ。そうじゃなきゃどうして、俺のポケットにあったと思うんだ？」

「あんたほんとに狂ってるんだな、知ってるか？ 狂ってるとは思ってたけど、まさかここまでとはな」

「記念品もなしに帰るのもと思ってさ」とナッシュは言って、まるで賞《ほ》め言葉でももらったかのようににっこり笑った。

ナッシュの大胆さに見るからに感銘を受けて、ポッツィも笑顔を返した。「盗まれたと知ったら、あいつらあまり喜ばんだろうな」

「おあいにくさまさ」

「ああ」とポッツィは言って、二人のちっぽけな男をテーブルからつまみ上げ、目のそばに持っていってさらにじっくり眺めた。「おあいにくさまだ」

自分用に選んだ部屋のブラインドを閉めて、ナッシュはベッドの上に大の字になり、野原の立てる音を聞くともなく聞きながら眠りに落ちていった。遠くで鳥たちが歌い、風が木々のあいだを抜けていき、窓の下の草むらでコオロギが一匹細々と鳴いていた。意識を失う直前に考えていたのは、ジュリエットと、彼女の誕生日のことだった。十月十二日まであと四十六日だ。これから五十回の夜をこのベッドで眠らねばならないとしたら、誕生日には間に合わない。約束したのに、パーティーの日、俺はまだペンシルベニアにいるのだ。

翌朝になって、壁を作るのは思ったほど単純な話ではないことをナッシュとポッツィは知った。実際に石を積み上げる前に、さまざまな準備を済ませておく必要がある。境界線を定めねばならないし、溝も掘らねばならず、地面も平らにしておかないといけない。「何も考えずにただ石をひょいと置いて、あとは何とかなるだろうってわけには行かん」とマークスは言った。「きちんとやらにゃならんのだ」

二人の最初の仕事は、紐《ひも》を二本、平行に引き出して、野原の角から角へのばしていき、壁によって占められることになるスペースを区切ることだった。これらの線が定まったところで、紐に小さな木の杭《くい》を縛りつけて、一メートル半間隔で地面に打ち込んでいった。何度も測り直さねばならない厄介な作業だったが、ナッシュもポッツィもべつに急ぎはしなかった。紐に一時間費やすごとに、石を持ち上げねばならない時間が一時間減るのだから。打つべき杭は八百本あったから、打ち終えるのに三日かかったのもそれほど長いとは思えなかった。本当ならもう少し引き延ばしたいところだったが、マークスがつねにそばで見張っていて、そうも行かなかった。その薄青い目は、どんなごまかしも見逃さなかった。

次の日の朝、二人はシャベルを渡されて、二本の紐で区切った部分に浅い溝を掘るよう言われた。壁の出来は、この溝の底面をどれだけ平らにできるかにかかっている。したがって二人とも入念に作業し、ほんの少しずつ慎重に進んでいった。野原は完璧《かんぺき》に平《へい》坦《たん》ではなく、先々で出会うさまざまな凹凸や小山を一つひとつ抹殺していかねばならない。シャベルで草を根こそぎ取り払い、それが済んだら、つるはしやかなてこを使って地中に埋まっている石を掘り出す。なかにはおそろしくしぶとい石もあって、いくらつっついてもいっこうに土から出てこなかった。溝掘りに使った六日間の大半、ナッシュとポッツィはそれらの石との格闘に明け暮れ、強情な土から邪魔物をひとつずつもぎ取っていった。むろん大きな石を取り出せば穴が残り、そこには土を埋めねばならないし、掘り出した余分な物は一輪車で運び出してまわりの林に捨てねばならなかった。なかなかはかどらなかったが、二人とも特に難しい仕事だとは思わなかった。仕上げにかかるころには、ほとんど楽しいとさえ思うようになっていた。最後の日は、午後のあいだずっと、溝の底をできるかぎり滑らかにしてから、鍬《くわ》で叩《たた》いて仕上げた。その数時間、仕事は庭仕事のように楽だった。

新しい生活に慣れるのにさして時間はかからなかった。三日か四日も暮らすと、もうパターンは定まって、一週間が終わるころには、次は何をするのかいちいち考える必要もなくなった。毎朝、ナッシュの目ざまし時計で二人とも六時に起きる。交代でバスルームを使ってから、キッチンに入って朝食を作る（ポッツィはオレンジジュース、トースト、コーヒーを担当し、ナッシュはスクランブルエッグとソーセージを料理する）。マークスが七時きっかりにやって来て、トレーラーのドアを軽くノックし、三人で野原に出て一日の仕事を開始する。午前中に五時間働いてから、トレーラーに戻って昼食をとり（無給の一時間）、午後にまた五時間働く。終わるのは六時で、二人にとってそれはつねに嬉《うれ》しい時間だった。あとには温かいシャワーと、リビングルームでの静かなビールが待っているのだ。それが済むとナッシュがキッチンに入って夕食を作り（たいていはごく簡単な、昔ながらのアメリカン・ディナーだった――ステーキ、ポークチョップ、チキンキャセロール、ポテトや野菜の山、デザートにはプディングとアイスクリーム）、腹が一杯になったら後片付けはポッツィの受持ちだ。それから、ナッシュはリビングルームのソファで体をのばして音楽を聴いたり本を読んだりし、ポッツィはキッチンテーブルに座ってソリテアをやる。二人で話をすることもあったし、何も喋《しゃべ》らないときもあった。外へ出て、ポッツィの発案になる一種のバスケットボールに興じることもあった。三メートルの距離から、ゴミバケツに小石を投げ込むのだ。二度ばかり、宵の空がとりわけ美しく見える夕方、二人でトレーラー入口の踏み段に腰かけて、太陽が林の向こうに沈むのを眺めた。

自分でもおよそ意外なくらい、ナッシュは心安らかに毎日を過ごした。車がなくなってしまったという事実をいったん受け入れてからは、旅に戻りたいという欲求もほとんど感じなかった。新しい環境にあまりにすんなりなじんだことに、我ながらいささかとまどってしまった。何もかもこんなにあっさり捨てられるなんて、訳がわからない。でもとにかく、戸外で働くのが嫌いでないことは発見だったし、野原の静けさが心まで鎮《しず》めてくれる気がした。何だかまるで、草木のおかげで体の代謝まで変わったように思えた。だがそうはいっても、心からくつろげたというわけではなかった。疑念と不信の空気が依然としてあたりに漂っていたし、こっちに契約を履行する気がないと言わんばかりの相手の態度はいまだに腹立たしかった。ちゃんと約束して、契約書にサインまでしたのに、こいつらは逃げようとするものという前提ですべての段取りが組まれているのだ。仕事に機械を使うのを許されないばかりか、マークスも毎朝歩いて野原までやって来る。ジープでさえも危険な誘惑であって、そこにあったら盗みたくなるに決まっているというのだろうか。そういう用心だけでも十分不愉快なのに、もっと陰険なのが鉄製の金網だった。まる一日はじめて働いた日の夕方に、ナッシュとポッツィはその金網を発見したのだった。夕食を終えて、野原のまわりの林を少し散策しようと、まず奥の方へ行ってみることにして、ごく最近作られたように見える土の道を通って林に入っていった。切り倒された木が道の両側に転がっていた。柔らかいローム質の土に残るタイヤの跡からして、石を搬入するトラックが入ってきたのはここだろうと思えた。さらに先まで歩いていったが、地所の北端に接するハイウェイに出る前に、行く手をその金網に阻《はば》まれたのである。金網は高さ二メートル半程度で、てっぺんには有刺鉄線が禍々《まがまが》しく絡《から》まっていた。ある一箇所はほかの部分よりも新しく見え、どうやらトラックを通すためにいったん外したらしかったが、それを除けば、人が出入りした形跡はすべて消し去られていた。どこかに切れ目はあるのかと、二人で網にそって歩いていったが、一時間半後、あたりが闇《やみ》に包まれたころには、出発点に逆戻りしていた。途中、到着した日に車で入った石の門の前を通ったが、それが唯一《ゆいいつ》の切れ目だった。金網はいたるところに広がり、フラワーとストーンの地所の全領域を囲んでいた。

何とか笑って済ませようと、金持ちってのはいつだって塀や柵《さく》のなかに住んでるもんだよな、などと言いあったが、見てしまったものの記憶は消えなかった。この金網は侵入を防ぐために作られたものだろう。だがいったん出来てしまえば、逃亡を防ぐ役割も果たすのではないだろうか？　この問いのなかに、あらゆるたぐいの不吉な可能性が埋もれている。想像が独り歩きしてしまわぬようナッシュは努めたが、どうにか不安を鎮めることができたのは、八日目にドナからの手紙が着いたときだった。俺たちの居所を知ってる人間がいると思うと心強いぜ、とポッツィは言ったが、ナッシュにしてみれば、大事なのはマークスが約束を守ったという点だった。手紙は善意の証拠なのだ。誰も彼らをだまそうと企《たくら》んではいないことの、目に見える証《あか》しなのだ。

こうした最初の数日間、ポッツィの行ないは模範的だった。とことんナッシュに味方しようと決めたのか、何を要求されても不平ひとつ言わなかった。仕事中は黙々と真面目《まじめ》に働き、家事もきちんと手伝って、ナッシュが毎晩夕食後に聴くクラシック音楽を楽しんでいるふりさえしてみせた。まさかここまで協力してくれるとは思っていなかったから、そんなポッツィの努力をナッシュとしてもありがたく思った。だが実のところ、ナッシュは単に、すでに勝ちとったものを受けとっているにすぎなかった。ポーカーの夜、ナッシュはポッツィのために行けるところまで行った。ふつうならやめてしかるべき限界を越えて進み、おかげで無一文になりはしたが、その結果一人の友を得たのである。その友が今度は、彼のためなら何でもやろうという気になってくれているのだ。たとえそのために、今後五十日間、人里離れた野原で暮らし、重労働の刑を科された囚人のようにこき使われることになるとしても。

とはいえ、忠誠心は信念とは違う。ポッツィから見れば、この事態は何から何まで馬《ば》鹿《か》げているのであって、ナッシュを支援することに決めたからといって、ナッシュの頭がまともだと思っているわけではない。ポッツィは単に、ナッシュの好きなようにさせているだけなのだ。そのことにひとたび思いあたってからは、自分の考えをできるかぎり外に出さぬようナッシュは努めた。日々が過ぎていくなか、二人で一緒にいない時間はほとんどなかったが、自分にとって本当に大切に思えることについては何も話さないようにした。自分の人生を立て直そうという決意についても、あるいは、自分自身の目から見て真人間になる機会としてこの壁を捉《とら》えていること、過去の無謀さと自己憐憫《れんびん》を贖《あがな》う道としてこの野原での辛苦をむしろ歓迎していることについても、ポッツィには一言も言わなかった。いったん喋り出したら、言ってはならない言葉が次から次へと口から転げ出るに決まっているからだ。ポッツィにこれ以上心配させてはならない。いまだって十分心配してくれているのだ。とにかく肝腎《かんじん》なのは、ポッツィを明るい気分に保ってやること、五十日間をできるだけ苦しまずに切り抜けさせてやることだ。状況を語るにしてもごく表面的な観点（借金、契約、働いた時間）からのみ語り、あとは冗談を飛ばし、皮肉っぽく肩をすくめてやり過ごすのだ。その結果、時には寂しい思いを味わうこともあったが、ほかにやりようもなかった。胸のうちをポッツィに向かってさらけ出したら、とんでもないことになってしまう。蛆虫《うじむし》の一杯入った缶を開けるようなもの、最悪のトラブルをわざわざ招き入れるようなものだ。

ナッシュに対してはポッツィも最高に行儀がよかったが、マークス相手となると話は別だった。ポッツィがマークスをからかったり、侮辱したり、罵倒《ばとう》の言葉を浴びせたりせずに一日が過ぎることはまずなかった。当初はナッシュもそれをいい兆候だと考えていた。元の乱暴なポッツィに戻っているのだとすれば、事態にまずまず対応できているしるしにちがいない。攻撃は皮肉たっぷりに展開され、笑顔、さも共感したようなずきといったさまざまなジェスチャーも添えられていたため、自分が馬鹿にされていることをマークスはろくに気づいていないように見えた。ナッシュ自身、この現場監督のことを格別好きというわけではなかったから、ポッツィが彼をダシにして鬱憤《うっぷん》を晴らすのを責める気にはならなかった。だが、時が経《た》つにつれて、これはさすがにちょっとやり過ぎじゃないかという気がしてきた。ポッツィは単に、生まれついての反抗心からのみ行動しているのではない。内なるパニックに、鬱屈した恐怖とまどいにつき動かされてもいるのだ。追いつめられた動物をナッシュは思い浮かべた。何が近よってこようと、それに襲いかかるつもりでいる動物を。ポッツィの場合、近よってきたのがマークスだったわけだ。だがポッツィがいくら不快にふるまい、どれだけ挑発しようとも、マークスはいっこうに動じなかった。この男にはどこか、底なしに落着いたところ、絶対に届きようのない、冗談などまったく通じないところがあった。本心では二人のことをあざ笑っているのか、それともただ単に鈍感なだけなのか、ナッシュにはどうにも測りかねた。ただひたすら職務を果たし、いつも同じゆっくりと周到なペースで仕事を進め、自分については何も話さず、ナッシュやポッツィのことで質問をしたりもせず、怒り、好奇心、喜び、そういった感情は露ほども示さなかった。毎朝きっかり七時にやって来て、前日に頼まれた食糧や日用品を渡したあとは、その後十一時間、仕事のこと以外いっさい何も喋らず、何もしなかった。壁についてマークスがどう思っているのかも知りようがなかったが、作業の監督は細部に至るまできわめて丹念であり、仕事の一段階一段階、いかにもすべてを把握した様子でナッシュとポッツィを指導する。その一方で彼らとの距離はあくまで保ち、体を使う仕事に関しては絶対に手を貸したり仲間に入ったりしなかった。壁作りを統率するのが彼の職務なのであって、何があってもその役割から逸脱せず、監督下にある二人に対する自分の優位を決して崩さなかった。権力のピラミッドにおける自分の位置に満足している人間特有の鼻持ちならなさがこの男にも備わっていて、軍曹、班長といった下っ端《したっぱ》管理職の連中がたいがいそうであるように、彼の忠誠心はひたすら、自分に命令を下す側の人間たちに向けられていた。たとえばナッシュとポッツィと一緒に昼食を食べたり、一日の仕事が終わったあとにしばらく雑談をしていったりすることは絶対になかった。仕事は六時きっかりに終了し、かならずそれですべてはおしまいだった。「じゃあまた明日」とマークスは言って、のそのそと林の方に歩いていき、ものの数秒のうちに姿を消すのだった。

準備段階を終えるのに九日かかった。それから壁自体に取りかかると、世界はふたたび一変した。二十五キロの石をひとつ持ち上げるだけならいい。が、ひとつ持ち上げたあとに、もうひとつ二十五キロの石を持ち上げるとなると話はまったく別であり、二つ目を持ち上げたあとにまたもうひとつとなるとさらにまた別であることをナッシュとポッツィは思い知った。一つ目を持ち上げるときにどれだけ元気なつもりでいても、二つ目を前にするころには力の大半がなくなっているし、二つ目を持ち上げ終えたら三つ目に対して注げる力はもっと少なくなっている。そんな具合に、壁と取り組むたび、二人はいつも同じ不可解な謎《なぞ》に行きあたった。石はどれも同一なのに、どの石もその前の石より重いのだ。

午前中は小さな赤い荷車に石を載せ、野原を運んでいくことに費やした。一個ずつ、溝のかたわらに下ろして、またもう一つ取りにいく。午後はこてとセメントを使って、石をていねいに固定していった。二つの仕事のうち、どちらがよりきついかは決めがたかった。朝のあいだ続く、はてしなく持ち上げては下ろす作業か、昼食後にはじまる押したりずらしたりをくり返す作業か。朝の方がたぶん体力は使うだろうが、石をこれだけの距離動かすことにはひそかな満足感もあった。溝の奥の方から石を並べていくようマークスには指示されており、石をひとつ置いていくたびに手ぶらで次のを取りに戻るわけだから、一息つける時間がそこで生じることになる。第二の仕事は体力的にはそれほどきつくなかったが、こっちの方が息は抜けない。セメントを塗るときに若干の間《ま》は空くが、それとて野原を歩いて戻る時間に較《くら》べればはるかに短いし、結局のところ、石を数センチずらす方が、実は地面から持ち上げて荷車に積むより大変かもしれない。これに加えて、その他もろもろの要素も考慮に入れてみると――朝の方がたいていは体も元気だし、気温はたいてい午後の方が高く、日が進むにつれてうんざりした気分はかならず募ってくる――たぶんどっこいどっこいというところだろう。六と半ダースを較べるようなものだ。

石を運ぶのに使ったのは、子供用の荷車だった。ファースト・フライヤーなる、ナッシュがジュリエットの三歳の誕生日に買ってやったのと同じような製品である。はじめは冗談かと思った。マークスが運んできて、これを使えと言ったとき、ナッシュもポッツィも笑った。「おい、本気じゃないだろ?」とナッシュは言ったが、マークスは本気そのものだった。使ってみると、おもちゃの荷車は彼らの仕事にぴったりだった。金属のボディは重荷を支えるのに十分強く、ゴムタイヤもでこぼこや草の塊に耐える丈夫さを備えていた。それでもやはり、そんな物を使わされるのは何か馬鹿げている気がしてならなかった。何か薄気味悪い、幼児扱いされているような気分がナッシュには腹立たしかった。これは大人の手にしっくりなじむ品ではない。子供部屋にふさわしい玩具《がんぐ》、子供の取るに足らぬ絵空事の世界にお似合いの代物《しろもの》なのだ。それを引いて野原を横切るたびに、ナッシュは自分を恥じた。自分の無力さがつくづく身にしみて、いたたまれない気持ちになった。

仕事はのろのろと、ほとんど目に見えないほどのペースで進んでいった。調子のいい朝には、二十五個から三十個くらいの石を溝まで運んでいけたが、それが精一杯だった。これでポッツィにもう少し力があったなら、ピッチを倍にすることもできただろう。だがポッツィは一人で石を持ち上げるには体が小さすぎたし華奢《きゃしゃ》すぎたし、そもそも肉体労働というものに慣れていなかった。石を地面から離すところまではできても、それを移動させるのは無理だった。歩こうとしたとたん、石の重みにバランスを崩してしまい、二、三歩歩いたころには石が手から滑り落ちかけていた。ナッシュの方はポッツィに較べて背も二十センチ高く、体重は三十キロ多かったから、そうした苦労もせずに済んだ。

といって、全部ナッシュがやるのではあまりに不公平である。そこで結局、二人で協力して持ち上げることにした。それでも、荷車に石を二つ載せられれば、作業の速度はおよそ三割増しただろうが、五十キロの重荷を引いて歩くのはポッツィには無理だった。二十五キロ、三十キロくらいならそれほど苦労せず引っぱれるし、仕事は半分ずつ分けあうと二人で決めていたから（つまり荷車も交代で引く）、石は毎回一個ずつ運ぶことになった。結局はそれが最善の策に思えた。どのみち仕事は十分きついのだし、あまり無理をしてつぶれてしまっては元も子もない。

ナッシュは少しずつ、この作業になじんでいった。最初の数日が一番きつく、ほとんど一日じゅう、耐えがたいほどの疲労に倒れてしまいそうだった。筋肉は痛み、頭はどんより曇って、体はつねに眠りを求めて叫んでいた。何か月もずっと車に乗りっぱなしで体がなまっていたし、最初の九日間の比較的軽い作業では、こうした本格的な重労働の下準備にはまるでなっていなかった。だがナッシュはまだ若く、長期間体を使わなかった状態から回復するだけの体力もあったから、だんだんと、疲れを感じはじめる時刻が毎日少しずつ遅くなっていくのが自分でもわかった。はじめのうちは午前中の仕事だけでも忍耐の限界に達してしまったのに、いまでは午後も大方過ぎてからやっとそう感じる程度だった。そのうちに、夕食が済んだとたんにベッドにもぐり込む必要もなくなった。読書も再開したし、二週間目の中ごろには、最悪の時はもはや過ぎたと思った。

一方、ポッツィはそこまで上手《うま》く適応できなかった。溝を掘っているあいだはそこそこに上機嫌だったが、仕事がこの段階に入ってからというもの、見るも哀れな様子になっていった。石によってナッシュ以上に精力を奪われているのは間違いなかったが、苛立《いらだ》ちとふさぎの虫に憑《つ》かれているのは、肉体的な疲労よりもむしろ、精神的な憤怒《ふんぬ》の念が原因に思えた。仕事はポッツィにとって苦痛以外の何ものでもなく、長びくにつれて、自分は何か恐ろしい不正の犠牲者なのだと確信するようになっていった。何か非道な、口にするのもおぞましいやり方で、人間としての権利を侵害されたのだ。フラワーとストーンとの一戦に、ポッツィは何度も立ち返った。一つひとつの勝負を、ナッシュの前でくり返し声に出して再現し、自分が負けたという事実をどうしても受け入れられずにいた。壁を築く仕事をはじめて十日も経ったころには、自分はインチキに引っかかったのだ、フラワーとストーンは印のついたカードか何かを使って不当に金を奪ったのだ、そう信じ込むようになった。ナッシュは極力口を出さぬよう努めたが、実のところ彼も、ポッツィの考え違いだと完全に否定できるわけではなかった。同じことがすでに彼の頭にも浮かんでいたのだ。が、何ぶん証拠はないのだから、そういう考えを煽《あお》っても仕方ない。万一ポッツィの言うとおりだとしても、自分たちにはどうしようもないのだ。

フラワーとストーンに対面する機会をポッツィは待ちつづけたが、億万長者たちはいっこうに姿を見せなかった。二人の不在は何とも不可解であり、そのうちにナッシュもだんだん訳がわからなくなってきた。きっと毎日野原までやって来てあれこれ詮索《せんさく》していくにちがいないとナッシュは予想していた。何といっても壁は彼らの発案なのであり、当然仕事の進み具合を知りたがるだろうと思ったのだ。ところが何週間かが過ぎても、二人は依然現われない。あいつらはどこにいるんだ、とマークスに訊《き》いてみても、相手は肩をすくめて地面を見下ろし、二人とも忙しいんだよ、と言うだけだった。まったく筋が通らない。これについてポッツィと話そうともしてみたが、ポッツィはポッツィでいまやすっかり別の思考回路に入ってしまっていて、答えはいつも決まっていた。「やましいところがあるからさ」と彼はかならず言った。「俺に気づかれたってわかってるもんだから、怖くて顔も出せないのさ」

ある夜、ポッツィは夕食後にビールを五、六本飲んで、ぐでんぐでんに酔っ払った。どうやら悪酔いしたようで、しばらくするとトレーラーのなかをうろうろ歩き出し、自分が受けている不当な仕打ちについて、支離滅裂な科白《せりふ》を次々にわめき散らした。「ようし、片をつけてくるぜ」と彼はナッシュに言った。「あのビヤ樽《だる》野郎、白状させてやる」。そしてやおらキッチンのカウンターから懐中電灯をつかんで、トレーラーのドアを開け、闇《やみ》のなかに飛び出していった。ナッシュはあわてて立ち上がり、ポッツィを追って外に出て、戻ってこいと叫んだ。「ほっといてくれ、消防士」とポッツィは言いながら、野原じゅう懐中電灯をめったやたらに振り回した。「あの糞野郎《くそやろう》どもがここまで来ないんなら、こっちから行って話をつけるしかないぜ」

顔にパンチでもお見舞いする以外、ポッツィを止める道はなさそうだった。すっかり酔っ払っていて、言葉に耳を貸す段階はとうに越えている。ナッシュが説得に努めたところで効き目はあるまい。といってポッツィを殴るのも嫌だった。やけになって泥酔《でいすい》している若者をぶん殴るのを、解決策と呼ぶ気はしない。結局、何もしないことに決めた。できるだけ調子を合わせて、こいつがトラブルに陥らないよう見ていてやろう。

懐中電灯の光を頼りに、二人で林のなかを歩いていった。もう十一時近くで、空は曇って、月も星も隠れてしまっていた。屋敷の明かりが見えてこないものかとナッシュは期待しつづけたが、その方角はまったくの闇のままで、そのうちに、そもそも屋敷が見つかるかどうかも自信がなくなってきた。ひどく時間がかかっているように思えたし、ポッツィが石につまずいたり棘《とげ》だらけの草むらにつっ込んだりするものだから、まるっきり無駄なことをやっているのではないかという気がしてきた。それでも、やがてとうとう、二人は芝生の端に足を踏み入れ、屋敷に近づいていった。フラワーとストーンが寝ているにはまだ早すぎる時間に思えたが、明かりが灯《とも》っている窓はひとつもなかった。ポッツィが表玄関に回ってベルを押すと、またもベートーベンの第五の出だしが鳴ったが、このあいだと違ってポッツィは少しも面白そうな顔をせず、何かぶつぶつ呟《つぶや》きながら、誰かが玄関を開けるのを待った。誰も出てこないので、十五秒か二十秒してからもう一度ベルを鳴らした。

「どうやら泊まりがけで出かけてるみたいだな」とナッシュは言った。

「いや、いるんだよ」とポッツィは言った。「出てくる度胸がないだけさ」

だが二度鳴らしても明かりはいっこうに点《つ》かず、玄関のドアは閉ざされたままだった。

「もうあきらめた方がいいんじゃないかな」とナッシュは言った。「よかったら明日また来ようぜ」

「メイドはどうしたんだ？」とポッツィは言った。「いるはずだろ。メイドに伝言していけばいい」

「眠りが深いんじゃないかな、あのメイド。それとも一晩休みをもらったのかも。人の気配がまるっきりないもの」

ポッツィは苛立たしげにドアを蹴飛《けと》ばし、それからいきなり、ありったけの大声でわめき出した。もう一度ベルを鳴らす代わりに、玄関前の道まで下がっていって、二階の窓のひとつに向かってなおもわめきつづけ、空っぽの屋敷に憤怒を浴びせた。「おい、フラワー！」とポッツィはどなった。「そうだよ、デブ、お前に言ってるんだよ！　お前はクズ野郎だぜ、知ってるか？　お前も、お前のチビの仲間も、二人ともクズ野郎だぜ、よくもあんな目に遭わせてくれたな、いつか仕返ししてやるからな！」。そんな具合に三分か四分、憎悪《ぞうお》の念もあらわに、空《むな》しい脅しの絶叫が続いた。脅しの激しさが増せば増すほど、逆にその情けなさも露呈してきて、みじめな絶望もいっそうむき出しになっていった。ポッツィへの同情の念でナッシュの胸は一杯になったが、ポッツィの怒りがみずから燃えつきるまではどうしようもない。ナッシュは闇のなかに立って、虫たちが懐中電灯の光の帯のなかを舞うのを眺めていた。遠くの方でフクロウがホーと一度、二度鳴いて、それっきり止《や》んだ。

「さあ行こうぜ、ジャック」とナッシュは言った。「帰って少しは眠らなきゃ」

だがポッツィはまだ気が済んでいなかった。立ち去る前に、しゃがみ込んで小石をひとつかみすくい上げ、屋敷に投げつけた。それは愚かな行為だった。十二歳のチャチな癇癪《かんしゃく》だった。砂利が硬い表面に当たって、散弾のように飛び散った。それから、ほとんど山彦《やまびこ》のように、ガラスが割れるかすかな高い音をナッシュは聞いた。

「終わりにしようぜ」とナッシュは言った。「もう十分だ」

ポッツィは回れ右して、林に向かって歩き出した。「ケツの穴野郎」と彼は独り言のように言った。「ケツの穴野郎どもが、世界じゅうを動かしてやがるんだ」

その夜以降、ポッツィのことをもっと気をつけて見守ってやらねばとナッシュは思うようになった。もう心の余裕がすっかりなくなっている。しかも約束の期間はまだ半分も終わっていないのだ。口では何も言わずに、ナッシュは自分の仕事量を増やした。こっちが少し汗を余計にかくだけで事態を丸く収める足しになるならと、ポッツィが休んでいるあいだも一人で石を持ち上げ、荷車で運んでいった。もうこれ以上、怒りの爆発や、酔った勢いでの騒ぎは御免だった。いつポッツィが切れてしまうか、朝から晩までびくびくしていたくはない。少し余分に働くのは訳ないし、結局その方が、忍耐の美徳についてポッツィに講釈するより簡単だと思った。あと三十日で何もかも終わる、ナッシュはそう自分に言い聞かせた。俺だってそれくらい乗り切れないんじゃ、人間としてどうしようもないじゃないか？

夕食後の読書もやめて、ポッツィと一緒に過ごすようにした。夜は危険な時間だ。ポッツィをキッチンに一人にして、くよくよ考えさせるのはよくない。一人で悶々《もんもん》と考えるから、狂気じみた、破壊的な考えにとり憑かれたりするのだ。あくまでさりげなくではあれ、精一杯ポッツィの望みに合わせて行動するようナッシュは努力した。ポッツィがカードをやりたそうだったら、一緒にカードをやる。酒が飲みたそうだったら、ボトルを開けて何杯でもつき合う。二人で何か話をしているかぎり、どうやって時間を使おうと構わなかった。時おり、車を走らせつづけた一年間の話を聞かせることもあった。あるいは、ボストンで出会った大火事の話。他人の災難の話を聞けばポッツィも少しは自分の悩みを忘れるかと、とびきり恐ろしいディテールを事細かに語ってみせた。少なくともしばらくのあいだ、この戦術はうまく行っているように思えた。ポッツィは見るからに落着いてきて、フラワーやストーンと対面して云々《うんぬん》といった悪意みなぎる話もいっぺんに止んだ。が、それに代わって新たな妄執が現われるのにさほど時間はかからなかった。たいていの問題はナッシュとしても適当にやり過ごすことができたが（たとえば女のこと――一発やりたい、という欲望がポッツィのなかでどんどんふくらんできていた）、そう簡単にはあしらえないものもあった。べつに人を脅すとかいうわけではないのだが、時おり、会話の真っ最中に突然、狂気じみた、聞いているだけで背筋が寒くなるような病的な考えを言い出すのだ。

「何もかも計画どおりに行ってたんだ」とポッツィはある夜ナッシュに言った。「覚えてるだろ、ジム？　ものすごくスムーズに、これ以上はないっていうくらいにさ。元金は三倍くらいに増えて、いよいよ奴《やっ》らの息の根を止めてやるかってところまで来てた。あいつらもう虫の息だったんだ。腹を上にして水面にぷかぷか浮かぶのも時間の問題だったのさ、俺はそれをはっきり体で感じたんだよ。俺はいつもその感じがしてくるのを待ってるんだ。体のなかでスイッチがオンになるみたいにさ、全身がブーンとうなり出すんだよ。その感じがしてきたら、もうこっちのもの、勝利へ向かってまっしぐらさ。俺の言ってることとわかるかい、ジム？　あの夜まで、その感じが間違ってたことはいっぺんもなかったんだ、ただの一度も」

「何ごとにもはじめてってことはあるさ」とナッシュは、相手が何を言わんとしているのかまだよくわからないまま言った。

「まあな。でもあのときはそうじゃないと思うね。いったんツキが回ってきたら、それを止められるものなんてありゃしない。世界の何もかもが、いっぺんにあるべき場所に収まるみたいに思えるのさ。自分がこう、自分の体の外に出たみたいになって、あとはもう夜通し、自分が次々奇跡を起こすのを見物してるんだ。もう自分とは関係ないと言ってもいいくらいでさ。コントロールしようったってできるもんじゃない。とにかく考えすぎたりしないかぎり、間違いひとつ犯しようがないのさ」

「うんジャック、まあたしかに、しばらくは調子よさそうだったよ。でもそれがそのうちに変わってきたんだよ。ツキってのはそういうもんでさ、どうしようもないんだ。ちょうど、四打席四安打だったバッターが、九回裏ツーアウト満塁って場面で三振しちまうのと同じさ。試合終了、チームは負けた。そいつの責任だと言えば言えるかもしれない。でもその夜の成績としては決して悪くないわけでさ」

「そうじゃないよ、あんた俺の話を聞いてないな。俺の言ってるのは、そういうときにはもう三振なんかしようがないってことなのさ。そういうときの俺にはな、ボールがスイカみたいにでっかく見えるんだよ。ただ単にバッターボックスに入って、球が来るのを待つ、で、左中間を破るサヨナラヒットをかっ飛ばすんだよ」

「わかったよ、左中間にライナーを打つところまでは認めよう。ところがだ、センターの奴が矢のように追ってきて、もうちょっとで抜けるかというところでさっと横っ飛びして、グラブの先っぽでキャッチするのさ。信じがたいファインプレー、歴史に残る名キャッチだ。それでもアウトはアウトだが、もちろんバッターを責めるのは筋違いだ。あいつはベストを尽くさなかった、なんて言えやしないだろ。俺の言おうとしているのも要はそれだよ、ジャック。お前はベストを尽くした、そして俺たちは負けた。いままで世界の歴史で、もっとひどいことはいくらでも起きてきた。これ以上くよくよしても仕方ないのさ」

「そうだけどさ、だけどあんたまだ、俺の言ってることがわかってないぜ。俺の言いたいことが、どうしてもあんたに伝わらないんだ」

「俺には簡単な話に思えるがな。夜のあいだ、かなりのところまで、俺たちは勝ちそうに思えた。ところが、何かがおかしくなって、結局勝てなかった」

「そのとおりさ。何かがおかしくなったのさ。で、何がだと思う?」

「わからんな。教えてくれ」

「あんただよ。あんたがリズムを壊したんだ。そのあとは何もかもがメチャクチャになっちまったんだ」

「俺の記憶じゃ、プレーしてたのはお前だがな。俺はただ座って見てただけだぜ」

「だけどあんたもゲームの一部だったのさ。何時間もずっと、あんたは俺のすぐうしろに、俺の首に息を吹きかけるみたいにして座ってた。はじめはあんまりぴったりくっつかれてちょっと気が散ったけど、そのうち慣れてきて、しばらくするとあんたがそこにいるのにもちゃんと訳があるってことがわかってきたんだ。あんたはな、俺に命を吹き込んでいたんだよ。あんたの息を感じるたびに、幸運が俺の骨のなかに流れ込んできたんだ。何もかも完璧《かんぺき》だった。すべては釣りあい、歯車という歯車がうまく嚙《か》みあっていた。最高だったよ。本当に最高だった。なのにあんたは、出ていっちまったんだ」

「生理的欲求さ。ズボンに漏らせとは言わんだろう？」

「ああ、もちろん、トイレだったら行くがいいさ。それは構わん。でもそれって何分かかる？　三分か？　五分か？　いいさ、行って小便してくればいい。だけどよジム、あんた、まる一時間いなくなってたんだぜ！」

「くたくただったんだよ。ちょっと横にならずにはいられなかったんだ」

「ああ、だけどあんた横になんてなりやしなかっただろ？　二階に行って、あの世界の街とかいうガラクタのまわりをうろうろしてたんだろ？　何であんな馬鹿《ばか》な真似《まね》したんだよ？　俺は階下《した》であんたが帰ってくるのを待ちつづけて、おかげでだんだん集中が切れてきちまったんだ。あいつはどこだ？　何があったんだ？　何度もそう思ったよ。じわじわ流れが悪くなってきて、だんだん勝てなくなってきた。それから、流れがちょうど最悪になったところで、あんたが模型を一かけら失敬しようって思いついたのさ。信じられないぜ、あんなとんでもないヘマしでかすなんて。ド素人《しろうと》のやるドジだぜ、品格も何もあったもんじゃない。あんな真似、宗教的な罪を犯すみたいなもんだ。根本的な掟《おきて》を破るようなものなんだよ。それまでは何もかもが調和していたんだ。何もかもが俺たちにとって音楽に変わるってところまで来ていたんだ。なのにあんたはわざわざ二階へ行って、楽器を全部メチャクチャにしたのさ。宇宙にちょっかいを出したんだよ、あんたは。そういうことをやったら、絶対償いをさせられる。俺まで一緒に償わされるのが残念だね」

「お前フラワーみたいになってきたぞ、ジャック。あいつも宝くじを当てただけで、自分は神に選ばれたって思い込んだんだ」

「俺は神のことなんか言ってないさ。神なんか全然関係ない」

「同じことを別の言い方で言ってるだけさ。お前はつまり、何か隠された目的ってものを信じたがってる。この世で起きることにはちゃんと理由があるはずだって信じ込もうとしてる。神、運、調和、何て呼ぼうとおんなじさ。そんなのは事実を避けるための寝言さ。物事の真の姿から目をそらす手段なだけさ」

「自分では利口なつもりだろうけど、ナッシュ、あんた何にもわかっちゃいないぜ」

「そのとおり、わかっちゃいないとも。そしてお前もそうさ、ジャック。俺たちはまるっきり無知蒙昧《もうまい》の二人組なんだ。お前も俺も、身の程知らずの真似をした阿呆《あほう》なんだよ。

で、いまそのツケを清算してるところなのさ。事を荒立てさえしなけりゃ、あと二十七日でここから出られる。俺だってこんな暮らしが楽しいとは言わん。だけどこれが終わるころには、俺たちも少しは賢くなってるかもしれんぞ」

「あんなことしちゃいけなかったんだよ、ジム。俺が言おうとしてるのはそれだけさ。あんたがあのちっぽけな人間どもを盗んだとたん、何もかも狂っちまったんだ」

ナッシュはふうっと苛立《いらだ》たしげにため息をつき、椅子《いす》から立ち上がって、フラワーとストーンの模型をポケットから出した。そしてポッツィが座っているところに歩いていって、それを彼の目の前にかざしてみせた。「よく見ろ」とナッシュは言った。「何が見えるか言ってみろ」

「よせやい」とポッツィは言った。「そんなゲームやって何になる?」

「いいから見ろ」とナッシュはきつい口調で言った。「さあジャック、言ってみろ、俺が手に何を持ってるか」

ポッツィは傷ついたような表情を浮かべて、じっとナッシュを見上げたが、やがてしぶしぶ言うとおりにした。「フラワーとストーン」とポッツィは言った。

「フラワーとストーン? フラワーとストーンはこれよりもっと大きいと思ってたがな。なあジャック、見てみろよ、こいつら二人の背丈、せいぜい四センチだぜ」

「わかったよ、本物のフラワーとストーンじゃないさ。複製ってやつだ」

「ひとかけらの木切れだ、そうだろ。間抜けな木のかけらさ。そうじゃないか？」

「あんたがそう言うんなら」

「で、お前はだ、このちっぽけな木切れに、俺たちより強い力があるって信じるわけだな？　こいつにはものすごく強い力があって、こいつのせいで俺たちは全財産なくしたと思ってるわけだ」

「そんなこと言ってないさ。俺はただ、そんなものくすねちゃまずかったって言ってるだけさ。ほかのときならともかく、よりによってポーカーやってる最中なんかに」

「でもとにかく、いまこいつはここにある。で、お前、これを見るたびに、何となく怖くなるんだろ？　何かこう、呪《のろ》いをかけられてるみたいな気がするんだろ？」

「まあな」

「じゃあ、こいつをどうして欲しい？　返すか？　返したら気が晴れるか？」

「もう手遅れさ。元通りにはならん」

「何ごとにも償いの道はあるさ、ジャック。お前敬虔《けいけん》なカトリックだろ、そのくらい知ってるだろうに。しかるべき薬があれば、どんな病だって治せる」

「もうあんたにはついてけないね。何の話だか、俺にはさっぱりわからんよ」

「いいから見てろ。あと二、三分で、お前の悩みもすっかり消えるから」

それ以上何も言わずに、ナッシュはキッチンに入っていって、オーブン用の天パンと、紙マッチと、新聞を出した。それを持ってリビングルームに戻っていくと、ポッツィの足下からほんの数センチのところに天パンを下ろした。それから、しゃがみ込んで、フラワーとストーンの人形を天パンの真ん中に据えた。そして新聞紙を一枚破りとり、何本かの帯に裂いて、それぞれの帯を小さな玉に丸めた。それから、ひどく慎重な手つきで、玉を天パンの木の像のまわりに並べた。それが済むとつかのま手を止め、ポッツィの目をじっと覗《のぞ》き込んで、ポッツィが何も言わないのを見てとると、マッチの火をつけた。その炎を紙の玉一つひとつに触れていって、玉全部に火がついたころには、炎は木の人形にまで届いていて、絵の具が燃えて溶け落ち、ぱちぱち弾《はじ》ける熱がまばゆく飛び散った。絵の具の下の木は柔らかくて小孔《こあな》も多かったが、炎の勢いには逆らえなかった。フラワーとストーンは真っ黒になり、炎がじわじわ食い込んでくるにつれて見るみる縮んでいった。一分もしないうちに、二人の小さな男はいなくなっていた。

天パンの底に残った灰を指さして、ナッシュは言った。「な？　何でもないだろ。魔法のからくりさえわかっちまえば、どんな障害だって乗り越えられるのさ」

ポッツィはやっとのことで床から目を離し、ナッシュを見た。「あんた狂ってるぜ」とポッツィは言った。「自分でもわかってるんだろうな」

「俺が狂ってるとしたら、俺たち二人仲間ってことだぜ。少なくともお前もこれ以上一人で苦しまずに済む。それって感謝していいことじゃないか？　俺はとことんお前と一緒だぜ、ジャック。一歩一歩、旅路の果てまで一緒さ」

四週目の中ごろに、気候が変わりはじめた。蒸し暑い天気に代わって、初秋の肌寒さが訪れ、たいていの朝は二人ともセーターを着て仕事に出るようになった。虫たちは姿を消し、長いあいださんざん悩まされたブヨや蚊もいなくなったし、林では木の葉が色を変えはじめてあでやかな黄やオレンジや赤に染まり、何とはなしに気分もよくなってきた。雨がかなりひどく降ることもあったが、それとてうだるような暑さに較《くら》べればましだったから、仕事は構わず続けた。二人ともゴム製のポンチョと野球帽を支給されていて、激しい雨もある程度しのぐことができた。大切なのは先へ進むこと、毎日十時間ずつ積み上げていって予定どおりに事を終わらせることだった。スタート以来、一度も休みはとっていないのだし、少しくらいの雨で怖気《おじけ》づいてはいられない。この点については、妙なことにポッツィの方が意志が固かった。だがそれは、彼の方がナッシュ以上に早く終わらせたいと思っていたからだ。どんなに天候の荒れた暗澹《あんたん》たる日でも、ポッツィは文句も言わずとぼとぼと仕事に出ていった。ある意味では、天気が悪いほど彼は喜んだ。というのも、マークスも二人と一緒に雨のなかに出ていなければならないからだ。陰気な顔をして、黄色い雨具に身を固めたマークスが、黒い傘をさして何時間もずっとがに股《また》で立ちつづけている姿は、ポッツィにとって何よりも楽しい眺めだった。立ちっぱなしなものだから、ブーツがじわじわ泥のなかに沈んでいく。マークスがそうやって苦しむのを見てポッツィはひどく喜んだ。それはいわば残念賞のようなものだった。ポッツィ自身がずっと味わってきた苦しみに対するささやかな見返りだった。

だが雨ゆえに問題も生じた。九月の最終週のある日、あまりの豪雨に、溝の三分の一が崩れてしまったのである。それまでにおよそ七百の石を並べ終えていて、あと十日かそこらで一番底の段は完成と思っていた。ところが夜のうちにすさまじい嵐《あらし》になって、激しい横なぐりの雨が野原を襲った。翌朝仕事に出てみると、溝のなかの、まだ石を埋めていない部分に、水が十センチ以上たまってしまっていた。土が乾くまでは石を入れることもできないばかりか、溝の底を平らにするためにあれだけ入念にやった作業もすべて無駄になってしまった。壁の土台はいまや、無数の細流とぬかるみから成るどろどろの混沌《こんとん》と化していた。その後三日間は午前だけでなく午後も石を運んで時間の有効活用に努め、水がようやく引いたところで、今度は二日間、石運びを休んで溝の底の修復にかかった。ポッツィとマークスのあいだの関係がついに爆発したのはこの時点だった。この作業がはじまるや、マークスはにわかに、当初と同じようにあれこれ仕事に口をはさみ出した。ここのところはずっと、十分な距離を置いてただ黙って傍観していたのに、また二人のまわりをうろうろしはじめて、修復が正しく行なわれるようああしろこうしろと細かい注文や指示をひっきりなしに出してきたのである。朝のうちはポッツィもどうにか我慢していたが、午後になってもマークスは相変わらずやかましく口を出しつづけ、ポッツィの忍耐が限界に達しつつあることはナッシュが見てもわかった。さらに三時間か四時間かが過ぎて、とうとう怒りが爆発した。

「うるさい、いい加減にしろ」とポッツィは言ってシャベルを投げ捨て、憎々しげにマークスをにらみつけた。「そんなに何から何までわかってるんだったら、何で自分でやらないんだ！」

　不意をつかれたか、マークスは一瞬何も言わなかったが、やがてひどく低い声で、「わしの仕事じゃないからさ」と言った。「仕事をするのはあんたら二人だ。わしはただ、あんたらがヘマをやらんように見張ってるだけさ」

「ふん」とポッツィも言い返した。「で、お前だけ何でそんなに偉いんだ、ジャガイモ頭さんよ？　俺たちがこの糞《くそ》の山でチンポコも破裂するかってくらい働いてるのに、何でお前だけポケットに手をつっ込んでつっ立っていられるんだ？　え？　どうなんだ、田舎っぺ野郎、言ってみやがれ。ひとつでいいから理由を言ってみろ」

「簡単さ」とマークスは、口元に浮かぶ笑みを抑えきれずに言った。「あんたらはカードをやって、わしはやらない」

　笑みが決め手だったな、とナッシュは思った。深い、底なしの軽蔑《けいべつ》の表情がマークスの顔をよぎった次の瞬間にはもう、ポッツィが両手をげんこつに固めてマークスめがけて突進していた。少なくとも一発のパンチは綺麗《きれい》に決まった。ナッシュが何とかポッツィを引き離したころには、マークスの口の端から血が流れていた。ポッツィの怒りはまだ収まらなかった。ナッシュにはがい締めにされたまま一分近くばたばた暴れていたが、ナッシュに懸命に押さえつけられて、まもなく興奮も鎮《しず》まった。一方マークスは一メートルばかりうしろに下がって、ハンカチを傷口にぽんぽん当てていた。「構わんさ」とマークスはようやく口を開いた。「このチビ助ときたら、プレッシャーに耐えられんのだ、それだけのことさ。辛抱できる奴《やつ》もいれば、できない奴もおる。だけどひとつだけ言っておく。もう一度やったらただじゃ済まんぞ。大目に見るのも今回だけだからな」。それからマークスは腕時計に目を落とし、言った。「今日は早めに切り上げよう。もうじき五時だし、そんなにカッカしてるときに仕事を再開しても意味ないからな」。そしていつもと同じように軽く手を振って、野原を渡って林のなかに消えていった。

ナッシュはマークスの冷静さに感心せずにいられなかった。あんなふうに襲いかかられたら、たいていの男は殴り返すだろう。ところがマークスは、身を護《まも》るために手を挙げようとすらしなかったのだ。おそらくそこには、ある種の傲慢《ごうまん》さもあるのだろう。いくらじたばたしたってお前なんかにわしをやっつけられるもんか、そうポッツィに言っているようなものだ。だがともかく、一触即発の事態が、驚くほどのすばやさでその緊張を抜きとられたことは事実である。どれほどひどいことになったかもしれないかを思えば、あれで済んだのは奇跡と言ってよい。ポッツィもそのことは気づいているらしく、その夜この話題を持ち出すことは周到に避けていたものの、自分を恥じていること、手遅れになる前に止めてもらってよかったと思っていることはナッシュにもわかった。

　ナッシュとしては、まさかこの一件に余波が生じるとは思っていなかった。ところが、翌朝七時にトレーラーにやって来たマークスは、何と銃を携帯していた。警官が使う三十八口径のリボルバーで、腰に巻いた弾薬ベルトからぶら下がっている革のホルスターに収まっていた。ベルトにちょうど六弾分空きがあるのをナッシュは見てとった。銃に弾が込めてあることの、ほぼ確実な証拠だ。こんな事態になっただけでも不快だったが、もっと不快なのは、マークスがまるで何ごともなかったかのような顔をしていることだった。銃についても何も言わないのだ。最終的には、銃自体よりもその沈黙の方がナッシュの胸に大きな不安をかき立てた。つまりこれは、自分には銃を携帯する権利が当然あるとマークスが思っているということだ。はじめからずっと、その権利があると思っていたということだ。だとすれば、自由なんてはじめから絵に描いた餅《もち》だったのだ。契約書、握手、好意――そんなものはどれも、何の意味もなかったのだ。はじめからずっと、ナッシュとポッツィは暴力の脅しの下で働いていたのであって、マークスがいままで彼らに手を出さなかったのは、あくまで彼らが協力的にふるまっていたからにすぎない。悪態をついたり文句を言ったりするのはどうやら許されるらしい。が、ひとたび彼らの不満が言葉の領域を越えたら、マークスとしてはいつでも、厳しい、威嚇《いかく》的な手段をとる態勢でいるのだ。そして、いままでの経過からして、そうした行動がフラワーとストーンの命令に基づいていることはまず間違いない。

とはいえ、マークスが本気で銃を使う気でいるとは思えなかった。銃の機能はあくまで象徴的なものであって、ナッシュとポッツィの目につくように持っているだけで目的は十分果たされているのだ。彼らの方から挑発しないかぎり、町の保安官の生半可な真《ま》似事《ねごと》でもしているみたいに、単に腰に銃をさして歩きまわるだけのことだろう。つきつめて考えれば、ただひとつ真の危険はポッツィだとナッシュは思った。ポッツィの言動は近ごろどうも常軌を逸してきていた。彼がいつどんな暴挙に出るか、前もって知るのは困難だった。結果的には、ポッツィはいかなる暴挙にも走らなかった。ナッシュもやがて、自分がポッツィを過小評価していたことを認めざるをえなくなった。ポッツィははじめからずっと不穏な事態を覚悟していたのであり、その朝に銃を目にしたときも、驚いたというよりは、自分の一番奥深い疑念が正しかったことを確信したのである。驚いたのはナッシュの方だった。ナッシュは自分をだまし、一連の事実をまるで読み違えていた。だがポッツィは最初から、自分たちが何を敵に回しているかを知っていた。野原に来た第一日目から知っていたのであり、だからこそあれだけ怯《おび》えていたのだ。すべてが明るみに出たいま、ポッツィはほとんどほっとしているように見えた。結局のところ、ポッツィにとっては、銃の出現によって状況が変わったわけではない。自分の考えが正しかったことが証明されただけなのだ。

「よう、あんた」とポッツィは、三人で野原を歩きながらマークスに言った。「とうとうカードをテーブルに出したようだな」

「カード？」とマークスは比喩《ひゆ》にとまどって言った。「昨日言っただろう、わしはカードはやらん」

「ただのたとえだよ」とポッツィはにこやかに笑みを浮かべて言った。「そこに持ってる変てこなキャンデーのことさ。腰にぶら下げてるチンチンだよ」

「ああ、これか」とマークスは、ホルスターに入った銃をぽんぽん叩きながら言った。「ま、これ以上成行き任せもまずいかと思ってな。お前、何しろ相当いかれてるからな。何をやらかすかわかったもんじゃない」

「でもさ、それって何て言うか、可能性を狭めちまうんじゃないか？」とポッツィは言った。「つまりさ、そういうのって、自己表現の大きな妨げになるんじゃないかな。憲法修正第一条（言論の自由を保障する）に反するって言ったらわかるかな」

「きいたふうな口はよせ」とマークスは言った。「第一条くらいわしだって知っておる」

「そりゃもちろん知ってるだろうよ。だからこそ俺もあんたのこと大好きなわけでさ、カルヴィン。あんたは切れ者だよ、大したやり手だよ。あんたをだますなんて無理な相談だ」

「昨日言ったとおりな、わしはいつだって、あやまちを大目に見る心づもりはある。でもそれも一度だけだ。あとはそれなりの行動に出ざるをえん」

「たとえばカードをテーブルに出したりか？」

「そういうふうに言いたいんならな」

「はっきりさせといた方がいいってだけさ。実際俺としてはだね、あんたが今日お洒落《しゃれ》なベルトをしてきたのが嬉《うれ》しいくらいでさ。これでジムにも事態がよくわかってもらえる」

「それが狙《ねら》いさ」とマークスは言って、もう一度銃をぽんぽん叩《たた》いた。「何かこう、焦点が定まるだろう？」

溝の修復は午前中に終わり、その後仕事は平常に戻った。銃を別とすれば（マークスは一日じゅうそれを身につけていた）、生活の表向きの環境はさして変わったようには見えなかった。ナッシュの感触としてはむしろ、前よりよくなってきたようにさえ思えた。まず、雨が止《や》んで、一週間以上仕事の足を引っぱっていたじめじめと薄ら寒い天気も姿を消し、嘘《うそ》みたいに素晴らしい秋の気候が続くようになった。すがすがしい、ゆらめくような空。がっしりと固い地面。風に吹かれてかさこそと足下をかすめていく落葉。ポッツィまでそれとともにまともになってきたように思え、ナッシュも彼と一緒にいることをもはや重荷に感じなくなった。銃はなぜか、一種の転換点だった。銃を境に、ポッツィの元気も活力もほぼ元通りになっていった。狂気じみた話もしなくなった。怒りも抑制するようになった。世界をふたたび面白がるようにもなった。これは大きな進展だったが、それとともにカレンダーの進展もあり、おそらくはこれが一番意味があったのだろう。時はいまや十月に入り、にわかにゴールが見えてきたのだ。そのことがわかるだけでも、胸に希望が湧《わ》いてきた。いままでにはなかった楽観のきらめきが生まれてきた。あと十六日。銃にだってその事実は奪えない。仕事さえ続ければ、その仕事が彼らを自由にしてくれるのだ。

十月八日に、彼らは千個目の石を据えた。あと一週間以上を残して、一番底の段は出来上がった。何はともあれ、ナッシュは達成感を感じずにはいられなかった。彼らはある種のしるしを築いたのだ。自分たちがいなくなっても残るものを作り上げたのだ。彼らが今後どこにいようとも、壁の一部はつねに彼らのものでありつづける。ポッツィまで喜んでいるように見えた。最後の石がついにセメントで固定されると、ポッツィは一歩うしろに下がって、ナッシュに言った。「ようし、見ろよ、俺たちやったじゃないか」。そしていつもの彼らしくもなく、石の上にひょいと飛び乗り、綱渡り芸人のように両腕を横に突き出して、細長い列の上をぴょんぴょんと跳んでいった。ポッツィがこういう反応を示したことがナッシュには嬉しかった。小さな姿が爪先立《つまさきだ》ちで向こうの方へ跳ねていきながら軽業の真似を演じるのを眺めていると（まるでいまにもものすごく高いところから落ちそうなように、わざとらしく危険を装《よそお》っている）、突然何かが胸のうちにこみ上げてきた。いまにも涙が出てきそうになった。まもなく、マークスがうしろに寄ってきて、言った。「あのチビ助、だいぶ得意そうだな」

「その権利はあるさ」とナッシュは言った。「一生懸命働いたんだから」

「ああ、楽な仕事じゃなかったな、それは認める。でもだんだんうまく行くようになってきたじゃないか。どうやらほんとに壁が出来そうだ」

「少しずつ、一度に一個ずつ」

「そういうことさ。一度に一個ずつ」

「あんたらもそろそろ新しい人手を探した方がいいんじゃないかね。ジャックと俺の計算では、俺たちは十六日にここを出る」

「知ってるよ。ちょっともったいない気もするがな。あんたら、やっとコツがつかめてきたのに」

「世の中そういうものさ、カルヴィン」

「ああ、そうなんだろうな。だけどほかにいい話がなかったら、戻ってくるって手もあるぞ。いまはそんなこと言われてもふざけるなって思うだろうが、まあちょっと考えてみろよ」

「考えてみる?」とナッシュは、自分が笑い出しそうなのか泣き出しそうなのかもわからないまま言った。

「それほど悪い仕事じゃないぞ」とマークスは続けた。「とにかく目の前にすべては見えてる。石を一個下ろす、それで何かが起きる。もう一個下ろす、さらに何かが起きる。何の謎《なぞ》もない。壁が建っていくのを自分の目で見られるし、ある程度出来てくればそれを眺めていい気分にもなれる。草を刈ったり薪《まき》を割ったりするのとは違う。そういうのだって仕事だが、大したものは残らん。この壁みたいのを作れば、自分の努力の証《あか》しがいつまでも残るんだ」

「たしかにこれなりのメリットはあるだろうな」とナッシュは、マークスがにわかに哲学に流れたことにいささか仰天して言った。「でもまあ、ほかにやりたいこともあるし」

「好きにするがいいさ。とにかくあと九段残ってることは忘れるなよ。続ければけっこういい金になるぞ」

「覚えておくよ。でもなカルヴィン、俺があんただったら、まああんまり期待しないだろうよ」

7

しかし、ひとつ問題があった。実ははじめからずっと、心の奥の方に小さくそれはあったのだが、十六日がわずか一週間後に迫ったいま、にわかに大きくなって、ほかのいっさいを覆《おお》い隠してしまうほどになったのである。すなわち、十六日になれば借りは返したことになるが、その時点では単に、ゼロに逆戻りしているにすぎない。たしかに自由の身ではあるだろうが、文なしの身でもあるのだ。金がなければ自由にどれだけ意味がある？　バスの切符さえ買えない。ここを出たとたん、浮浪者に成り下がるのだ。闇《やみ》のなかを手探りで進もうとしている、一文なしの流れ者二人組に。

そうだ、ナッシュのクレジットカードがある、と思ったのもつかのま、財布から出してポッツィに見せると、九月の末に有効期限が切れていることが判明した。誰かに手紙を書いて借金を頼もうかとも考えたが、思いつく相手はポッツィの母親とナッシュの姉だけであり、どちらもいまひとつ気が進まなかった。そこまで恥をさらすのはなあ、と二人は言った。それに、どのみちもうたぶん手遅れだ。これから手紙を出して、返事が届くころには、十六日は過ぎてしまっているだろう。

やがてナッシュが、その日の午後にマークスと交わした会話のことをポッツィに伝えた。考えただけでぞっとする話だったが（聞いている最中、ポッツィはいまにも泣き出しそうにさえ見えた）、だんだんと少しずつ、彼らはその考えを受け入れていった。どうやらもうしばらく壁とつき合うしかあるまい。ほかに手はないのだ。いくらか金を貯《た》めないことには、外の世界に出ても厄介な目に遭うだけだろうし、それをはね返す元気はいまの二人にはなかった。そこまで冒険するには、あまりに疲れ、あまりに挫《くじ》けていた。二日ばかり余計に働けばいいわけだろ、一人二百ドルもあればとりあえず何とかなるさ。長い目で見れば、そう悪い話じゃない。何といっても、働いた分だけ自分のふところに入るんだから。その違いは大きい。少なくとも二人はたがいにそう言いあった――だがそのとき、ほかに何が言えただろうか？　バーボンの大壜《おおびん》はもうほとんど空になっていた。真実を直視したところで、もっとみじめな気持ちになるだけだっただろう。

次の日の朝、まずは前日の話が本気だったことを確かめようと、二人でマークスに話してみた。もちろん本気さ、とマークスは言った。実は昨晩フラワーとストーンとも話してな、あちらにも異存はなかったよ。続けたいんだったら好きにするといいと言っていた。いままでと同じに時給十ドル、壁が出来上がるまでその条件は変わらん。

「いや、二、三日余計にやろうってだけさ」とナッシュは言った。

「ああ、そうだろうとも」とマークスは言った。「外へ出る前に少しは蓄えなくちゃな。

わかってたよ、いずれわしの言うとおりだと思うようになるって」

「そういうことじゃないさ」とナッシュは言った。「残るしかないから残るだけさ。好きで残るんじゃない」

「どっちでも同じことさね」とマークスは言った。「あんたらは金が要る。で、この仕事は金を稼ぐ手立てだ」

ナッシュが言い返す前に、ポッツィが割って入った。「まずはちゃんと文書にしてからだ。条件を一つひとつ、きっちり明記して」

「俗に言う追加条項書ってやつか？」マークスは言った。

「ああそうだ、追加条項書だ」とポッツィは言った。「それがなけりゃ、十六日にここから出ていくからな」

「いいとも、結構」とマークスはますます得意顔になって言った。「心配は要らん。もう用意してある」。そして、青いダウンジャケットのスナップをぱちんと外し、右手を内ポケットにつっ込んで、折りたたんだ紙二枚を引っぱり出した。「一通り目を通して、何かあったら言ってくれ」

新しい条項を記した、一通は原本、一通は写しだった。「負債返済後の労働」の諸条件を簡潔に述べた、短い一段落だけの文書である。どちらの書類にもすでにフラワーとストーンのサインがしてあって、ナッシュとポッツィが見るかぎり、何もかもすでに整っているように思えた。奇妙なのもまさしくその点だった。二人が決断に達したのはつい昨晩のことなのに、もうここに、その決断の帰結が彼らを待ちかまえていて、契約書にふさわしい正確な言語に煮詰められている。どうしてこんなことがありうるのか？　まるでフラワーとストーンに二人の思考が読めて、二人がこれから何をするのか、本人たちよりも先に察知しているみたいではないか。ナッシュは一瞬パラノイアに襲われ、ひょっとして盗聴されていたのだろうかと考えた。恐ろしい話だが、ほかに説明も思いつかない。トレーラーの壁に盗聴器が埋め込んであったら？　だとすれば彼らの会話を聞くのは訳ない。この一か月半、ナッシュとポッツィが交わした会話が一言漏らさずたどられていたということだってありうる。ひょっとするとそれが奴《やつ》らの晩の娯楽じゃないだろうか。ラジオのスイッチを入れれば、はじまりはじまり、ジムとジャックのコメディアワー。一家揃《そろ》って楽しめる、絶対爆笑間違いなし。

「ずいぶん自信があるんだな、カルヴィン」とナッシュは言った。

「常識を働かせただけさ」とマークスは答えた。「あんたらが相談してくるのは時間の問題だった。ほかの可能性なんてひとつもありゃせん。だったらさっさと用意しとこうと思ってな、ボスたちに書類を作ってもらったのさ。一分とかからんかったよ」

こうして二人は、追加条項書の正副両方にサインして、話は決まった。さらに一日が過ぎた。その夜、夕食の席につくと、十六日の夜はお祝いにしようぜとポッツィが言い出した。出ていかないにしても、何もやらずに終わらせちまうってのも間違ってると思うんだ。ちっとははしゃごうぜ。新たな時代の到来を祝ってパーティーをやるんだよ。そう言われてナッシュは、ケーキとかシャンペンとかいった程度の話だろうと思ったが、ポッツィの計画はもっと壮大だった。「違うって」と彼は言った。「もっとちゃんとやるんだよ。ロブスター、キャビア、全部揃えるんだ。当然、女も呼ぶ。女がいなくちゃパーティーにならんからな」

ポッツィの熱狂ぶりに、ナッシュは思わず笑みをもらした。「女ってどんな女だ、ジャック？」とナッシュは言った。「ここらへんで見た女っていうとルイーズだけだし、あれがお前のタイプとはちょっと思えんしなあ。招待したって、あちらだって来たがるかどうか」

「違う、違う、本物の女だよ。娼婦《しょうふ》だよ。いかした姐《ねえ》ちゃんさ。ファックできる女さ」

「で、いかした姐ちゃんをどこで見つける？　林のなかか？」

「外から呼ぶんだよ。ここってアトランティック・シティから近いんだろ。あそこなら女がウヨウヨいるさ。そこらじゅうの四つ角でプッシー売ってるじゃないか」

「わかったよ。で、どうしてフラワーとストーンがオーケーすると思うんだ？」

「欲しいものがあったら何でも言えって言ってただろ、あいつら？」

「そりゃ食べ物とかはな。あと本、雑誌、まあバーボンくらいまでは。だけど女っててのはちょっとやり過ぎだと思わんか？」

「何でもって言うんだから何でもさ。とにかく訊《き》いてみて損はないだろ」

「いいとも、好きなだけ訊くがいい。だけどカルヴィンに笑われても驚くなよな」

「明日、朝一番で話してみるよ」

「そうするといい。ただな、頼む女は一人だけにしとけ。爺《じい》ちゃんはちょっと、その手のお祝いをする元気があるかどうかわからんでな」

「こっちの坊やはばっちり元気さ。ずいぶん長いことご無沙汰《ぶさた》だからな、もう破裂しそうだぜ」

　ナッシュの予想とは裏腹に、翌朝マークスはポッツィを笑いはしなかった。が、マークスの顔に走った混乱と当惑の表情は、笑いと同じくらい、あるいはそれ以上の見ものだった。前日の相談についてはマークスも待ちかまえていたわけだが、今回はただただ唖然《あぜん》として、ポッツィが何を言おうとしているのかもうまく呑《の》み込めずにいた。二度、三度と聞き直して、やっと話がわかったようだったが、それによって当惑はいっそう増すばかりに見えた。「ジョ、ウ、フ、ってことか？」とマークスは言った。「そういうことなのか？　ジョウフを呼べってのか？」

　そういう型破りの要求をさばく権限は与えられていないので、とにかく今夜ボスたちに話してみるとマークスは約束した。信じがたいことに、翌朝、答えを聞いてきたマークスは、手配しておく、十六日に女が来るとポッツィに伝えた。「そういう約束だからな。欲しいものがあったら何でも言えって言ったんだから。二人ともあんまり嬉《うれ》しそうじゃなかったけど、約束は約束だって言ったよ。それで決まりさ。はっきり言って、なかなか太っ腹だと思うね。二人ともいい人間だよ、いったんこうと言ったからには、どんなに厄介でもちゃんと実行するのさ」

どうも話がうますぎるようにナッシュには思えた。フラワーとストーンは他人のパーティーに金を捨てるような人間ではない。ポッツィの要求に彼らが即座に応じたということ自体、ナッシュは警戒心を抱かずにいられなかった。本当はさっさと仕事を進めて、できるだけ早く、なるべくひっそりここを出たいところだ。二段目ははじめてみたら一段目より楽だったし、仕事は着実に、たぶんいままでで一番着実に進んでいる。壁が前より高くなって、石をしかるべき位置に据えるにも背を曲げたりしゃがみ込んだり、やたらと不自然な歪《ゆが》みを背骨に強いずに済む。無駄のない動作をひとつ遂行すればそれでいいのだ。この新しいリズムを、細かいコツまでマスターしてしまってからは、一日に四十個の石を積めるようになった。そんなふうに終わりまでひたすら続ける方が話はずっと簡単だ。だがポッツィは何が何でもパーティーをやると決めている。これで女も来ることになったのだから、もうどうにも止めようがない。横から口を出したところで、ポッツィの楽しみに水を差そうとしているようにしか聞こえまい。むろんそれはナッシュの望むところではない。ポッツィにはささやかなお遊びを楽しむ権利があるのだ。たとえそれで割に合わないくらい面倒なことになったとしても、自分にはとにかく、ポッツィの望みに合わせる道徳的義務があると思った。

その後の数晩、ナッシュはパーティー会場の支配人役を務めた。鉛筆を手にリビングルームに座ってメモをとりながら、ポッツィが祝宴の仔細《しさい》を一つひとつ決めていくのを手伝った。決めるべきことはいくらでもあった。ナッシュとしては、こうなったらポッツィがとことん満足するようにしてやろうという気でいた。オードブルはシュリンプカクテルか、オニオングラタンか？　メインはステーキかロブスターか、それとも両方か？　シャンペンは何本注文する？　女の子はディナーから呼ぶか、それともディナーは二人だけで食べてデザートから入れるか？　飾りつけは要るか、要るとしたら風船は何色と何色を？　こうして完成したリストを、十五日の朝にマークスに渡し、その夜マークスがわざわざ野原まで品物を届けにきてくれた。このときばかりはマークスがジープで来たのを見て、これはいい兆候じゃないだろうかとナッシュは考えた。近づきつつある自由のしるしではないか、と。だがべつに意味はないのかもしれない。届ける品物がたくさんあって、抱えて歩いてくるには多すぎるから車で来たというだけかもしれない。だいたい、俺たちがもうじき自由になるんだったら、どうして相変わらず銃を身につけているのか？

最後の日には四十七個の石を積み、前日に打ち立てた記録をさらに五個更新した。それだけやってのけるには大変な頑張りを要したが、二人ともどうせなら華々しく終えたかったのである。何かの証《あか》しを立てようとするかのように、懸命に仕事に励み、一瞬たりともペースを緩めず、ほとんど石を見下しているがごとき自信満々の動きで作業を進めた。まるでいまとなっては、唯一《ゆいいつ》大切なのは自分たちが打ち負かされていないのを示すこと、このどうしようもなくひどい戦いに勝利したのを見せつけることであるかのように。六時きっかりにマークスが終わりの号令をかけ、冷たい秋の空気をまだ肺のなかで燃やしたまま二人は道具を下ろした。日が沈むのが早くなっていて、ナッシュが空を見上げると、すでに夕暮れが訪れていた。

しばらくのあいだ、ナッシュはただ呆然《ぼうぜん》として、何を考えたらいいかもわからずにいた。ポッツィがやって来て、彼の背中をばんと叩《たた》き、興奮してぺちゃくちゃ喋《しゃべ》っていたが、ナッシュの心は奇妙に空っぽのままだった。何だかまるで、自分がなしとげたことの大きさをうまく呑み込めない気がした。これでゼロに戻った、と彼はようやく胸のうちで言った。そして突然、人生のひとつの大きな期間がたったいま終わったことを理解した。ただ単に壁と野原が終わっただけではない。そもそもここへ彼を導いたものすべて、過去二年にわたる狂気のサーガ、その何もかもが終わったのだ。テレーズも、遺産も、自動車もみんな。彼はふたたびゼロに戻り、それらのものたちは消えてなくなった。

どんな小さなゼロであれ、それは無の大きな穴であり、世界を包含するに十分大きい円なのだ。

女の子はアトランティック・シティからリムジンで来ることになっていた。八時ごろ着く、とマークスには言われていたが、ようやくトレーラーのドアから彼女が入ってきたときにはもう九時近かった。ナッシュとポッツィはすでにシャンペンを一本空けていて、ナッシュはキッチンでロブスター用の湯を入れた鍋《なべ》を前にして、その晩で三度目か四度目の沸かし直しをしている最中だった。バスタブに入れてある三匹のロブスターはいまやほとんど虫の息だったが、結局女の子もディナーの仲間に入れることにポッツィが決めていたので(「その方が印象いいだろ?」)、彼女が現われるまではただ待っているしかなかった。二人ともシャンペンを飲み慣れていないので、泡がたちまち頭に回ってしまい、やっと祝宴がはじまったころにはいささかふらついていた。

女の子はティファニーと名のった。歳《とし》はせいぜい十八か十九というところだ。よくいる血の気のない痩《や》せたブロンド娘で、肩は垂れ、胸は凹《くぼ》んでいる。八センチはありそうなハイヒールをはいて、まるでアイススケートで地面を歩こうとしているみたいによたよたと歩いた。左の腿《もも》に小さな、黄ばみかけたあざがあるのをナッシュは目にとめた。それと、濃すぎる化粧、ガリガリの不格好な脚をさらしているみじめったらしいミニスカート。顔はもう少しで可愛《かわい》いと言えそうだったが、口をつき出した、子供っぽい表情とは裏腹に、どこか人生に疲れたような雰囲気が漂っていた。その笑顔、見かけの陽気さの奥から、陰鬱《いんうつ》さのようなものがうっすら光を発していた。年齢とは関係ない。目があまりに硬く、あまりに醒《さ》めている。それは、すでにして多くを見すぎてしまった人間の目だった。

ポッツィがシャンペンをもう一本開けて、三人は食事前の一杯を飲むべく席についた。ポッツィと娘はソファに、ナッシュは二、三メートル離れた椅子《いす》に。

「で、どうやるわけ？」と娘は澄ましたしぐさでシャンペンを口に含みながら言った。「三人でやるの、それとも片っぽずつ順番に？」

「俺はただのコックさ」とナッシュは娘のあけすけさにやや面喰らって言った。「ディナーが終わったら、俺はもういないと思ってくれ」

「この執事、料理は天才なんだけど、女性恐怖症でさ」とポッツィが言った。「そういう性質《たち》なんだよ。女性を前にするとアガっちゃって」

「ふうん、そう」と娘は言いながら、冷たい、値踏みするような目でナッシュをじっと見た。「どうしたの、大男のくせして。今夜はその気じゃないわけ？」

「そういうことじゃなくてさ」とナッシュは言った。「読んどかなきゃいけないものがだいぶたまっててね。新しいレシピを研究中だもんで、けっこう手の込んだ材料があってさ」

「ま、気が変わったらいつでも言ってよね」と娘は言った。「あのデブちん、たっぷり払ってくれたし、あたしも二人相手にファックするつもりで来たから。あたしはどっちだっていいのよ。あれだけもらったら、犬が相手だってやるわよ」

「それはどうも」とナッシュは言った。「でもまあ、たぶんジャックだけで君も手一杯だと思うね。いったんはじめたら、こいつ、もう手のつけられない野蛮人だから」

「そうともさ、ベイビー」とポッツィは言って娘の腿をぎゅっとつかみ、キスしようとその体を引き寄せた。「俺の食欲は底なしだぜ」

もの哀《がな》しい、ひどく気の滅入《めい》るディナーになりそうな兆《きざ》しだったが、ポッツィの上機嫌がそれを別の何かに変貌《へんぼう》させた。浮き浮きした、心に残る何かに、ロブスターの殻が転がり酔った笑い声が飛び交う奔放なお祭りに。その夜のポッツィはまさにつむじ風だった。ナッシュも娘も、彼の幸福に抗《あらが》うことはできなかった。彼からあふれ出て部屋じゅうを満たす躁病《そうびょう》のようなエネルギーに、二人とも逆らえはしなかった。一瞬一瞬、女の子に何と言ったらいいのかポッツィは完璧《かんぺき》に把握しているように思えた。どうほめるか、からかうか、笑わせるか、何もかも心得ていた。娘は少しずつ、彼のふりまく魅力に屈していき、その顔の硬さもとれて、瞳《ひとみ》がぐんぐん明るくなっていった。ナッシュは驚きに目を見張った。女性を前にしてこういう才がついぞあったためしのない彼は、ポッツィのパフォーマンスを見守りながら、感嘆と羨望《せんぼう》の念を募らせていった。要するに誰だろうと同じように接するのがポイントなんだな、と思った。貧相なみじめったらしい娼婦であっても、夢の女の子にめぐり遭ったかのようにとことん本気で接するのだ。ナッシュはいつも、細かいことにこだわりすぎて、なかなかこうはふるまえない。どうしても羽目を外せず、真剣になりすぎてしまう。ここまで娘を笑わせることのできるポッツィを、いまある生をここまで愛するがゆえに彼女のなかにいまだ残る輝きを引き出すことのできるポッツィを、ナッシュは大したものだと思った。

最高の即興は食事の真ん中あたり、ポッツィがいきなり仕事の話をはじめたときに生じた。俺もジムも建築家でさ、二人で設計した城の建築を監督しに二週間前ペンシルベニアに来たんだよ、とポッツィは言った。俺たち「歴史的残響」技術の専門家でね、俺たちを雇うだけの金がある人間はそういないから、結局いつも、変わり者の億万長者の依頼で仕事することになるんだ。「屋敷にいたデブが何て言ったか知らないけど」とポッツィは言った。「全部忘れてくれちゃっていいよ。とにかく冗談好きなおっさんでさ、まともな答えをするくらいなら人前で小便漏らしちまった方がマシってくらいでね」。毎日総勢三十六人の石工と大工が野原に通ってくるが、彼とジムは建築現場に住み込んでいる。いつもそうすることにしているのだ。何といっても大事なのは雰囲気だ。彼らはあるひとつの生活をまるごと創《つく》り出すのが仕事であって、その生活を自分たちで実践した方が決まって仕事もうまく行く。今回の仕事は「中世的残響」であり、当面は彼らも修道士のような暮らしをせざるをえない。次の仕事はテキサスに行く。ある石油王から、自宅の裏庭にバッキンガム宮殿の複製を作るよう依頼されたのだ。そう言うと簡単そうだが、石一つひとつに前もって番号をつけておかねばならないと言えば、作業の複雑さが少しは伝わるだろうか。正しい順番で石を組み合わせなければ、すべてがばらばらに崩れ落ちてしまう。ブルックリン・ブリッジをカリフォルニアのサンノゼに作るなんて考えられるかい、去年まさに俺たちそういう仕事やったんだぜ。原寸大のエッフェル塔がニュージャージー郊外のランチハウスにまたがるよう設計する、なんてのも業績一覧に入ってる。まあたしかに、いい加減商売をたたんでウェスト・パームビーチのマンションに隠居したくなることもあるけどさ、やっぱり仕事が面白くってね。それに、ヨーロッパの城で暮らしたがるアメリカ人の億万長者はわんさといるから、みんな断っちゃうのも気の毒でさ。

こうしたもろもろのナンセンスに、ロブスターの殻を割る音やシャンペンをすする音が伴う。テーブルの上を片付けようとナッシュが立ち上がったとき、椅子の脚につまずいて、床に皿を三枚ばかり落としてしまった。大きな、けたたましい響きとともに皿が割れた上に、うちひとつが溶けたバターの残りを入れたボウルだったものだから、リノリウムの床の上は散々な有様になった。手伝おうとしてティファニーも立ち上がったが、もともと歩くのは危なっかしいのに加えて、いまや血液のなかにシャンペンの泡が浸透していたから、二、三歩進んだだけであっさりポッツィの膝《ひざ》のなかにゲラゲラ笑いながら崩れ落ちていった。あるいはひょっとすると、ポッツィがとっさにつかまえたのかもしれない（もうこのころになると、細かい流れをナッシュは追えなくなっていた）。だがどうやってそれが起きたにせよ、瀬戸物のかけらを手にナッシュが立ち上がったころには、二人の若者は一緒にひとつの椅子に座って、情熱たっぷりのキスを交わしていた。ポッツィは娘の胸を片手で撫《な》ではじめ、ティファニーは彼の股間《こかん》のふくらみに手をのばしかけていたが、それ以上事態が先へ進まないうちに、ナッシュは（ほかにどうしたらいいかもわからないので）えへんと咳払《せきばら》いして、デザートの時間ですと告げた。

注文したのは、A&Pの冷凍食品売場でいくらでも売っているチョコレート・レアケーキだったが、ナッシュはそれを、女王陛下に王冠を被《かぶ》せんとする式部卿もかくやという麗々しさで運んできた。儀式の壮麗さに合わせて、出し抜けに、自分でもそんなつもりはなかったのだが、気がついたら、子供のころ覚えた賛美歌を歌っていた。「エルサレム」、詞を書いたのはウィリアム・ブレイク。もう二十年以上歌っていなかったのに、歌詞は一語残らずよみがえってきて、まるでここ二か月ずっとこの瞬間に備えて練習を重ねてきたかのように、言葉が次々と舌から転げ落ちていった。歌いながら、「燃ゆる黄金」「心の闘い」「暗い悪魔の工場」といった言葉を耳にしていると、それらの美しさと痛ましさが身にしみた。ナッシュはそれらの言葉を、あたかも自分自身の渇望《かつぼう》を伝えようとするかのように、この野原に来た最初の日以来胸に積もってきたあらゆる悲しみと喜びを表わそうとするかのように歌った。難しいメロディだったが、最初のスタンザで二、三音を外した以外は、声もきちんと出てくれた。こんなふうに歌えたら、といつも思ってきたように歌うことができた。それが自分一人の錯覚でないことは、ポッツィと娘が彼を見ている様子からも知れた。その言葉がナッシュの口から出ているとわかった瞬間、二人とも唖然とした表情を顔に浮かべたのだった。二人は最後まで黙って耳を傾け、それから、ナッシュが腰を下ろしてぎこちない笑みを彼らの方に向けると、二人ともぱちぱちと手を叩いてくれて、ナッシュがようやく立ち上がってお辞儀するまで拍手をやめなかった。

ケーキと一緒に最後の一本のシャンペンを飲みながら、みんなで子供のころの話をした。そろそろ消える潮時だ、とナッシュは思った。これ以上ポッツィの邪魔をしてはいけない。もう食べる物も残っていないし、自分がそこにいる口実もなくなった。今回は娘も引き止めはしなかったが、ナッシュをぎゅっと抱きしめて、またいつか会いましょうねと言ってくれた。嬉《うれ》しく思いながら、ああそうだねとナッシュは答え、ポッツィにウィンクを送って、気づかいを千鳥足《ちどりあし》でベッドへ向かった。

それでも、暗闇のなかに横たわって、隣の部屋で二人が笑い声を上げたりどたばた音を立てたりするのを聞いているのは、決して楽なことではなかった。何が起きているのか、想像しないように努めたが、そうするための唯一の手段はフィオーナのことを考えることであり、それによってますますみじめな気分になってくる気がした。幸い、相当酔っ払っていたから、そう長いあいだ目を開けてはいられなかった。自分が心底哀れに思えてくる前に、ナッシュはすでに眠りこけていた。

翌日は休みをとることにしていた。七週間ぶっ続けで働いたのだし、一晩飲んで騒げば当然二日酔いにもなっているだろうから、ここは休むしかなかろうと、何日も前からマークスと話をつけておいたのである。ナッシュは十時少しすぎに目をさました。両方のこめかみが割れるように疼《うず》く頭を抱えて、シャワーに向かった。途中、ポッツィの部屋を覗《のぞ》いてみると、まだ眠っていた。一人で、腕を左右に投げ出して寝ている。ナッシュはたっぷり六、七分湯を浴びてから、腰にタオルを巻いてリビングルームに出ていった。くしゃくしゃに絡《から》まったレースの黒いブラがソファのクッションの上に転がっていたが、娘本人はいなくなっていた。部屋のなかは、略奪を事とする軍隊が一晩野営していったような荒れようで、床一面に空の壜やひっくり返った灰皿、天井から落ちた飾りつけの紙やしぼんだ風船などがごちゃごちゃに転がっていた。ナッシュはそれらの残骸《ざんがい》をかき分けるようにしてキッチンに入っていき、コーヒーを淹《い》れた。

テーブルに座って、娘が置き忘れていった煙草《たばこ》を喫《す》いながら、コーヒーを三杯飲んだ。やっと目がさめてきて、そろそろ動き出そうかと、立ち上がってトレーラーのなかを掃除しはじめた。ポッツィを起こさぬよう、できるだけ静かに動いた。まずリビングルームから取りかかり、ゴミを一種類ずつ系統立てて処理していき(喫いがら、風船、割れたガラス)、それからキッチンに入って、皿に残った食べ物をこそげ落とし、ロブスターの殻を捨て、食器を洗った。狭い住居を片付けるのに二時間かかったが、ポッツィはその間ずっと眠りっぱなしで、部屋から一歩も出てこなかった。掃除が済むと、ナッシュは自分用にハムとチーズのサンドイッチを作り、コーヒーも淹れ直した。そして忍び足で自室に戻って、まだ読んでいない本を一冊取ってきた(チャールズ・ディケンズ『互いの友』)。サンドイッチを食べ、もう一杯コーヒーを飲んでから、キッチンの椅子をひとつ外に持ち出して、自分の両脚がトレーラーの踏み段に載るよう椅子を地面に置いた。十月なかばにしてはいつになく暖かい、晴れた日だった。本を膝に置いてそこに座り、パーティー用に注文した葉巻の一本に火をつけると、突然、ひどく静かな気持ちになってきた。心の底から自分自身としっくり和んだ気分の快さに、葉巻を喫い終わるまで本を開くのはよそうと決めた。

二十分近くそうやっていたところで、木の葉ががさがさ鳴る音が林から聞こえた。椅子から立ち上がって、音がした方を向いてみると、マークスがこっちへ歩いてくるのが見えた。青いジャケットにホルスターを巻きつけた姿が、葉の茂みのなかから出てくる。ナッシュとしても銃には慣れっこになっていたので目にも入らなかったが、マークスが現われたこと自体には驚いた。今日は仕事なんて問題外なのに、出し抜けにいったい何の用だろうと思った。はじめの三、四分は、パーティーと好天気のことをそれとなく話題にして、二人で雑談をしていた。マークスが言うには、朝の五時半にリムジンの運手が娘を乗せて帰ったという。小僧の眠りっぷりを見たけど、だいぶ忙しい夜だったみたいだな、とマークスは言った。ああ、期待ははずれなかったね、とナッシュは言った。万事うまく行ったよ。

そのあと、長い間《ま》が空いた。十五秒か、二十秒くらい、マークスは下を向いて爪先《つまさき》で地面をほじくっていた。「実は悪い知らせがある」と彼はようやく、相変わらずナッシュと目を合わせようとせずに言った。

「わかってる」とナッシュは言った。「そうじゃなけりゃ、あんたわざわざここまで来やしないからな」

「いや、実に気の毒だ」とマークスは、封をした封筒をポケットから出してナッシュに渡しながら言った。「わしも二人に言われたときはちょっととまどったんだが、まあ理屈としては向こうの言うとおりなんだろうな。見方の問題だと思うね、あくまで」

封筒を見て、ドナからの手紙だと反射的に思った。ほかに手紙をよこす人間なんているはずがない。そう考えたとたん、胸の悪くなるような、自分を恥じる思いがどっと押し寄せてきた。ナッシュはジュリエットの誕生日を忘れていたのだ。十月十二日は五日前に過ぎたというのに、気がつきもしなかったのだ。

それから、封筒に目を落とすと、表に何も書いてないのが見えた。切手もなしでドナから来たはずがない、そう自分に言い聞かせながらようやく封を破ると、タイプを打った紙が一枚入っていた。言葉や数字が整然と表に収められ、一番上の標題は〈ナッシュ、ポッツィ殿　所要経費〉とあった。

「何だ、これ?」とナッシュは訊ねた。

「ボスたちの計算書だよ」とマークスが言った。「貸方と借方、使った金と稼いだ金の対照表さ」

じっくり見てみると、まさにそのとおりだった。会計士による明細、簿記係の細心な仕事だ。何はともあれ、七年前に大金が転がり込んできたあともフラワーが昔の仕事を忘れていないらしいことは確かだった。プラスは左の列に並べられ、これはナッシュとポッツィの計算どおりで、妙な言いがかりや食い違いもない。時給十ドルの仕事千時間＝一万ドル。ところが、右側の列はマイナスと記されていて、さまざまな金額が列挙してあり、過去五十日に彼らの身に起きたことすべての目録ともいうべき様相を呈していた。

食料	一六二八ドル四一
ビール、ウィスキー等	二一七ドル三六
本、新聞、雑誌	七二ドル一五
煙草	八七ドル四八
ラジオ	五九ドル八六
窓破損	六六ドル五〇
娯楽（十月十六日）	九〇〇ドル
——ホステス	四〇〇ドル
——リムジン	五〇〇ドル
その他	四一ドル一四
計	三〇七二ドル九〇

「何だこりゃ」とナッシュは言った。「何かの冗談か？」

「残念ながらそうじゃない」とマークスは言った。

「だけどこういうのはみんな込みのはずだろう」

「わしもそう思ってたんだがな。どうやら違ってたらしい」

「どういう意味だ、違ってたって？　そういうことでみんなで合意したじゃないか。あんただって知ってるだろう」

「そうなんだがね。ところが契約書を見ても、食べ物のことは書いてないんだ。宿泊のことは書いてある。作業服のことも。だけど食べ物については一言《ひとこと》もない」

「これは卑劣な、汚い真似《まね》だぞ、カルヴィン。わかってるんだろうな」

「わしが口を出すことじゃないさ。ボスたちはいままでずっとわしにはよくしてくれたからな、文句を言いたくなったことは一度もないよ。あちらに言わせりゃ、仕事ってのは働いた分だけ金を稼ぐことであって、その金をどう使うかは本人の問題だ。わしともそうなんだよ。向こうは給料をくれて住みかを世話してくれるが、食べ物はわしが自分で買う。わしとしてもこの取決めに異存はないね。働いてる人間の九割はわしの半分も恵まれちゃいない。何もかも自腹を切らされる。食費だけじゃなくて住居費もだ。世の中どこでもそうなってるのさ」

「でもこれは特別な状況だろう」

「どうかなあ、結局のところそんなに特別でもないんじゃないかね。考えてみりゃ、家賃と光熱費を払わされないだけでもありがたく思うべきじゃないかね」

喫っていた葉巻の火が消えているのがナッシュの目に入った。少しのあいだ、ナッシュは葉巻を見るともなく見ていたが、やがて地面に投げ捨て、足で踏みつぶした。「こうなったら屋敷に行ってお前のボスと話をするしかないな」とナッシュは言った。

「それは無理だ」とマークスは言った。「出かけたから」

「出かけた？　何の話だ？」

「だから、出かけたのさ。三時間ばかり前に発《た》ったんだよ、パリに、フランスの。クリスマス過ぎまで帰ってこない」

「まさか、そんなふうにあっさり出かけちまうなんて――壁を見もせずに。まるっきり筋が通らん」

「いやいや、ちゃんと見てったさ。けさ早く、あんたも小僧もまだ寝てるあいだにわしが案内したのさ。実にいい具合に進んでるって言ってたぞ。結構、この調子でやってくれってさ。すっかりご満悦だった」

「ふざけやがって」とナッシュは言った。「あいつらも壁も、糞《くそ》くらえだ」

「なあ、怒ってもはじまらんぞ。あとたった二、三週間じゃないか。パーティーだの何だのを控えりゃ、あっという間に出られるさ」

「あと二週間したら十一月だぞ」

「大丈夫さ。お前ならやれるよ、ナッシュ」

「ああ、俺はやれるさ。だけどジャックはどうだ？　あいつ、この紙見たら死んじまうぜ」

ナッシュがトレーラーに戻って十分後、ポッツィが目をさました。髪から何からくしゃくしゃだし、目も腫《は》れ上がっていたので、いきなり知らせる気にはなれなかった。その後三十分、ナッシュはとりとめない瑣末《さまつ》な会話が漫然と続くに任せ、ナッシュがいなくなったあと娘と何をやりあったかをポッツィが逐一説明するのに耳を傾けていた。こういう話を遮って、語る楽しみに水を差すのは間違っている気がしたのだ。が、それなりの時間が過ぎたのを見計らって、ナッシュはやっと話題を変え、マークスに渡された封筒を取り出した。

「こういうことなんだ、ジャック」と、ポッツィに紙を見るすきもろくに与えずにナッシュは言った。「奴《やつ》らに一杯食わされたのさ。見事にやられた。これで貸し借りなしになったと思ったのに、向こうの計算じゃまだ三千ドル残ってるのさ。食費、雑誌代、それに割った窓の修理費まで、全部請求してきやがった。ティファニー嬢とリムジンもだ――まあ言うまでもなかろうがな。俺たちとしては、当然みんな込みの契約だと思ってたわけだが、契約書にはこういうことは何も書いてないのさ。そういうこった。俺たちはヘマをやったんだ。問題は、これからどうするかだ。俺から見るかぎり、お前はもう関係ない。お前は十分やった。このあとは俺の問題だ。だからお前をここから出してやる。金網の下に穴を掘って、暗くなったら穴から外に出るんだ」

「で、あんたはどうするんだ？」とポッツィが言った。

「残って仕事を終わらせるさ」

「冗談よせ。あんたも一緒に穴から出るんだよ」

「今度は駄目だ、ジャック。それはできない」

「何でだよ？　穴が怖いとでもいうのかよ？　あんたもう二か月穴のなかで暮らしてたんだぜ、気づいてないのか？」

「最後までやるって自分に約束したんだよ。わかってくれとは頼まん。でもとにかく俺は逃げない。逃げるのはいままでさんざんやってきた。もうやらない。借金を返す前にここから逃げたら、俺は自分にとって一文の値打ちもなくなっちまう」

「カスター将軍、最後の戦いか」

「そのとおり。とにかく戦え、嫌なら黙れってやつだ」

「だけどジム、こんな戦いじゃ意味ないぜ。時間の無駄さ、何にもならんことにあくせくしたって。三千ドルがそんなに気になるんだったら、あとで小切手を送りゃいいじゃないか？　どうやって金が入ろうがあいつらには同じことさ。それに今夜あんたも一緒に出た方が、向こうだってずっと早く金が入る。そんなはした金、俺だって半分出すぜ。フィラデルフィアにな、明日の夜にでもゲームの渡りをつけてくれる知りあいがいるんだ。ヒッチハイクで車が拾えさえすりゃ、二日と経《た》たずに金が入る。簡単さ。速達で送ってやれよ、それで万事片がつく」

「フラワーとストーンはここにいない。けさパリに出かけたんだ」

「やれやれ、あんたほんとに石頭だな。あいつらがどこにいようと、それがどうしたってんだ?」

「悪いな、小僧。とにかく駄目だ。お前が何と言おうと、俺は行かん」

「一人でやったら倍かかるんだぞ、馬鹿《ばか》だな。そのこと少しは考えたのか? 一時間十ドルなんだぞ、二十ドルじゃなくて。クリスマスまでずっと石をえっちらおっちらやるんだぞ」

「わかってる。クリスマスカードは忘れずにくれよな、ジャック。それだけは頼む。俺、あの季節はいつも涙もろくなるんだ」

　さらに四十五分、こんな調子でやりあって、ああ言えばこう言うを二人でくり返していたが、とうとうポッツィがどんどんげんこつでキッチンテーブルを叩《たた》いて部屋から出ていった。ひどく腹を立てていて、その後三時間ナッシュと口をきこうともせず、寝室にとじこもって一歩も出てこなかった。四時になり、ナッシュはドアのところに行って、俺は外に行って穴を掘るからなと告げた。返事はなかったが、ナッシュが上着を着てトレーラーを出てまもなく、ドアがばたんと閉まる音がし、じきにポッツィが出てきて、ナッシュに追いつこうと野原を小走りにやって来た。ナッシュはポッツィが来るのを待って、二人で一緒に黙って道具小屋まで歩いていった。どちらもあえてさっきの議論を蒸し返そうとはしなかった。

「考えてみたんだけどな」とポッツィが、鍵《かぎ》のかかった小屋の扉の前に立ちながら言った。「何でわざわざ脱走ごっこなんかする？　カルヴィンのところに行って、俺が出ていくって言った方が簡単じゃないか？　あんたがここにいて契約を守るかぎり、違いはなかろう？」

「なぜかと言えばだな」とナッシュは言って、小さな石を地面から拾い、鍵を壊そうと扉に叩きつけた。「俺はカルヴィンを信用してないからだ。あいつは見かけほど馬鹿じゃない。で、お前の名前が契約書に載ってることは奴も承知してる。フラワーとストーンがいないあいだは、自分には契約内容を変える権限がない、二人が帰ってくるまではどうしようもないって言うだろうよ。それがあいつのやり方さ。そうだろ。わしは自分の仕事をするだけだよ、ボスたちに言われたとおりにするだけさ、とな。だけどほんとは、何もかもあいつは承知してるのさ、はじめからずっと話に加わってたのさ。そうじゃなけりゃフラワーとストーンだって、いっさい奴に任せて出かけたりするもんか。俺たちの味方みたいな顔してるけど、あいつらの手先なのさ、俺たちのことなんか何とも思っちゃいない。お前が外に出るなんて言ってみろ、駄目だと言ったら逃げようとするなって考えるさ。たしかにそれが次の手だろ？　奴にわざわざ警告してやるようなことはしたくないんだよ。どんな汚い手を打ってくるか、わかったもんじゃないからな」

そこで彼らは小屋の鍵を壊して、シャベルを二つ出し、それを手に、林を貫く土の道を抜けていった。金網までは覚えていたよりも遠く、穴を掘りはじめたころには日もすでに翳《かげ》ってきていた。土は硬く、金網の底はずいぶん深くまで埋め込まれていて、二人ともシャベルを土に刺すごとにうめき声を漏らした。目の前には道路が見えたが、穴を掘っていた三十分のあいだに通った車は一台だけだった。ぼろぼろのステーションワゴンで、男と、女と、小さな男の子が一人乗っていた。二人の前を通りすぎていくとき、男の子はびっくりしたような顔をして手を振ったが、ナッシュもポッツィも振り返さなかった。二人は黙って掘りつづけた。ポッツィの体が何とか通りそうな穴がやっと出来たころには、疲労に両腕が疼《うず》いていた。二人とも同時にシャベルを投げ出し、トレーラーに戻っていった。野原をつっ切る二人のまわりで、空は紫色に染まっていき、十月なかばの黄昏《たそがれ》にほのかな光を放った。

一緒に食べる最後の食事を、二人はまるで赤の他人のように食べた。もはや何を話していいかもわからず、会話を試みてもどうにもぎくしゃくして、時には気まずくなってしまいさえした。ポッツィの出発があまりに迫りすぎて、ほかのことを考える余裕がない一方、どちらもそのことを話す気にはなれなかった。だから何度も長い沈黙が続き、二人とも黙りこくって、それぞれ自分がいなくなったら相手はどうなるだろうと考えていた。過去をふり返ってもはじまらない。一緒に過ごしたよき日を思い返しても仕方ない。よき日々なんてありはしなかったのだから。そして未来はあまりに不確かで、単なる影にすぎなかった。形のない、漠とした幻でしかないものをじっくり吟味したいとは二人とも思わなかった。テーブルから立ち上がり、片付けをはじめてやっと、ぎこちない思いがふたたび言葉となってあふれ出た。すでに夜が訪れ、気がつくともう、最後の準備と別れの言葉の時だった。住所と電話番号を教えあって、連絡をとりあおうなと約束したが、そうはならないことをナッシュは知っていた。ポッツィの顔を見るのもこれが最後なのだ。小さな袋に必要な品（食べ物、煙草《たばこ》、ペンシルベニアとニュージャージーの道路地図）を詰めてから、ナッシュはその日の午後スーツケースの底に見つけた二十ドル札をポッツィに渡した。

「大した額じゃないが、まあないよりましだろう」とナッシュは言った。

その夜の空気は冷たく、二人はトレーナーと上着を着てトレーラーを出た。懐中電灯を手に野原を渡り、壁を闇《やみ》のなかの道案内代わりに、壁にそって進んでいった。端まで来ると、巨大な石の山が林の縁《へり》に見え、通りすぎながら二人はしばしそれに懐中電灯の光を走らせた。おどろおどろしい形が舞い、影が飛び交った。石は生きているのだ、夜が石たちを眠れる動物たちの群れに変えたのだ、そうナッシュは思わずにいられなかった。それについて何かジョークを言いたかったが、とっさには思いつかず、まもなくう林のなかの土の道を歩いていた。金網まで来ると、さっき放り出した二本のシャベルが地面に転がっていた。二本ともマークスに見られてはまずい、とナッシュは思った。シャベル一本ならポッツィが一人で計画して脱走したということになるが、二本となると自分も加担したことがばれてしまう。ポッツィが出ていったらすぐ、一本は小屋に戻しておかないと。

ポッツィがマッチに火をつけた。炎を煙草まで持っていくその手が震えているのが見えた。「さて、消防士さんよ」とポッツィは言った。「おたがい別々の道を歩む時が来たようだな」

「しっかりやれよ、ジャック」とナッシュは言った。「歯は毎食後ちゃんと磨くんだぞ、そうすりゃ万事うまく行く」

二人はたがいの肱《ひじ》を、しばしぎゅっと握った。それからポッツィが、穴を通っているあいだ煙草を持っていてくれとナッシュに頼んだ。やや間があって、ポッツィは金網の向こう側に立っていた。ナッシュは彼に煙草を返した。

「なあ、一緒に行こうぜ」とポッツィは言った。「馬鹿な真似はよせよ、ジム。一緒に行こうぜ」

その言い方が真剣そのものだったので、ナッシュはもう少しで屈服するところだった。

が、答えを口にする前に一瞬長く間《ま》を置いてしまい、その一瞬のあいだに、誘惑は去っていた。「二か月もすれば追いつくさ」とナッシュは言った。「さあ、もう行った方がいい」

ポッツィは金網から離れて、煙草を一度吸い込んでから、ぴんと弾《はじ》いて投げ捨てた。小さな火花の雨が、つかのま道路に降った。「明日あんたの姉さんに電話して、元気だって伝えておくからな」

「いいから行け」とナッシュは言って、いきなり金網を苛立《いらだ》たしげに揺すった。「さっさと行くんだ」

「俺はもう外に出たんだ」とポッツィは言った。「あんたが百も数えないうちに、俺が誰かも忘れてるだろうよ」

それから、さよならの言葉も言わずに、ポッツィはくるりと回れ右して、道路を走っていった。

その夜ベッドで横になりながら、朝になったらマークスに伝えるつもりの話をナッシュは練習した。本当らしく聞こえるまで何度も頭のなかで反芻《はんすう》した。自分もポッツィも十時ごろ寝床に入って、その後八時間は何の物音も聞こえず（「俺はいつも丸太みたいに熟睡するんでね」）、朝六時に朝食を作りに部屋を出て、ポッツィを起こそうとドアをノックしたところで、いなくなったことがわかったのだ。いいや、逃げるなんて話はしてなかったし、書き置きとか、手がかりになりそうなものは何も残ってない。どうしたのかなあ。案外、朝早く目がさめて散歩にでも出ることにしたんじゃないのかな。ああ、もちろん探すのは手伝うよ。たぶん林のどこかをうろうろしてるのさ、雁《がん》が移動するところでも見ようとしてるんじゃないかな。

だが結局、こうした嘘《うそ》を並べる機会は訪れずじまいだった。翌朝六時に目ざまし時計が鳴ると、ナッシュはコーヒーの湯を沸かしにキッチンに行き、それから、気温はどれくらいだろうとトレーラーのドアを開けて首を外につき出してみた。ポッツィの姿が目に入ったのはそのときだった——それが誰なのかわかるまでしばらく時間がかかったが。はじめは、何か得体の知れない物の山にしか見えなかった。血があちこちについた衣服の束が、地面に転がっている。その衣服のなかに男が入っているのが見えても、ナッシュはまだポッツィを見なかった。何かの幻覚を、そこにはありえない何ものかを彼は見ていた。その服が前夜ポッツィの着ていた服と驚くほど似ていることはわかった。同じウィンドブレーカーに同じフード付きトレーナー、同じブルージーンズにマスタードカラーのブーツ。だがそれでもなお、それらの事実を組み合わせて、俺はポッツィを見ているんだと自分に言うことができなかった。男の手足は奇妙に力なくねじれ、首が片側に曲がっている様子からして（ほとんどありえない角度によじれて、まるでいまにも体からもげてしまいそうに見える)、この男は死んでいるとナッシュは確信した。

まもなく、トレーラーの踏み段を下りていき、その時点でやっと、自分が何を見ているかをナッシュは理解した。ポッツィが倒れているところに向かって草の上を歩きながら、吐くような小さな音が喉《のど》から次々と漏れてくるのを感じた。ひざまずいて、打ちのめされたポッツィの顔を両手に抱えた。首の血管で脈がまだ細々と打っているのがわかった。「何てこった」とナッシュは、自分が声を出していることもろくに自覚せずに言った。「奴らに何をされたんだ、ジャック?」。ポッツィの目は両方とも閉じて腫れ上がり、醜い裂け傷がいくつも額やこめかみや口に開いていて、歯も何本かなくなっていた。それは徹底的に破壊された顔だった。認識しようのなくなるまで叩きのめされた顔だった。吐くような音がまた自分の喉から漏れ出るのをナッシュは聞いた。それから、ほとんどぐずるような声を出しながら、ポッツィを両腕に抱き上げてトレーラーの踏み段まで運んでいった。

一連の傷がどれだけ深刻なのか、見当もつかなかった。ポッツィは意識を失っていて、昏睡《こんすい》状態にも陥っていたが、寒々とした秋空の下に何時間も倒れていたことで事態はいっそう悪くなっていた。どうやらそれが殴打《おうだ》と同じくらい大きな害を及ぼしたらしい。ポッツィをソファの上に寝かせてから、ナッシュは両方の寝室に飛んでいき、毛布をベッドから引きはがした。せっかく火事の現場から救い出されたのにそのあとショックで人が死ぬのをナッシュは何度も見てきた。そして、重いショックの症状をポッツィはすべて呈していた。極端に白い顔、青い唇、死体のように冷たい手。少しでも暖かくしてやろうと、毛布をかけた体をナッシュは精一杯こすってやり、血がふたたび流れるよう両足を斜めに傾けた。が、体温は若干上がってきたものの、目はいっこうにさましそうになかった。

そのあと、事は目まぐるしく進んだ。マークスが七時にやって来て、トレーラーの踏み段をとんとんとのぼり、いつものようにドアをノックした。入れ、とナッシュが叫ぶと、ポッツィを見てまずマークスが示した反応は、笑い声だった。「どうしたんだ、こいつ？」とマークスは親指でソファの方を指して言った。「またどんちゃんやらかしたのか？」。が、部屋のなかに入ってきて、ポッツィの顔を間近に見たとたん、笑いは驚《きょう》愕《がく》に変わった。「大変だ、こりゃひどい」とマークスは言った。「そうとも、大変さ。あと一時間のうちに病院へ連れていかないと命取りだぞ」とナッシュは言った。

そこでマークスはジープを取りに屋敷へ駆け戻り、その間ナッシュはポッツィのベッドからマットレスを引きずり下ろしてトレーラーの壁に立てかけ、間に合わせの救急車のなかで使えるようにした。どのみち揺れはきついだろうが、クッションがあれば少しは衝撃も和らげられるだろう。やっとマークスが戻ってくると、ジープには助手席にもう一人男が乗っていた。「こいつはフロイドだ」とマークスは言った。「小僧を運ぶのを手伝ってもらう」。フロイドはマークスの義理の息子だということで、歳《とし》は二十なかばか後半といったところ、少なくとも一九〇センチはありそうながっしりした大男で、滑らかな赤ら顔に毛糸の鳥打ち帽をかぶっていた。だが頭の方は切れるとは言いがたいらしく、マークスに紹介されたときも、この状況にはまったく場違いな快活さで、大真面目《おおまじ》目《め》にぎこちなく手をさし出してきた。あまりに不愉快だったので、ナッシュは自分の手を出しもせず、ただ相手を睨《にら》みつけていた。やがて大男は腕をだらんと横に垂らした。

ナッシュがマットレスをジープの後部席に押し込んでから、三人でトレーラーに入って、ポッツィをソファから持ち上げ、毛布で体をくるんだまま外に運び出した。ナッシュは毛布を整えて、できるだけ心地よくしてやろうと努めたが、ポッツィの顔を見るたびに、もう望みはないことを思い知った。ポッツィは助かるまい。病院に着くころには息絶えているだろう。

だが最悪の出来事はこれからだった。マークスに肩をぽんと叩かれ、「なるべく早く戻ってくるからな」と言われて、彼が自分を連れていく気がないことをようやく悟ったとき、ナッシュのなかで何かがぷつんと切れた。一気に怒りを爆発させて、マークスに食ってかかった。「済まんな、それはできん」とマークスは言った。「もうこれだけで十分騒動だからな。手がつけられんことになったら困る。心配するな、ナッシュ。フロイドとわしとでちゃんとやれるよ」

だがナッシュは我を忘れていた。大人しく引き下がる代わりにマークスに襲いかかり、その上着をつかんで、嘘つき、人でなし、と罵《ののし》った。だが彼が相手の顔にパンチを届かせる前に、フロイドが飛んできてナッシュを両腕でうしろから押さえつけ、宙に持ち上げた。マークスは二、三歩あとずさりして、銃をホルスターから取り出し、ナッシュにつきつけた。だがそれでもまだナッシュは収まらなかった。フロイドに押さえつけられたまま、ばたばた暴れながらマークスに向かって叫んだ。「撃てよ、人でなし！　さあ、いいから撃て！」

「自分でも何を言っとるかわかっとらんな」とマークスは落着き払って言った。そして、「気の毒に、すっかりのぼせちまってる」と言いながら、義理の息子の方をちらっと見た。

と、いきなり、フロイドがナッシュを地面に叩《たた》きつけた。ナッシュが立ち上がって反撃する間もなく、一本の足が彼の腹を踏みつけた。息がいっぺんに切れてしまい、そこに倒れたままぜいぜい喘《あえ》いでいるうちに、二人の男はジープまで駆けていって、乗り込んだ。エンジンがかかる音が聞こえた。ナッシュがやっと立ち上がれたころには、ジープはもう走り出していて、ポッツィを乗せて林のなかに消えていった。

そのあと、ナッシュはためらわなかった。トレーラーのなかに入り、上着を着て、ポケットに目いっぱい食料を詰め込み、またすぐトレーラーを出た。とにかくここから逃げることしか頭になかった。これ以上のチャンスは二度と来るまい。無駄にしてはならない。昨日の夜ポッツィと一緒に掘った穴から出て、すべてにケリをつけるのだ。

早足で、壁には目もくれず野原を歩いていった。林に入ると、一気に走り出し、土の道を死に物狂いで駆けていった。数分後、金網にたどり着き、息をハアハアいわせて、網に両腕を押しつけて寄りかかりながら眼前の道路をぽかんと見ていた。しばらくのあいだ、穴が消えてなくなっていることにナッシュは気がつきもしなかった。が、息が収まってきて、足下に目を向けると、自分が平らな地面に立っているのが見えた。穴は埋められ、シャベルもなくなっていた。落葉や小枝があたりに散らばって、かつてそこに穴があったことさえほとんどわからなかった。

ナッシュは十本の指全部で金網をつかみ、ぎゅっと力いっぱい握りしめた。そんなふうに一分近く握っていたが、やがて両手を開き、その手を顔に持っていってしくしく泣き出した。

8

その後の幾晩か、彼は同じ夢を何度もくり返し見た。真っ暗な自分の部屋で目をさますところを夢に見て、もう眠っていないとわかると、服を着て、トレーラーから出て、野原を歩き出す。向こう端の道具小屋に着くと、ドアを蹴《け》って開け、シャベルをつかんで、林に入り、金網に通じる土の道を走っていく。夢はいつも生き生きと精緻《せいち》で、現実の歪曲《わいきょく》というよりはその模造という感じだった。目ざめているときと同じ生の細部がみなぎるその幻に、これは現実だろうかなどと迷うことは一度もなかった。足下で地面がかすかにぱちぱちと鳴るのも聞こえれば、肌に当たる夜気の冷たさも伝わってきたし、秋に物たちが朽ちて生じる、鼻をつく匂《にお》いが林に漂うのも感じられた。ところが、シャベル片手に金網に着くたび、夢は突然終わり、彼は目をさまして自分がまだベッドで横になっているのを知るのだった。

問題は——なぜ彼はそこで起き上がって、たったいま夢でやったことを実行しないのか？　ナッシュが逃亡を企てるのを妨げるものは何もない。なのに彼は尻込《しりご》みしつづけ、ひとつの可能性としてすら考慮しようとしなかった。はじめは、この消極ぶりは怖がっているせいだと考えた。ポッツィの身に起きたことはマークスの仕業（むろんフロイドの助けを借りて）にちがいないから、自分も契約に背いて逃げようとしたら、似たような運命が待っているはずだと思ったのだ。たしかにあの朝マークスは、ポッツィの有様を目にして動転したように見えた。だがあれが芝居でなかったと誰に言いきれよう？ポッツィが道路を駆けていくのをナッシュは見届けたのだ。マークスの仕業でなければ、どうしてまた野原に戻っていたのか？　かりに別の人間がポッツィを襲ったとしたら、道路に置き去りにしてさっさと立ち去っただろう。そして、たとえもしポッツィに意識が残っていたとしても、穴を這《は》って戻ってくる力はなかっただろうし、一人で林を抜けて野原を渡ってくるなんて論外だったはずだ。そう、マークスはひとつの警告としてポッツィを運んできたのだ。逃げようとする奴《やっ》らがどんな目に遭うか、ナッシュに見せつけるために。ドイルズタウンのシスターズ・オブ・マーシー病院にポッツィを連れていったとマークスは言っているが、それだって怪しいものだ。どこか林のなかで下ろして埋めてしまったとしても不思議はない。たとえまだそのときは生きていたとしたって同じことだ。顔を土でふさいでしまえば、人間なんて百も数えないうちに窒息死する。何しろマークスは穴を埋める名人なのだ。奴の手にかかれば、そこに穴があったかどうかもわからなくなってしまう。

だが少しずつ、恐怖が原因ではまったくないことをナッシュは認識していった。野原から走り去っていく自分の姿を思い描くたびに、マークスが彼の背中に銃を向けてゆっくり引き金を引く情景が目に浮かんだが、弾丸が肉を切り裂き心臓を破裂させるさまを考えても、湧《わ》いてくるのは怯《おび》えではなくむしろ怒りだった。どのみち自分は死に値する人間かもしれないが、殺す満足をマークスに与えたくはなかった。それではあまりに安易すぎる。結末としてあまりに当たり前すぎる。ポッツィに逃亡を強いることで、ナッシュはすでに彼の死を引き起こしてしまった。たとえこの上自分を死なせたところで（そうしたら、という思いがほとんど抗《あらが》いがたい誘惑となって訪れたのも一度や二度ではなかった）、これまでに為《な》した悪が帳消しになるわけではない。だから彼は、壁を築く仕事を続けた。怖いからではなく、もはや借金を返す義務を感じるからでもなく、復《ふく》讐《しゅう》を果したかったから。ここでの仕事を終えて、ひとたび自由の身になったら、警察を呼んでマークスを逮捕してもらうのだ。ポッツィのために、せめてそれくらいしなくては。あの人でなしがしかるべく罰せられるまで、何とか自分を生かしつづけておかねばならない。

　ナッシュはドナに手紙を書いて、建築現場の仕事が思ったより長引いていると伝えた。もうこの時期には終わっているつもりだったのだが、どうやらあと一月半か二月くらいかかりそうだ、と。投函《とうかん》する前にマークスが開けて読むにちがいないと思ったから、ポッツィの身に起きたことにはいっさい触れないようにした。なるべく明るい陽気な調子で書き、ジュリエットのためにも別に一ページ使って、お城の絵を描いてやり、彼女が面白がりそうなナゾナゾをいくつか書いた。一週間後、ドナから返事が来て、すごく元気そうな手紙で安心しましたとあった。どんな仕事をしていようと構いません、あなたが楽しんでいるならそれで十分ですと書いてあった。でもその仕事が終わったら、腰を落着けることも考えてみてね。みんなすごくあなたに会いたがっているし、ジュリエットもあなたが来るのを待ちわびています。

手紙を読んでナッシュの胸は痛んだ。その後何日も、姉を一から十までだましたことを思うたび、ぞっと寒気がした。いまや彼は、これまで以上に世界から切り離されていた。時おり、自分のなかで何かが崩れかけているのが感じられることがあった。まるで足下の地面が、彼の孤独の重みに耐えかねて徐々に崩れ落ちているかのように。仕事はいままでどおり続いていたが、これもやはり孤独な作業だった。彼は極力マークスを避け、絶対必要なとき以外はいっさい口をきかなかった。マークスは相変わらず穏やかな態度を保っていたが、ナッシュはそれにごまかされず、軽蔑《けいべつ》をろくに隠そうともしないで、相手の一見友好的な姿勢に抗いつづけた。少なくとも一日に一度は、自分が突如暴力を爆発させてマークスに襲いかかる場面を頭のなかで入念に展開させた。マークスに飛びかかって、地面に押し倒し、ホルスターから銃を奪って、相手の目と目のあいだにつきつける。仕事だけが、石を持ち上げては積む単純そのものの作業だけが、こうした狂おしい思いからの逃げ道になってくれた。壮絶な、厳然たる情熱をもって彼は仕事に打ち込み、ポッツィと二人でやっていた以上の量を一人でこなした。一度に石を三つか四つ荷車に積んで運び、壁の二段目は一週間たらずで出来上がった。石を積んで野原を横切るたびに、なぜかあの、屋敷にあるストーンのミニチュア世界のことを考えた。本物の石に触れるという行為が、石を意味する名を持つ男の記憶を呼び起こすのだろうか。いずれはあそこにも、いま自分がいるこの場所を再現した新しいセクションが出来るはずだ。壁と、野原と、トレーラーの縮尺模型。それらが完成したら、二つのちっぽけな姿が野原の真ん中に置かれるだろう――一人はポッツィ、一人は彼自身。その途方もない小ささを思うと、ほとんど耐えがたいほどの魅惑がナッシュの胸を浸していった。時おり、自分を止めることもできず、すでに自分がその模型のなかに住んでいるところを想像してみることさえあった。フラワーとストーンが、そんな彼を見下ろしている。すると突然、ナッシュは彼らの目を通して自分を見ることができた――もはや彼は親指ほどの大きさもなく、籠《かご》のなかをせわしなく行き来する小さな灰色のネズミのようだった。

しかし、最悪なのは夜だった。仕事が済んで、一人でトレーラーに帰るときが、ポッツィがいなくなったことをいつにも増して痛感する時間だった。はじめのうち、悲しみと感傷の念はあまりに激しく、まともな食事を作る気力もろくに湧いてこなかった。二度ばかりは、何も食べずにバーボンのボトルを前にリビングルームに座って、寝床に入るまでの時間、モーツァルトとヴェルディのレクイエムを、音量を最大にして聴いた。音の洪水に包まれながら臆面《おくめん》もなくすすり泣き、疾風のように飛び出てくる人間の声を聴きながらポッツィのことを思い出して、あたかも彼がひとかけらの土にすぎなくなってしまったかのような、彼が一塊のもろい土となって、元々彼が生まれてきた源たる塵《ちり》のなかに飛び散っていったかのような思いに浸った。こうした芝居がかった憂《うれ》いにふけって、仰々しい底なしの哀《かな》しみに沈み込んでいくことで、気持ちもいくらかは和らいだ。だが、しっかりしろと自分を叱咤《しった》し、何とか孤独に適応するようになってからも、ポッツィがいなくなった喪失感が完全に失《う》せはしなかった。まるで自分自身の一部が永久に失われてしまったかのように、ナッシュはポッツィを失ったことを悼《いた》みつづけた。日々のさまざまな営みも、いまでは味気なく、無意味だった。ただ単に、調理した食べ物を口に放り込むだけ、物を汚しては綺麗《きれい》にするだけの機械的な単純作業だった。動物的な機能を果たすだけの、ぜんまい仕掛けの動作。旅行中は読書が大きな楽しみだったことを思い出して、本を読んで空虚を満たそうともしてみたが、いまや気持ちを集中することさえ難しく、ページの上の言葉を読みはじめたとたん、過去の出来事の像が頭のなかに群がってきた。五か月前のミネソタで、ジュリエットと裏庭でシャボン玉を飛ばして遊んだ午後。友人だったボビー・ターンブルがボストンで燃えさかる床を突き抜けて落ちていくのを見た瞬間。テレーズに結婚を申し込んだときの言葉（その一語一語をナッシュは正確に覚えていた）。母親が卒中に見舞われたあと彼がはじめてフロリダの病室に入っていったときの母の顔。高校のチアリーダーとしてぴょんぴょん飛び跳ねているドナ。どれもべつに思い出したいわけではなかったが、本のなかの物語に没頭することもできないとあっては、否応《いやおう》なしに記憶が次々とあふれ出てくるのだった。一週間近く、毎晩そうした記憶の襲撃に耐えていたが、それからある朝、とうとう我慢できなくなって、ほかに手も思いつかないまま、ピアノを入れてもらえないだろうかとマークスに頼んだ。いや、べつに本物のピアノじゃなくていいんだ、とナッシュは言った。とにかく時間つぶしに、気を鎮《しず》めるのに何か要るんだよ。

「ああ、わかるよ」とマークスは、同情を示すように言った。「一人でこんなところにいたらそりゃ寂しかろう。あの小僧、おかしなところもいろいろあったが、まあとにかく話し相手にはなったものな。だけど金はかかるぞ。もうよくわかっとるだろうが」

「構わんよ」とナッシュは言った。「本物のピアノを頼んでるわけじゃない。そんなに値も張らないはずだ」

「ピアノじゃないピアノなんて初耳だな。いったいどんな楽器のことだ？」

「電子キーボードだよ。ほら、コンセントにつなぐポータブル式のやつさ。スピーカーがあって、安物のプラスチックの鍵盤《けんばん》がついてる。あんたも店とかで見たことあるだろ」

「ないと思うなあ。でもべつにいいさ。とにかくどういうのが欲しいか言ってくれ、調達してくるから」

幸い楽譜集はまだ持っていたので、演奏する曲目には事欠かない。ピアノを売ったあとは楽譜を持っていても意味ない気がしたが、何となく捨てそびれて、楽譜たちは一年間ずっとトランクのなかに入ってナッシュとともに旅していたのだった。全部で十冊あまりあって、いろんな作曲家（バッハ、クープラン、モーツァルト、ベートーベン、シューベルト、バルトーク、サティ）の作品を集めた名曲集が何冊かと、チェルニーの練習曲集が二冊、ジャズやブルースの有名な曲をピアノ用に編曲したものを集めた分厚い一冊。翌日の晩、マークスがさっそく楽器を届けてくれた。テクノロジーの珍妙な結晶というか、おもちゃに毛の生えた程度の代物《しろもの》だったが、ナッシュは嬉々《きき》としてそれを箱から取り出し、キッチンテーブルの上に据えた。はじめの二晩は、夕食後から寝るまでの時間、もう一度弾き方を独習し直すことに費やした。指の練習を一つひとつこなして、錆《さ》びついた関節をほぐしながら、この奇妙な機械の可能性と限界を発見していった。特異なタッチ、電子音、弦が打たれる手応《てごた》えがないこと。その意味でこの鍵盤楽器は、ピアノよりむしろハープシコードに近く、三日目の晩にやっと曲を弾きはじめると、古い、ピアノが発明される以前に書かれた曲の方が概して合うことが判明した。こうして彼は、十九世紀以前の作品に集中するようになった。『アンナ・マグダレーナ・バッハの音楽帳』、『平均律クラヴィーア曲集』、「神秘な障壁」。この最後の曲を弾くたびに、壁のことを考えずにはいられなかった。結局ほかのどの曲にも増して、ナッシュはくり返しこれに戻っていった。演奏するのに二分ちょっとしかかからないこの曲は、ゆっくりとした厳かな進展のなかに、延音や掛留《けいりゅう》や反復がいくつもあって、片手で一度に二つ以上の鍵盤に触れているべき箇所はひとつもない。音楽ははじまっては止まり、またはじまってはまた止まり、にもかかわらず曲は確実に動いていって、決して訪れぬ解決に向かって進んでいく。それらの延音やら掛留やらが、神秘な障壁なのだろうか？　ナッシュはどこかで、クープランがこの題にどういう意味を込めたのか誰もはっきりとはわからないということを読んだ記憶があった。女性の下着へのコミカルな言及（不可侵なるコルセット）だと解釈する学者もいれば、未解決に終わる和音を指しているのだと見る学者もいる。ナッシュには知りようもない。彼自身にとっては、障壁とは自分がいま野原で築いている壁にほかならないが、これもタイトルの意味がわかるというのとは違う。

仕事が終わったあとの時間も、もう空虚で重苦しくはなくなった。音楽は忘却を、もはや自分について考えなくてよいことの甘美さをもたらしてくれた。夜も更《ふ》けて演奏を切り上げるころには、たいていひどく気だるく、心が空っぽになっていて、さして苦労せずに寝つくことができた。それでもやはり、マークスに対する気持ちが和らいできたことで、自分に軽蔑を抱きはした。マークスが示してくれた親切を、大きな感謝の念とともに思い起こす自分をナッシュは見下した。マークスは単に、わざわざ楽器を買ってきてくれただけではない。まるでナッシュの好意を取り戻すことこそ人生唯一《ゆいいつ》の望みであるかのように、チャンス到来とばかりに飛びついてきたのだ。ナッシュとしてはマークスを全面的に憎みたかった。ひとえにその憎しみの力でもって、マークスを人間以下の何かに変えてしまいたかった。だが相手が人でなしのようにふるまわなくなってしまえば、それも困難だ。マークスはささやかなプレゼントを持ってトレーラーに現われるようになったし（妻が焼いたパイ、ウールのマフラー、追加の毛布）、仕事中もつねに寛大で、もっとゆっくりやれよ、そんなに無理するなよ、としじゅう声をかけてきた。それにも増して心乱されるのは、彼がポッツィのことまで心配しているように見えることだった。週に何度も、ポッツィの容態を逐一ナッシュに報告し、まるでたえず病院と連絡を取っているような口ぶりなのだ。こうした気づかいを、どう捉《とら》えたらよいのか？これは罠《わな》だ、真の脅威を隠すための煙幕なのだ、とナッシュは思った。だがそう断言できるか？　少しずつ自分が弱まっていくのを、マークスの静かな粘り強さに屈していくのをナッシュは感じた。またひとつ贈り物をもらうたび、立ちどまって天気の話をしたりマークスのふとした言葉に微笑《ほほえ》んだりするたびに、自分を裏切っている気がした。それでもなお、やめられなかった。しばらくするともう、抵抗を捨てきらない理由はひとつだけになっていた――依然として銃は消えていなかったのである。それは二人の関係を表わす究極の記号だった。マークスが腰に下げた武器を見るだけで、自分たちが根本的に不平等な関係にあることをみずからに思い出させることができた。やがてある日、物は試しと、マークスの方を向いてこう言ってみた。「その銃どういうつもりなんだい、カルヴィン？　やっぱりまだトラブルを予想してるのか？」。するとマークスはとまどったような表情を浮かべてホルスターに目を落とし、「どうかなあ。何となく癖になったのかな」と言った。そして、翌朝仕事をはじめにマークスが野原にやって来たとき、銃はなくなっていた。

ナッシュは途方に暮れてしまった。お前はもう自由なんだよ、そうマークスは告げているのだろうか？　それともこれもやはり、手の込んだ欺瞞《ぎまん》のさらなるひとひねりなのだろうか？　答えを決める間もなく、その不確定性の渦巻のなかに、新たにもうひとつの要素が投げ込まれることになった。それは、小さな男の子という形をとって訪れた。その後の数日間、ナッシュはずっと崖《がけ》っぷちに立っている気分だった。そこにあることをいままで知りもしなかった、おのれの内なる奈落《ならく》の奥底を見下ろしている気がした。けたたましく騒ぎ立てる獣たちがうごめき、想像もつかぬ暗い衝動の巣食う、燃えさかる地の底を。十月三十日、銃を携帯するのをやめてから二日後、マークスは四歳の子供の手を引いてやって来て、孫のフロイド・ジュニアだと紹介したのだった。「で、「フロイド・シニアがこの夏テキサスで職をなくしてな」とマークスは言った。

一家三人で――女房がわしの娘のサリーだ――ここで一からやり直そうとしてるわけさ。亭主も女房も仕事と家を探しに出かけてるし、うちの女房もけさはちょっと調子が悪くてな、この子を一緒に連れてってくれんかと言われたんだ。構わんかね。わしがちゃんと見ていて、あんたの仕事は邪魔せんようにする」

痩《や》せこけた子供で、面長の顔に鼻をたらして、もこもこの赤いパーカにくるまって祖父の隣に立ち、好奇心と無関心の両方を示すような目でナッシュをじっと見ている。まるで、奇怪な鳥だか藪《やぶ》だかの前にいきなり下ろされたみたいな表情だ。もちろんナッシュは、ああ、構わんよ、と答えたが、たとえ構ったとしても言いようはなかった。十時くらいまでずっと、子供は野原の隅で石の山のなかをうろついて、風変わりで静かな猿のように跳ねまわっていた。が、ナッシュが石を積みに近くへ戻ってくるたびに、それまでやっていたことを中断して、石の山の上にしゃがみ込み、最初と同じ夢中なような、かつ無表情な目でナッシュを見つめるのだった。ナッシュはだんだん落着かなくなってきた。そんなことが五、六回あった末、あまりに神経に障《さわ》るものだから、顔を上げて、とにかくこの呪縛《じゅばく》を断ち切ろうと、子供に向かって無理に笑顔を作ってみせた。意外なことに、子供も笑みを返して手を振った。と、その瞬間、まるで前世紀の出来事を思い出すかのように、あの夜ステーションワゴンの後部席から彼とポッツィに手を振ったのはこの子だったことをナッシュは理解した。逃亡が発覚したのもあれがきっかけだったのだろうか？　金網の下で大人が二人で穴を掘ってたよ、と子供が両親に言ったのか？　それで父親がマークスのところに行って、息子から聞いたことを伝えたのか？　真相はどうだったのか、むろん定かではない。だがこうした思いが浮かんだ次の瞬間、ナッシュはふたたびマークスの孫の方に顔を上げ、自分がこれまでの人生で誰を憎んできたよりも烈《はげ》しくこの子を憎んでいることを悟った。心の底から憎悪《ぞうお》し、殺してやりたい、と思った。

　地獄の責め苦がはじまったのはそのときだった。小さな種子がナッシュの頭に蒔《ま》かれ、そんなものがそこにあることを自分でも自覚しないうちから彼のなかで芽を出しはじめ、何か野生の、変種の花のように増殖していった。恍惚《こうこつ》にも似た開花がぐんぐんと、意識全体を覆《おお》いつくしてしまいそうな勢いで広まっていった。この子をつかまえさえすればいいんだ、とナッシュは思った。そうすれば自分にとって何もかもが変わる。いっぺんに、知らずにはいられないことを知れるようになるのだ。子供と真実と引換えだ、そうクスに迫れば、向こうも話さざるをえまい。ポッツィに何をしたのか、やっと聞き出せる。選択の余地はないはずだ。もし白状しなければ、子供を殺す。訳はない。マークスの目の前で絞め殺してやるのだ。

　そうした思いをひとたび頭に許してしまうと、おぞましい思いが次々に浮かんできた。どの思いも、その前の思いよりなおいっそう残酷で、なおいっそう忌《い》まわしかった。ナッシュは子供の喉《のど》を剃刀《かみそり》でかき切った。ブーツで蹴《け》り殺した。頭をつかんで石にぶつけ、脳味噌《のうみそ》がどろどろに崩れ出るまで小さな頭蓋骨《ずがいこつ》を叩《たた》き割った。正午が近づいたころには、ナッシュはすっかり自分を失っていた。殺意に気も狂わんばかりになっていた。そういった情景の像から必死に逃れようとしても、それらが消えたとたん、逆にまたそれに焦《こ》がれてしまうのだった。一番恐ろしいのもそこだった。自分が子供を殺すことを想像できることではなく、想像したあとに、またもう一度想像したいと思ってしまうことが。

しかも、フロイド・ジュニアはその後も野原にやって来た。翌日だけでなく、その次の日も。はじめの数時間だけでも十分つらかったのに、どうやら子供は、笑顔を交わしたのをきっかけに、ナッシュを崇《あが》めたてまつろうと決めたらしかった。生涯の友となることを誓いあったかのように、まだ昼食の時間にもならないうちから、石の山から這《は》いずり下りてきて、自分の新たな英雄が荷車を引いて野原を行き来するうしろについて回るようになった。マークスはやめさせようとしたが、どうやってこの子を殺すかをすでに夢見はじめていたナッシュは、手を振ってマークスを遮り、構うなと言った。「いいんだ、子供は好きだから」。そのころにはもう、子供にどこか悪いところがあることにナッシュは気がついていた。ある種の鈍さ、単純さのせいで、いささか知恵が足りなく見えるのだ。ろくに喋《しゃべ》れもせず、彼を追って草の上を駆けるときも、口にする言葉はジム！ だけだった。ジム！ ジム！ と、愚鈍な呪文《じゅもん》のような調子でくり返し唱えた。

歳《とし》を別にすれば、ジュリエットとは何ひとつ共通点がないように思えた。このみじめな生っ白《ちろ》い男の子と、巻き毛の愛らしいわが娘とを較《くら》べ、娘の明るさ、輝き、水晶のような笑い声とぽっちゃりした膝《ひざ》とを思い浮かべるにつけ、この子供に対して軽蔑《けいべつ》以外の何ものもナッシュは感じなかった。一時間が過ぎていくごとに、この子に襲いかかりたいという欲求はますます強く、ますます抑えがたくなっていき、やっと六時が巡ってきたときには、子供がまだ生きていることがナッシュにはほとんど奇跡に思えた。小屋に道具をしまって、扉を閉めようとしたところで、マークスが寄ってきて肩をぽんと叩いた。「あんた大したもんだよ、ナッシュ」とマークスは言った。「あんた、子供を惹《ひ》きつける才能があるんだな。あの子が他人にこんなになついたのははじめてさ。わしも自分の目で見てなかったら、きっと信じないだろうよ」

翌朝、子供はハロウィーンの衣裳《いしょう》を着て野原にやって来た。黒と白の骸骨《がいこつ》のコスチュームに、頭蓋骨みたいに見えるお面。ウールワースあたりで箱入りで売っている、雑な作りの安物だ。寒い日で、それを普通の服の上から着ていたため、子供は妙にふくらんで見えた。まるで一夜にして体重が倍になったみたいだった。マークスが言うには、ジムにどうしても見せたいから着ていくと言ってきかなかったという。ナッシュの方も、もはやまともとは言いがたい精神状態にあったから、その姿を一目《ひとめ》見たとたん、この子は自分に何かを伝えようとしているのではないだろうかと思いはじめた。何といってもそのコスチュームは死を、それももっとも純粋かつ象徴的な形での死を表わしている。ということは、ナッシュの心の動きを子供は感じとっていて、自分が死ぬとわかっているから、死に扮《ふん》して野原に来たのではないだろうか。ナッシュはそれを、暗号で書かれたメッセージとして見ずにはいられなかった。それでもいいんだよ、と子供は彼に伝えているのだ。僕を殺す人間がジムなんだったら、何もかもうまく行くよ、と。

その日一日、ナッシュは自分自身と激しく争っていた。いろんな策を弄《ろう》して、とにかく骸骨の少年を、殺意みなぎる自分の手から安全な距離に遠ざけておくよう努めた。朝のうちは、石の山のひとつを選んで、子供に命じてその裏手にある特定の石を見張らせ、なくならないように番しているんだよと言い含めた。午後は自分が野原の反対側で石積み作業に没頭しているあいだ、荷車を与えて遊ばせておいた。だがむろん、そうそういつもうまくは行かず、子供の集中力がとぎれてしまってナッシュの方に駆け寄ってくることも何度かあったし、たとえ離れているときでも、ジム、ジム、ジム、とはてしなく彼の名を呼ぶ連禱《れんとう》が、彼自身の恐怖の底から発する警告のように鳴り響くのに耐えねばならなかった。何度も何度も、もう子供を連れてくるなとマークスに言いたくなったが、自分の気持ちを押さえつける苦闘にすっかり力を使ってしまい、精神は崩壊寸前で、言いたい言葉をうまく言える自信もなかった。その夜ナッシュは、前後不覚になるまで酒を飲んだ。その次の朝、悪夢のただなかへと目ざめるかのように、トレーラーのドアを開けてみるとまたしても子供が来ていた。今日はハロウィーンの菓子袋を胸にしっかり抱えていて、それから、何も言わずに、若き勇者がはじめての狩りの獲物を部族の首長に捧《ささ》げるがごとくおごそかに、袋をナッシュにさし出した。

「何だい、これ？」とナッシュはマークスに聞いた。

「ジム」と子供がみずから問いに答えて言った。「ジムのお菓子」

「そうとも」とマークスは言った。「あんたとおやつを分けたいんだとさ」

袋を少し開けてなかを覗《のぞ》いてみると、キャンディ、リンゴ、レーズンなどがごっちゃに入っている。「ちょっとやり過ぎだと思わんか、カルヴィン？　この子どういうつもりなんだ、毒でも盛ろうってのか？」

「べつに何のつもりもないさ」とマークスは言った。「あんたのことを気の毒に思っただけさ。こんなところにいて、お菓子をくれなきゃいたずらするぞ《トリック・オア・トリート》とかもできなくて。べつに食べんでもいいんじゃないかな」

「ああ」とナッシュは言って、呆然《ぼうぜん》と子供を見つめた。今日もまた拷問《ごうもん》の一日になるのだろうか。「気は心ってやつだよな」

だがもう耐えられなかった。野原に足を踏み入れたとたん、もはや限界に達したことをナッシュは悟った。何とかして自分を止めるすべを思いつかねば、子供は一時間以内に死んでしまうだろう。石をひとつ荷車に載せ、もうひとつ持ち上げかけたところで、手を放した。石がどさっと地面を打つ音が聞こえた。

「今日はどこか悪いみたいだ」と彼はマークスに言った。「どうも調子が出ない」

「いま風邪がはやってるからな、それじゃないか」とマークスは言った。

「ああ、きっとそうだな。風邪をひきかけてるんだ、たぶん」

「働きすぎなんだよ、ナッシュ。疲れがたまってるんだ」

「一時間か二時間横になったら、午後にはよくなってるんじゃないかな」

「午後もやめとけ。一日休みをとれよ。あんまり根《こん》を詰めてもよくないぞ。絶対よくない。体力を取り戻さなくちゃ」

「わかったよ。アスピリンを飲んでベッドにもぐり込むことにする。一日分フイにするのは癪《しゃく》だけど、まあ仕方ない」

「金のことは心配するな。いつもどおり十時間やったことにしとくから。ベビーシッターをやってくれたボーナスさ」

「そこまでしてもらう理由はないぜ」

「まあ理由はないかもしれん。だからってやっちゃいかんことはないさ。どのみち今日はやめといた方がいいんじゃないかな。この寒さじゃフロイド坊やによくない。一日じゅう野原をうろうろしてたら死んじまう」

「そうかもしれんな」

「もちろんそうさ。こんな日にこんなところにいたら、死んじまう」

奇《く》しくもすべてを見抜いたようなこの言葉が頭のなかでブンブン鳴るのを感じながら、ナッシュはマークスと子供と一緒にトレーラーに戻っていった。ドアを開けるころには、本当に調子が悪くなっていた。体は痛み、筋肉は疲労のあまり不可解なくらい力が入らなかった。急にひどい高熱が出たかのように体が熱かった。妙な話だ、あっという間にこんなふうになるなんて——マークスが風邪という言葉を口にしたとたん、ひいてしまったような感じだ。もう俺は自分を使いつくしてしまったのかもしれない、と思った。もうなかには何も残っていないのだ。あまりに空っぽなので、言葉ひとつで病気になってしまうのかもしれない。

「おっと、いかん」とマークスは、立ち去りぎわに額をぴしゃりと叩いて言った。「言い忘れるところだった」

「言い忘れる？　何を？」とナッシュは言った。

「ポッツィのことさ。昨日の夜、容態を訊《き》こうと思って病院に電話したんだが、いなくなったと看護婦に言われた」

「いなくなった？　どういう意味だ？」

「いなくなったんだよ。消えたのさ。ベッドを出て、服を着て、病院から出ていったんだ」

「作り話はしなくていいんだぜ、カルヴィン。ジャックは死んだんだ。二週間前に死んだのさ」

「いやいや、死んじゃおらんぞ。しばらく危なかったのはそのとおりさ、だけど持ち直したんだよ。あの小僧、思ったより頑丈だったのさ。で、もうすっかりよくなった。少なくとも、立ち上がって病院から逃げられるくらいにはよくなった。あんたも知りたがるだろうと思ってな」

「俺は本当のことが知りたいだけだ。あとはどうでもいい」

「だから、それが本当のことなんだよ。ジャック・ポッツィはいなくなった。あんたももう、あいつのことを心配する必要はない」

「じゃあ俺に直接病院に電話させてくれ」

「それはできんよ、わかってるだろう。借金の返済が終わるまで電話は許可されておらんのだ。この調子で行けばそれももうじきさ。そうしたら好きなだけ電話するがいい。この世の終わるまで電話して構わん」


仕事に戻れるようになるまでに、結局三日かかった。はじめの二日間はひたすら眠り、マークスがアスピリンと紅茶と缶詰スープを届けにトレーラーに入ってくるときにぼんやり目をさました程度だった。二日間がそうやって失われたことを自覚できるくらい意識が戻ってくると、眠りは単に肉体的必要だったのではなく、精神的命令でもあったことをナッシュは理解した。幼い男の子相手のドラマが彼を変えてしまっていたのだ。その後の冬眠状態がなく、四十八時間にわたって自分自身から失踪《しっそう》していることもなかったら、いまここにいる自分にはならずに終わってしまったかもしれない。眠りはひとつの生からもうひとつの生へ移行するための経路だったのだ。自分のなかでうごめく悪鬼たちにふたたび火がついて、元々そいつらが生まれてきた源たる炎のなかに融けていくためのささやかな死だったのだ。悪鬼どもがいなくなったわけではない。だが彼らはもはや形を持たず、形なく遍在することによってナッシュの体の隅々に行きわたっていた。目には見えずともたしかにそこにいるものとして、血や染色体と同じようにナッシュの一部になっていた。それは、彼を生かしているさまざまな体液の波間に漂うひとつの炎だった。べつに自分が前よりよい人間になったとか悪い人間になったとかは思わなかった。でももう、怖くはなかった。そこが決定的な違いだった。彼は燃えさかる家のなかに飛び込んで、炎のなかから自分自身を救い出したのだ。それをなしとげたいま、もう一度そうすることを考えても、もはや怖くはなかった。

　三日目の朝は、目がさめると腹がすいていた。何も考えず、本能的にベッドから這い出してキッチンに向かっていた。足はまだひどく危なっかしかったけれども、空腹がよい兆候であることはわかった。回復に向かっているしるしだ。洗ってあるスプーンはないかと引出しをかき回していると、電話番号を書いた紙切れが出てきた。子供っぽい、見慣れない筆跡を眺めているうちに、いつのまにかあの娘のことを考えていることにはっと気がついた。そうだ、思い出した。十六日のパーティーの最中に、娘が自分の電話番号を書いてくれたのだ。だが彼女の名前を思い出すには数分かかった。いくつかのニアミスを経て（タミー、キティー、ティピー、キンバリー）、その後三十秒か四十秒頭が空っぽになった末に、もうあきらめようかというところで、思い出した――ティファニー。自分を助けてくれるのはこの娘だけだとナッシュは悟った。その助けを得るにはべらぼうに金がかかる。でも知りたいことがやっと知れるんだったら、それでもいいじゃないか？　娘はポッツィのことを気に入っていた。惚《ほ》れ込んでいると言ってもいいくらいに見えた。パーティーのあとでポッツィがどんな目に遭ったかを聞いたら、たぶん病院に電話してくれるだろう。一本の電話、それだけでいいのだ。ジャック・ポッツィという人間が入院していたことがあるかどうか問い合わせてもらい、結果を手紙で簡潔に知らせてもらう。もちろん手紙というのは問題かもしれない。だが一か八《ばち》かやってみるしかない。ドナからの手紙はどれも、開封されたようには見えなかった。封筒を細工したような形跡は何も残っていなかった。だとすれば、ティファニーからの手紙も同じように通るのではないだろうか？　とにかく試してみる価値はある。考えれば考えるほど有望な案に思えてきた。失うものといったって、金以外何がある？　ナッシュはキッチンテーブルに座って紅茶を飲み、トレーラーに娘が訪ねてきたらどういうことになるかを思い描いてみた。彼女に対して言う言葉をまだ何も思いつかないうちから、自分が勃起《ぼっき》していることに気がついた。

ところが、マークスを説き伏せるにはだいぶ手間どった。娘を呼びたいということをナッシュが説明すると、マークスは驚きを示し、それからすぐ、ひどくがっかりしたような表情を浮かべた。まるでナッシュに裏切られたような、二人のあいだの暗黙の了解を踏みにじられたような顔をして、おいそれと黙って従おうとはしなかった。

「意味ないじゃないか」とマークスは言った。「たかが一回あんなことやるだけに九百ドルなんて。九日分の給料だぞ。九十時間分の汗と苦労をドブに捨てるのか。まるっきり割が合わんじゃないか。娘っ子の体を一口味わうだけに、そんなに無駄にするなんて。誰が見たって割が合わん。なあナッシュ、お前は頭がいい人間だ。わしの言ってることがわからんわけじゃなかろう」

「あんたが自分の金をどう使うか、俺は口を出さない」とナッシュは言った。「俺が自分の金をどう使うかも、あんたには関係ない」

「わしはただ、人が馬鹿《ばか》な真似《まね》をするのを見てられんだけさ。それも、そんな必要なんか全然ないときに」

「あんたの必要は俺の必要じゃないぜ、カルヴィン。俺はちゃんと仕事をするかぎり、何だって好きなことを好きにやる権利がある。契約書にもそう書いてある。あんたが口を出すことじゃない」

こうしてナッシュは相手をねじ伏せた。マークスはまだぶつぶつ言っていたが、とにかく手配はしてくれた。娘は十一月十日に来ることになった。ナッシュが引出しに彼女の電話番号を見つけてから、一週間とあいだの空かない迅速さである。それ以上待たずに済んだのは幸いだった。というのも、彼女に連絡してくれるようマークスを説き伏せてからというもの、ナッシュはもうほかのことはいっさい何も考えられなくなってしまったのである。したがって、娘が現われるずっと前から、ナッシュはすでに、ポッツィの件は彼女を呼ぶ理由のひとつにすぎないことを自覚していた。あの日の勃起が（そしてその後に続いたいくつもの勃起が）それを証明していた。その後の数日、恐怖と興奮に代わるがわる襲われながら、ホルモンにつき動かされた思春期の少年のようにナッシュはここぞこそ野原を動きまわっていた。女性と接するのは真夏以来だったし――あの日バークレーで、しくしく泣いているフィオーナを両腕に抱いて以来だ――娘の訪問が近づくにつれて頭のなかがセックスをめぐる思いで一杯になっていったのも、おそらく避けがたいことだった。何といっても、それが娘の仕事でもあるのだ。彼女は金と交換で男とファックする。そして自分はすでに、その金を払おうとしている。だったら、自分の側の権利を行使して何が悪い？　それをやったからといって、彼女に助けを求められなくなるわけでもない。助けを求めるのにかかる時間はせいぜい二十分か三十分だろうし、その時間を彼女と過ごすためにまる一晩分の金を出すのだ。残りの何時間かを無駄にしても仕方ない。それは彼が買いとった時間なのであり、ある理由で彼女を求めるからといって、別の理由で求めていけないことにはならないはずだ。

十日は寒い夜で、強風が野原を吹き抜け、空一面に星が出ていて、秋というよりはもう冬だった。娘は毛皮のコートを着て現われた。寒さに頰は赤く染まり、目も潤《うる》んでいた。記憶していたより綺麗《きれい》だとナッシュは思ったが、それも顔の赤さのせいかもしれない。服装もこのあいだほど挑発的ではなく――白いタートルネックのセーター、ブルージーンズに毛糸のレッグウォーマー、相変わらずのスパイクヒール――全体として十月のけばけばしい衣裳《いしょう》よりずっとよかった。今夜の方が歳《とし》相応に見え、ナッシュにはこの方が好ましく思えた。彼女を見ても、それほどぎこちない気持ちにならずに済んだ。

トレーラーに入ってきたとき、娘が笑顔を見せてくれたこともありがたかった。いくぶん毒々しい、芝居がかった笑顔だとは思ったが、それでも温かみのようなものも十分こもっていて、ナッシュに再会したことを少なくとも嫌がってはいなさそうだった。と、ポッツィもいるものと娘が思い込んでいることにナッシュは気がついた。部屋のなかを見回しても見あたらないので、ポッツィはどこにいるのかと彼女は訊《たず》ねた。当然だろう。だがナッシュは、真実を伝える気になれなかった――少なくともまだいまは。「ジャックの奴《やつ》、別の仕事で出かけることになっちゃってね」と彼は言った。「こないだあいつが言ってたテキサスの件、覚えてるかい？　あの石油王がね、図面に関していくつか訊きたいことがあるからって、昨日の晩に自家用のジェット機をよこしてジャックをヒューストンまで連れてったんだ。不意な話だったもんで、あいつもすごく残念がってたけど、俺たちの仕事はいつもこうなのさ。依頼人の望みが第一だからね」

「ふうん、そうなの」と娘は失望を隠そうともせず言った。「あのチビちゃん、すごく好きだったのにな。また会えるのを楽しみにしてたのに」

「あいつ最高だよな」とナッシュは言った。「ジャックほどの奴はそうザラにいない」

「うん、すごいよ、あの子。ああいう男相手だったら、仕事って感じしないもん」

ナッシュは娘に向かって微笑《ほほえ》み、それから、ためらいがちに手をのばして娘の肩に手を触れた。「残念ながら今夜は、俺で我慢してもらわないと」

「ま、もっとひどい目にも遭ってきたもんね」と彼女はすぐに気を取り直して答え、悪戯《いたずら》っぽい、醒《さ》めたような表情を浮かべた。もうがっかりしていないことを強調すべく、軽いうめき声も漏らし、舌を唇に這《は》わせた。「それに、よく覚えてないんだけど」と娘は言った。「たしかこないだ、あたしたち何かやり残した用事がなかったっけ」

すぐさま服を脱ぐよう娘に言おうかとも思ったが、ナッシュは急に気恥ずかしくなって、欲情に舌を縛られてしまった。彼女を抱きよせる代わりに、しばしそこにつっ立って、次はどうしたものかと迷っていた。ポッツィから二、三ジョークを教わっていればなあ、と思った。気のきいた文句の一つや二つも口にできれば、雰囲気も和らぐのに。「音楽でもどう?」とナッシュは、真っ先に浮かんできた思いにすがって言った。娘が答える間もなく、彼はもう床に膝《ひざ》をついて、コーヒーテーブルの下に置いてあるカセットの山をかき分けていた。オペラやクラシックを一分近くがちゃがちゃ引っかきまわしたあげく、ようやくビリー・ホリデイのテープ(『ビリーズ・グレーテスト・ヒッツ』)を引っぱり出した。

ずいぶん古風な音楽ねえ、と娘は眉《まゆ》をひそめたが、踊らないか、とナッシュが誘うと、その頼みの古めかしさに心を打たれたようだった。まるで何か有史以前の儀式——糖蜜菓子《タフィー》作りの集いとか、木のバケツに入ったリンゴをくわえて取るゲームとか——に誘われたかのような表情を娘は浮かべた。だが実のところ、ナッシュは本当に踊るのが好きだったのであり、体を動かせば神経も落着くのではと思ったのだった。彼は娘の体をがっちり支え、小さな円を描いてリビングルームのなかを導いていった。二、三分もすると娘もなじんできたのか、意外なくらい優雅に彼の動きについて来るようになった。ハイヒールをはいているというのに、今夜の足どりは驚くほど軽かった。

「ティファニーって名前の子に会ったのははじめてだな」とナッシュは言った。「すごくいい名前だね。綺麗で高価な物のことを思い浮かべるよ」

「それが狙《ねら》いよ」とティファニーは言った。「ダイヤモンドが目に浮かぶ名前なのよ」

「君が美人になるって両親にもわかってたんだね」

「両親なんか関係ないわよ。あたしが自分で選んだのよ」

「あ、そう。じゃあなおさらいいじゃないか。気に入らない名前なんかいつまでも抱えてることないよね」

「耐えられない名前でさ。家を出てすぐ変えたの」

「そんなにひどかったの？」

「ドローレスなんて呼ばれたらどんな気する？　思いつくかぎり最悪の名前よ」

「へえ、そうなんだ。俺のお袋もドローレスっていったんだけどさ、やっぱり嫌ってた」

「ほんと？　あんたのママ、ドローレスって名前だったの？」

「そうだとも。生まれてから死ぬまでずっとドローレスだった」

「ドローレスが嫌だったら、どうして変えなかったわけ？」

「変えたさ。でも君みたいに本式に変えるんじゃなくて、ニックネームで通すことにしたんだ。俺も十歳くらいまでは、お袋の本名がドローレスだとは知らなくてさ」

「で、何て名前にしたの？」

「ドリー」

「うん、あたしもしばらくそれ使ってみたんだけど、あんまり変わんなくてさ。太ってればいいんだけどね。ドリーって、太った女の名前なのよ」

「そう言えば、お袋はけっこう太ってたなあ。ずっとじゃないけど、最後の何年かはずいぶん肉がついたっけ。酒の飲みすぎだよ。人によっては酒で太っちゃうんだよね。アルコールが血液のなかでどう新陳代謝するかによるのさ」

「あたしの親父《おやじ》なんか何年も魚みたいにガンガン飲んでたけど、いつもガリガリに痩《や》せてたわよ。鼻のまわりの血管を見ないとわからなかったわ」

そんなふうにしばらくやりとりが続いた。テープが終わると、二人でソファに座ってスコッチのボトルを開けた。いかにも彼らしく、自分が娘に惹《ひ》かれているような気持ちにナッシュはなっていった。ひとまず話の口火は切ったいま、彼はあらゆる質問を娘に浴びせはじめた。二人の取引きの本質を覆《おお》い隠してくれるような、彼女を本物の人間に変えてくれるような親密さを作り出そうとして。だがそういう会話自体も、結局は取引きの一部である。娘は自分のことをあれこれ話してくれたけれども、心の底でナッシュは、相手が単に仕事をしているだけだということを理解していた。客が話し好きらしいから、話しているだけなのだ。言っていることはみんな本当らしく聞こえたが、と同時に、もうさんざんくり返してきた話なんだろうという気もした。嘘《うそ》だというのではない。むしろ虚妄とでもいうべきだろう。それは、じわじわ少しずつ自分でも信じるようになったひとつの妄想なのだ。ポーカーのワールドシリーズについてポッツィが作り上げた夢と似たようなものだ。そのうちに娘は、こんな仕事は一時しのぎよ、と言い出した。「お金がたまったらね、こんな暮らしはやめてショービジネスに入るの」。彼女を哀れに思わずにいるのは不可能だった。その子供じみた陳腐さを悲しく感じずにいるのは不可能だった。だがナッシュはもう、その場の流れにとことんのめり込んでいて、そんな思いにもひるみはしなかった。

「君はきっと素晴らしい女優になるよ」と彼は言った。「一緒に踊り出した瞬間から、この人は本物だなってわかったよ。身のこなしが天使みたいだもの」

「ファックしてると体にいいのよ」と娘は真顔で、医学的事実を告げるかのように言った。「骨盤にいいの。とにかくこの二年、あたし何をやったといって、ファックはやったわよね。もういまじゃ曲芸師みたいに体が柔らかくなっちゃったわよ」

「俺さ、ニューヨークに知りあいのエージェントが何人かいるんだ」とナッシュはもはや自分を押さえることもできずに言った。「一人はけっこう大きいプロダクションやってて、話したらきっと君に会ってみたがると思うよ。シド・ジーノって奴でさ。よかったら明日電話してアポ取ろうか」

「それって、ポルノ映画とかじゃないでしょうね？」

「いやいや、全然そんなのじゃないよ。ジーノはいかがわしい仕事にはいっさい手を出さない。今日の映画界で最高の若手俳優がね、何人も奴のところに所属してるんだ」

「べつに嫌だってわけじゃないのよ。だけどいったんああいう業界に入ると、なかなか抜けられないじゃない。レッテルが貼《は》りついちゃって、まともに服を着て演じる役がつかなくなっちゃうのよね。まああたし、一応の体はしてると思うけど、抜群とかいうんじゃないもの。むしろさ、きちんと演技ができる役をやりたいのよね。昼メロとかいいわよね、コメディのオーディションなんか受けてもいいし。これでいったん乗ったら、あたしけっこう笑わせるのよ」

「いいとも。ジーノはテレビにもコネが利《き》くんだ。実際、テレビ業界からスタートしたんだ。五〇年代にね、テレビ専門のエージェントの草分けだったのさ」

もはや自分でも何を言っているのか、ほとんどわかっていなかった。ナッシュは欲望を体じゅうにみなぎらせ、その欲望から生じる結果をなかば恐れながら、自分が並べるたわごとを娘が本気にするとでも思っているかのようにべらべら喋《しゃべ》りまくった。だが、寝室に場を移すと、娘は彼を失望させはしなかった。まず唇にキスさせてくれて、そんなことができるとは思ってもいなかったナッシュはたちまち、俺はこの娘に恋をしているのだと思い込むに至った。たしかに彼女の裸体は美しいとは言いがたかった。でも、さっさと済ませようとして彼をせかすとか、退屈そうにふるまって馬鹿にするとかいうことは全然なかったから、見かけなどどうでもよかった。それに何といっても、ずいぶん久しぶりなのだ。二人でベッドに移ると、彼女は過重労働の骨盤の能力を、誇らしげに、奔放に立証してみせた。自分が彼女に与えていると思える快楽が実は本物ではないことなど、ナッシュにはまるで思いあたらなかった。しばらくすると、もう脳味噌《のうみそ》がばらばらになって、文字どおり頭はどこかへ行ってしまい、彼女に向かって恐ろしく馬鹿げた科白《せりふ》をいくつも並べ立てていた。あまりに愚かしい、あまりに場違いな言葉の羅列に、自分が言っているのでなければ気が狂っているとしか思えなかっただろう。

すなわちナッシュは、壁を作っているあいだ彼女もここにとどまって一緒に暮らしてはどうかと持ちかけたのだった。君の世話は俺がきちんとするし、この仕事が終わったら二人でニューヨークに移ろう。俺が君のマネージャーになる。ジーノのことは忘れちまえよ。俺の方がもっとうまくやれるさ、何せ俺は君の才能を信じているんだし、君にぞっこんなんだから。トレーラー暮らしはせいぜい一、二か月だ。君はただのんびり休んでいればいい。料理や家事は全部俺がやる。君にとってはバケーションみたいなもんさ、これまでの二年間を体から抜くんだよ。野原で暮らすのは悪くないぜ。静かで、素朴で、魂にいい。俺としてはあと、これを誰かと分かちあえれば言うことないのさ。もうずいぶん長いあいだ一人でいすぎたからね、もうこれ以上一人じゃやって行けそうにない。いくら何でもあんまりさ、寂しくて気が狂いそうだよ。つい先週なんかもね、もう少しで人を殺しちまうところだったんだ、罪もない小さな男の子をね。早いとこ何とかしないと、もっとひどいことになりそうなんだ。一緒に暮らしてくれたら、君のために何でもする。欲しい物は何でもあげる。君が幸福で破裂してしまうまで愛してあげる。

　幸いナッシュはこの演説を、きわめて情熱的かつ誠実に述べ立てたため、相手にしてみれば冗談で言っているとしか考えようがなかった。こんな科白を真顔で吐いて本気にしてもらおうと思う人間などいるはずがない。その告白のあまりの愚かしさが、ナッシュを底なしの赤恥から救ってくれた。娘はナッシュのことを、悪ふざけの好きな、与太話をでっち上げるのが得意な変人と思ってくれたようで、死んじまえと罵《ののし》る代わりに（本気にしていたらそう言っただろう）、彼の震える声にひそむ嘆願の響きに応《こた》えてにっこり笑い、まるでこれが今晩彼が口にした最高のジョークであるかのように話を合わせてくれた。「喜んで一緒にここで暮らすわ、ハニー」と彼女は言った。「リージスさえ何とかしてくれれば、明日の朝イチで越してきたげるわよ」

「リージス？」とナッシュは言った。

「ほら、あたしのマネージャーやってる奴よ。あたしのヒモよ」

　その返答を聞いて、自分の話がいかに馬鹿げて聞こえたにちがいないかをナッシュは思い知った。だがその意地悪な一言が、彼に次なるチャンスを、目前に迫った屈辱から逃れる道を与えてくれた。本心をさらけ出したりはせず（娘にそう言われてナッシュは傷つき、自分がほとほと情けなく、みじめな気持ちだった）、裸のままベッドから飛び上がって、あふれんばかりの元気を装《よそお》って両手をぱんと叩いた。「結構！　なら今夜そいつを殺してやる、そしたらもう君は永遠に僕のものだ」

　これを聞いて彼女は笑い出した。ナッシュがこんな寝言を並べるのを聞くことをどこか本気で楽しんでいるような笑い方だった。その笑いの意味を意識したとたん、胸のうちに不思議な、苦々しい思いがどっと湧《わ》き上がってくるのをナッシュは感じた。その苦々しさを口の外に出すまいとして、自分も一緒に笑い出し、おのれの卑屈さの生む喜劇を一緒になって面白がろうとした。と、いきなり、彼はポッツィのことを思い出した。それは電気ショックのようにやって来て、ナッシュはその衝撃にほとんど床に投げ飛ばされそうになった。いままで二時間、ポッツィのことなどすっかり忘れていたのだ。その薄情な身勝手さに、心の底から自分を恥じた。ぞっとするほど唐突に、ナッシュは笑うのをやめて、それから、服を着はじめた。まるで頭のなかでベルが鳴るのを聞いたみたいに、ズボンをぐいぐい引っぱり上げていた。

「ひとつだけ問題があるわね」と娘は、静まってきた笑いの合い間に、まだお芝居を続けてくれようとして言った。「ジャックが帰ってきたらどうするわけ？　ちょっと混みすぎじゃないかしら？　それにあの子かわいいから、あたしひょっとして、あの子と寝たくなっちゃう夜もあるかも。そしたらあんたどうする？　やっぱり焼餅《やきもち》とか焼く？」

「もうお芝居は終わりだ」とナッシュはいっぺんに厳《いか》めしい、冷たい声になって言った。

「ジャックは戻ってこない。一か月近く前にいなくなったんだ」

「何のこと？　テキサスに行ったって言ったじゃない」

「あれは作り話さ。テキサスに仕事なんかないし、石油王なんかいない。どこにも何にもありゃしないんだ。君がここへパーティーに来た次の日、ジャックは逃げようとした。翌朝になったら、このトレーラーの外に倒れていた。頭蓋骨《ずがいこつ》が叩《たた》かれて凹《へこ》んでいて、意識もなかった。自分の流した血の海にまみれて転がっていたんだ。たぶんもう死んでしまったと思うんだが、はっきりしたことはわからない。それで君に調べてほしいのさ」

それからナッシュは、何もかも彼女に打ち明けた。ポッツィ、ポーカー、壁、一つひとつすべてを話した。だが、その夜すでにあまりにたくさん嘘をついていたせいで、一言でも信じてもらうのは困難だった。彼女はただ、狂人を見るような目つきでナッシュを見ていた。口から泡を飛ばして、空飛ぶ円盤に乗った小さな紫色の男たちの話をしている精神異常者を見るような目だった。だがナッシュは執拗《しつよう》に話しつづけた。まもなく、そのあまりに激しい口調に、娘は怯《おび》えはじめた。もしも裸でベッドに腰かけているのでなかったら、きっとすきを見て逃げ出しただろうが、その姿では逃げようもなかった。やがてナッシュは、彼女の猜疑心《さいぎしん》を少しずつ突き崩していった。ポッツィが痛めつけられた姿を、細部までおぞましく、入念に語ってみせたため、その恐ろしさがようやく彼女にも伝わっていった。伝わったころには、彼女はベッドの上でしくしく泣いていた。

両手に顔を埋《うず》めて、痩せた背中をぶるぶると抑えようもなく震わせていた。

いいわ、と彼女は言った。病院に電話するわ。約束する。可哀想《かわいそう》なジャック。もちろん病院に電話するわ。何てことなの可哀想なジャック。何てことなの可哀想なジャック何てことかしら。病院に電話して問い合わせて、あんたに手紙を書くわ。何て奴らなの。もちろんやるわ。可哀想なジャック。何て奴らなのほんとに。ああジャック気の毒に何て気の毒なのほんとに可哀想。ええ、やるわ。約束する。帰ったらすぐ電話のところに飛んでくわ。うん、任しといて。あああああああああ。約束する。約束するきっとやるわ。

9

寂しくて気が狂いそう。娘のことを考えるたびに、まず真っ先にその言葉が頭に浮かんできた。寂しくて気が狂いそう。そのうちに、心のなかであまり何度もくり返したものだから、意味もだんだん失われていった。

手紙が来なかったことで、娘を恨みはしなかった。彼女はちゃんと約束を守ったにちがいない。そう信じていられたから、絶望はしなかった。むしろ逆に元気になってきたくらいだった。どうしてそんなふうに気持ちが変わったのか、自分でも説明がつかなかったが、なぜか心のなかに楽天がだんだん募ってきたのである。野原に住みはじめて以来、いまほど楽天的になったことはなかった。

娘の手紙をどうしたのか、とマークスに訊《き》いても無駄だ。どうせ嘘《うそ》を聞かされるだけだろうし、何も得るものがないのにこっちの疑念をさらしてしまうのはまずい。いずれは真実がわかる。いまやナッシュはそう確信していた。その確信が彼の心を慰め、一日また一日と進んでいく力を与えてくれた。「物事が起きるには時間がかかるんだ」ナッシュはそう自分に言い聞かせた。事実を知る前に、まず忍耐を知らねばならない。

一方、壁の仕事は順調に進んでいた。三段目が完成すると、マークスが約束どおり木の足場を築いた。石を据えようとするたびに、ナッシュはこの小さな建築物の昇降段をのぼらねばならない。このためペースはやや落ちたが、それも地面から離れて仕事ができることの楽しさに較《くら》べれば何ほどのこともなかった。四段目に取りかかるとともに、彼にとって壁の意味が変わってきた。いまやそれは人間の背より高い。彼のような長身の人間よりも高い。もはや壁の向こうを見通せないということ、向こう側の眺めを壁に遮られているということ、その事実が彼を、何か重要なことが起こりかけているような気持ちにさせた。石たちはにわかに、ひとつの壁にまとまりつつある。この壁のせいであんなに苦しんできたのに、ナッシュはそれを見事だと思わずにはいられなかった。立ちどまって眺めるたびに、自分がなしとげたことに畏怖《いふ》の念を感じた。

何週間か、本は一冊も読まなかった。やがて、十一月末のある晩、フォークナーの本（『響きと怒り』）を手にとって、でたらめにページを開くと、センテンスのただなかの次の言葉に行きあたった。「……やがていつの日か何もかもにほとほとうんざりして彼はたった一枚のカードの偶然の出方にすべてを賭《か》ける……」

雀《すずめ》、カージナル、チカディー、アオカケス。林に残っている鳥はもうそれくらいだった。それとカラス。カラスが一番いい、とナッシュは思った。時おりカラスたちは野原の上空から急降下してきて、あの奇妙な、締めつけられたような叫び声を発する。そんなときナッシュは仕事の手を休め、カラスたちが頭上を通りすぎていくのを眺めた。彼らがいきなりやって来てはまた去っていくその唐突さが、理由など何ひとつなさそうに現われては消えていくその忽然《こつぜん》とした様子が、ナッシュは気に入っていた。

朝早くトレーラーのかたわらに立っていると、落葉した木々の向こうにフラワーとストーンの屋敷の輪郭が見通せた。だが朝によっては霧が深くて、そこまで見えないこともあった。そんなときは壁さえ消えることもあり、野原を長いこと見渡して、やっと灰色の石とそのまわりの灰色の空との区別がつくのだった。

自分のことを、大きな仕事をやってのけるべく生まれついた人間だと思ったことは一度もなかった。いままでずっと、自分はどこにでもいるごく当たり前の人間なのだと思ってきた。それがいま、少しずつ、ひょっとしたら違うのかもしれないという気持ちが湧いてきた。

フラワーの収集品のことを一番頻繁に考えたのはこの時期だった。数々のハンカチ、眼鏡、指輪、その他滑稽《こっけい》な品々の山。およそ二時間に一度の割合で、それらのひとつが頭に浮かんでくる。また二時間ばかりすると、今度は別の何かが。だがべつに不安にはならなかった。ただ驚いただけだった。

毎晩寝床に入る前に、その日に壁に加えた石の数を書きとめた。数自体はどうでもよかったが、並んだ数が十を越えたあたりから、単純なその蓄積自体に喜びを感じるようになった。かつて朝刊で野球のスコアを読んだのと同じように、じっくりとその結果を眺めた。はじめのうちは、純粋に統計上の楽しみだろうと思っていたが、実はこれが何か内なる欲求を満たしてくれていることもじきに見えてきた。みずからの足跡をたどり、おのれの居場所を見失わずにいたいという切実な願いが充足されているのだ。十二月のはじめになると、ナッシュはそれをひとつの日記と考えるようになっていった。数たちによって彼のもっとも内なる思考が表わされている、一種の航海日誌として。

夜にトレーラーで『フィガロの結婚』を聴く。時おり、とりわけ美しいアリアのところなどで、ジュリエットが自分に向かって歌ってくれているのだ、聞こえているのはジュリエットの声なのだと想像してみた。

寒さは思っていたほど苦にならなかった。どんなに厳しく冷え込んだ日でも、一時間も仕事をすれば上着を脱いだし、午後のなかばごろにはシャツ姿になっていることも多かった。マークスは分厚いコートを着て風に震えながら立っていたが、ナッシュは何も感じなかった。まるでピンと来なかった。自分は体に火がついたんじゃないかという気がするくらいなのだから。

ある日マークスが、石を運ぶのにジープを使ったらどうかと言い出した。そうすれば積める量も増えて、壁もその分早く建つ、と。だがナッシュは断った。エンジンの音で気が散るから、と彼は言った。それにもうこのやり方に慣れてしまったし。荷車のゆっくりさ加減が気に入ってるし、広い野原を歩く感じとか、車輪ががたごと妙な音を立てるところなんかが好きなんだよ。「うまく行ってるのに、わざわざ変えることはなかろう?」とナッシュは言った。

十一月の三週目のどこかで、やりようによっては、十二月十三日の誕生日に貸し借りをゼロにするのも可能であることにナッシュは気がついた。そのためには生活を若干変える必要があるが(たとえば食費を少し削り、新聞と煙草《たばこ》をやめる)、そのアイデアの形の綺麗《きれい》さに惹《ひ》かれて、ひとつ頑張ってみようと決めた。うまく行けば、三十四歳になった日に自由を取り戻すことができる。本質的な意味はない目標だが、いったんそう決心が固まると、考えを整理するのも楽になったし、すべきことに気持ちを集中しやすくなった。

収支はマークスを相手に毎朝検算している。収入と支出を合計してそれぞれ不一致がないことを確かめ、雇用側・被雇用側双方の数字が合うまで何度もチェックするのだ。だから十二日の夜には、翌日の三時になれば借金の返済が終わることが確実にわかっていた。でもそこでやめるつもりはなかった。追加条項を利用して旅費を少し稼ぎたいとマークスにはすでに伝えてある。金がいくら必要かは具体的に見えているから(タクシー、ミネソタまでの飛行機、ジュリエットと姪《めい》や甥《おい》たちへのクリスマスプレゼント)、あと一週間続けるのはまあ仕方ないと割り切っていた。とすれば二十日まで。それが過ぎたら真っ先に、タクシーを呼んでドイルズタウンの病院へ直行する。そして、ポッツィが入院していなかったことが判明したら、もう一度タクシーを呼んで警察に行く。捜査の手伝いでしばらくは足止めを食うだろうが、それもせいぜい数日だ。ひょっとすると一日か二日で済むかもしれない。うまく行けば、クリスマスイブまでにミネソタへ戻ることも夢ではない。

誕生日だということは、マークスには黙っていた。その日は朝からなぜか元気が出ず、時間がだんだん経《た》って三時が近づいてきても、心には相変わらず、ひどく悲しい気分がまとわりついていた。それまでは、その瞬間が来たらきっと祝いたくなるものとナッシュは思っていた。心のなかで想像の葉巻に火をつけるとか、あるいは単にマークスと握手するとか。だがポッツィの記憶があまりに重くのしかかり、祝う気分にはとてもなれなかった。またひとつ石を持ち上げるたびに、もう一度ポッツィを両腕に抱えている気がした。ポッツィの体を地面から持ち上げて、その哀れな、叩《たた》きのめされた顔を覗《のぞ》き込んでいる気がした。二時になり、あと何分という段階に入って、ふと気がつくと、いつしかあの十月の日に思いをはせていた。ポッツィと二人でこれと同じ地点にじわじわ近づき、とてつもない幸福感に包まれて無我夢中で仕事したときのことを。ナッシュは悟った。ポッツィのことを、自分はたまらなく恋しがっている。たまらなく恋しくて、ポッツィのことを考えるだけで胸が痛んだ。

最良の対処法は何もしないことだと決めた。ただそのまま仕事を続け、知らんぷりをしているのだ。ところが、三時になると、奇妙な、耳をつんざくような音に、ナッシュはぎょっとした。歓声？　悲鳴？　助けを求める叫び？　いったい何の騒ぎかと顔を上げると、マークスが野原の向こうから帽子を振っていた。やったぞ、ナッシュ！　そうマークスが言うのが聞こえた。これで自由の身だぞ！　ナッシュはつかのま手を休め、一度だけ軽く手を振り返して、すぐまた身を屈《かが》めて仕事を再開し、目下セメントを混ぜている一輪車に気持ちを集中させた。ほんの一瞬、泣き出したい衝動と戦ったが、それも二秒とは続かず、祝いの言葉を述べにマークスが歩いてきたころには、すっかり落着きを取り戻していた。

「今晩一杯やりに行くってのはどうかな、わしとフロイドと一緒に」とマークスは言った。

「何でだ？」とナッシュは仕事からろくに顔も上げずに答えた。

「いや、べつに。あんたもちょっと外に出て、世間がどんな感じか久しぶりに見てみるのもいいんじゃないかと思ってな。ずいぶん長いこと、ここにとじこもってたんだから。ちょっとお祝いするのも悪くないんじゃないか」

「祝いごとには反対じゃなかったのか」

「どう祝うかによるさ。べつに豪勢に騒ごうっていうんじゃない。町にオリーズって飲み屋があってな、そこで二、三杯やるだけだよ。労働者の一夜の息抜きさ」

「あんた、俺が文なしだってことを忘れてるぜ」

「構わん。わしがおごる」

「気持ちはありがたいけど、遠慮しておくよ。今夜は手紙を二、三書くつもりだったんだ」

「明日書いてもよかろうに」

「たしかに。でももしかして、明日には俺は死んでるかもしれない。人間、何があるかわからんぜ」

「だったらなおさら、心配してもはじまらんだろう」

「またにしておくよ。誘ってくれてありがとう、今日はそういう気分じゃないんだ」

「わしはただ仲よくやろうとしてるだけだよ、ナッシュ」

「それはわかってるし、それについては感謝してる。でも俺のことは心配要らないよ。一人で何とかなるから」

ところが、その晩トレーラーで一人で夕食を作りながら、自分の頑固さをナッシュは悔やんだ。正しいことをしたのは間違いない。だが実のところ、野原から出る機会を彼は喉《のど》から手が出るほど欲していたのである。マークスの誘いを拒んだことで、倫理的な方正ぶりは示せたわけだが、いまとなってはそれも、何ともけち臭い勝利に思えた。何と言ってもあの男とは毎日十時間ずつ一緒にいるのだ。それに、いっぺん一緒に酒を飲んだからといって、それで警察に突き出すことができなくなるわけではない。が、結局はナッシュの望みどおりに事は運んだ。夕食を終えてすぐに、ナッシュの気が変わっていないかと、マークスと義理の息子がトレーラーまで来てくれたのだ。これから出かけるところなんだが、やっぱりあんただけ置いてくのも気が引けてさ、と彼らは言った。

「今日晴れて自由の身になったのは、あんた一人じゃないんだぜ」とマークスは言って、大きな白いハンカチで鼻をかんだ。「わしだってあんたと同じにずっとあの原っぱにいて、週に七日、尻《しり》を凍らせてたんだ。こんなにひどい仕事ははじめてさ。なあナッシュ、べつにあんた個人に恨みはないがな、こっちだって楽じゃないんだぜ。本当さ、楽なもんか。そろそろおたがい、和解してもいいころじゃないかな」

「そうそう」とフロイドが、励ますような笑顔をナッシュに向けながら言った。「過ぎたことは水に流してさ」

「あんたらも粘り強いんだな」とナッシュは、なおも気が進まぬ口調を装《よそお》うと努めて言った。

「べつに力ずくで連れてこうってわけじゃない」とマークスが言った。「ちょっとばかしクリスマス気分に浸ろうってだけでさ」

「サンタの助手みたいなもんだよ」とフロイドが言った。「行く先々に明るい気分をふりまいて」

「わかったよ」とナッシュは、期待を浮かべた二人の顔をしげしげと見ながら言った。「よかろう、行こうじゃないか。あんたたちと一緒に飲みに行く」

　町へ出る前に、まずは屋敷に行ってマークスの車を出してくる必要がある。マークスの車ということは、むろんナッシュの車ということである。飲みに行く行かないのどさくさにまぎれて、ナッシュはそのことをすっかり忘れていた。ジープの後部席に座って、暗い凍《い》てつく林をジープががたがたと進んでいくに任せ、第一のささやかなドライブが終わるまで、彼は自分のあやまちに気がつかなかった。赤いサーブが玄関前に駐車してあるのを目にして、自分が何を見ているのかを理解した瞬間、哀《かな》しみに体の感覚がすうっと抜けていった。もう一度この車に乗るのだと思うとぞっとしたが、いまさらあとには引けない。二人ともすっかり行く気になっているし、ただでさえ今夜はもう十分ゴネたのだから。

　ナッシュは一言《ひとこと》も喋《しゃべ》らなかった。後部席に乗り込んで目を閉じ、心を空っぽにしようと努めながら、車が道路を進んでいくなか、聞き慣れたエンジンの音に耳を澄ませていた。前でマークスとフロイドが話しているのが聞こえたが、話の中身には注意を払わなかった。しばらくすると、二人の声がエンジンの音と混ざりあっていき、低い、連続的なうなりとなって彼の耳のなかで鳴った。それが心和む音楽となって、彼の肌にそってその歌声を染《し》みわたらせていき、体の奥底まで入り込んできた。車が止まるまで、ナッシュはずっと目を閉じたままでいた。車から下りると、そこは小さなさびれた町の外れの駐車場で、交通標識が風に吹かれてかたかた鳴る音が聞こえてきた。通りの先の方でクリスマスの飾りつけが点滅し、その脈打つ反射光に、冷たい空気が赤く染まっていた。ずきずきと疼《うず》くきらめきがショーウィンドウに当たってはね返り、凍りついた歩道の上でほのかに光った。ここはどこなのか、見当もつかない。まだペンシルベニアかもしれないし、もう川を越えてニュージャージーに入っているかもしれない。一瞬、どっちの州なのかマークスに訊《き》いてみようかと思ったが、どうでもいいことだと思い直した。

オリーズは薄暗くて騒々しい店で、ナッシュは一目でそこを嫌悪《けんお》した。隅に置いたジュークボックスからはカントリー・アンド・ウエスタンがガンガン鳴り響き、店内はビールを飲みにきた連中でごった返していた。客の大半はフランネルのシャツを着た男たちで、派手な野球帽をかぶり、凝った大きなバックルのついたベルトをしている。農場主か、機械工か、トラックの運転手だろう。そのなかにちらほら混じった女たちは、どうやらみんな常連らしい、肥満体で、顔も青ぶくれしたアル中女ばかりで、カウンターのスツールに座って、男たちに負けない大声で笑っている。こういう店はもういままで百回くらい見てきた。三十秒と経たぬうちに、今夜はこんな場に耐えられそうにないとナッシュは思った。俺はあまりに長いこと人込みから離れてしまっていたのだ、そう思った。誰もがいっぺんに喋っている気がした。大声と、けたたましい音楽との喧騒《けんそう》に、早くも頭が痛くなってきた。

奥の隅のテーブルに座って、三人で何杯か飲んだ。バーボンをまず二杯飲んだあたりで、ナッシュもいくぶん生き返った気分になってきた。喋っているのはもっぱらフロイドで、それもほとんど全部ナッシュに向かって話している。しばらくすると、マークスがほとんど会話に加わっていないことに嫌でも気づかざるをえなかった。いつもより元気がなさそうだし、何度も顔をそむけてハンカチを口に当ててひどい咳《せき》をし、たちの悪そうな痰《たん》のかたまりを吐き出している。咳で体力もずいぶん奪われるのか、終わるたびにじっと黙っているし、肺を鎮《しず》めようと力を使ったせいで顔は青白く、苦しげな表情が残っていた。

「爺《じい》ちゃん、最近ちょっと調子が悪くてさ」とフロイドはナッシュに言った（彼はマークスのことをいつも爺ちゃんと呼んだ）。「二週間くらい休みなよって言ってるんだけどさ」

「何でもないさ」とマークスが言った。「軽いただの瘧《おこり》だよ」

「瘧？」とナッシュが言った。「あんたいったいどこで言葉を覚えたんだ、カルヴィン？」

「わしの言葉のどこがおかしい？」とマークスは言った。

「そんな言い方、もう誰もしないぜ」とナッシュは言った。「百年くらい前に使われなくなったと思うね」

「わしは母親から教わったがな」とマークスは言った。「その母親だって、亡《な》くなってまだ六年にしかならん。いま生きてりゃ八十八歳だ。ということはつまり、あんたが思ってるほど古い言葉じゃないってことだ」

マークスが自分の母親について語るなんて、不思議な感じがした。彼がかつて子供だったことを想像するのは困難だったし、それ以上に、二十年か二十五年前にはこの男もナッシュの年齢で、行く手に長い人生を控えた若者、いまだ未来ある人間だったことも想像しづらかった。一緒に働くようになって以来はじめて、自分がマークスについてほとんど何ひとつ知らないことをナッシュは実感した。どこで生まれたかも知らない。どうやって妻と出会ったかも、子供が何人いるかも知らない。フラワーとストーンの下でどのくらい働いているのかさえ知らないのだ。ナッシュにとってマークスは、ひたすら現在においてのみ存在する人物だった。その現在の彼方《かなた》では、この男は無である。影や思いと変わらない、実体なき存在なのだ。だが結局のところ、それがまさにナッシュの望みでもあった。たとえこの瞬間、マークスがこっちに向き直って、わしの生涯の物語をお聞かせしようと言ったとしても、ナッシュは耳を傾けることを拒んだだろう。

フロイドは目下、新しい仕事の話をしている最中だった。彼がその職にありつくにあたっては、どうやらナッシュも何か一役買っているらしく、やたらと詳しくてまとまりのない物語をえんえん聞かされる破目になった。どうやら、先月あの娘がアトランティック・シティから来たときに、フロイドはふとしたきっかけでリムジンの運転手と話をしたらしい。そして、リムジン会社が新しい運転手を何人か募集していると聞いて、さっそく次の日に応募しにいったのである。いまはまだパートタイムで週に二、三日なんだが、年が明けたらもっと増えると思うんだ、とフロイドは言った。とりあえず何か言おうと、制服は気に入っているかとナッシュは訊いてみた。まあ悪くないねとフロイドは答えた。何か特別なものを着るってのはいいもんだ。自分が偉くなったような気がするよ。

「一番いいのは、運転できることだよ」とフロイドは続けた。「どんな車だって構わない。とにかくハンドルを握って道路を走っていられれば、おいらはご機嫌なのさ。これ以上いい仕事は思いつかないね。大好きなことやって金もらってるんだからな、何だか話がうますぎるって感じだよ」

「ああ、運転っていうのはいいもんだ。それについては同感だね」とナッシュは言った。

「そうだよな、あんたならわかるよな」とフロイドは言った。「だってあの、爺ちゃんの車。すごいよなあ、あれ。そう思わないか、爺ちゃん？」とフロイドはマークスの方を向いて言った。「いい車だよな、な？」

「よくできておる」とマークスは言った。「実に運転しやすい。カーブや坂もすいすい行ける」

「あの車、乗り回してて楽しかったろうな」とフロイドはナッシュに向かって言った。

「ああ」とナッシュは言った。「いままで持ってたなかで最高の車だ」

「でもさ、ひとつだけわからないんだけどさ」とフロイドは言った。「どうやってあんな、べらぼうな距離を走れたんだい？　だってまだけっこう新しい型なのに、走行計はもう十三万キロ近いじゃないか。一年でそんなに走るなんて、ちょっとないだろ」

「まあそうだろうな」とナッシュは言った。

「旅回りのセールスマンでもやってたのかい？」

「ああ、うん、そうなんだ、旅回りのセールスマンをやってたのさ。ずいぶんと広い地域を任されてね、年じゅう移動してたんだよ。トランクに見本を詰め込んで、持ち物はスーツケース一個、毎晩別の町に泊まる、そんな暮らしさ。あんまり動いてばかりいるもんだから、時には自分の家がどこかも忘れちまうくらいでさ」

「いいなあ」とフロイドは言った。「いい仕事だと思うね」

「悪くはない。一人暮らしが好きじゃないとやってけないが、それさえ何とかなりゃ、あとは楽なもんさ」

ナッシュはだんだんフロイドに苛立《いらだ》ってきた。この男は阿呆《あほう》だ、正真正銘の馬鹿《ばか》だ、そう思った。話を聞けば聞くほど、男の息子のことを思い浮かべた。父親も息子も他人に気に入られたくて仕方なくて、いつもびくびく相手の顔色をうかがっているし、目にはどちらもうつろな表情が浮かんでいる。はたから見るかぎり、この男が他人《ひと》を傷つけるなんて考えられない。でもあの夜ジャックを傷つけたのはこいつなのだ。確信はあった。そんなことができてしまうのも、まさにこの内なる空っぽさゆえ、この巨大な欠落の深淵《しんえん》ゆえなのだ。人間が残酷にできているとか、暴力的だとかいうのではない。だがこいつは大男で、力も強く、人に言われたことは何でもするし、その上この世の誰よりも深く爺ちゃんを愛している。顔を見れば一目瞭然《いちもくりょうぜん》だ。マークスの方に目を向けるたびに、まるで神を見ているような表情になるのだ。爺ちゃんにやれと言われて、何も考えずにやったのだ。

三杯か四杯飲んだあたりで、フロイドがナッシュをビリヤードに誘った。奥の部屋に台があるんだ、きっとひとつくらいは空いてるさ、とフロイドは言った。ナッシュはもういくぶんぼうっとしてきていたが、席を立って会話を打ち切るいい機会だと思って同意した。もう十一時近くで、店内はだいぶ空《す》いてきて、少しは静かになっていた。爺ちゃんもやるかい、とフロイドが声をかけたが、わしはここで酒を飲み終えるよとマークスは答えた。

奥の部屋はだだっ広く、薄暗い照明がともり、中央にビリヤード台が四つあって、両側の壁ぎわにはピンボールマシンやテレビゲームが並んでいた。まず入口近くのラックでキューを選んだ。空いている台のひとつに歩いていきながら、軽く遊び程度に賭《か》けた方が面白いんじゃないかな、とフロイドが言ってきた。ビリヤードが得意だったためしはなかったが、ナッシュは即座に、いいとも、と答えた。自分がフロイドをとことんやっつけてやりたいと思っていることをナッシュは自覚した。そのためには、金を賭けた方が気持ちも集中できる。

「いま現金は持ってない」とナッシュは言った。「でも来週には金が入る」

「知ってるよ」とフロイドは言った。「じゃなきゃ賭けようなんて言わんさ」

「どのくらい賭けるんだ?」

「さあなあ。そっちはどうだい」

「一ゲーム十ドルでどうだ?」

「十ドル? いいよ、ちょうどいい」

酒場によくある、一ゲーム二十五セントのでこぼこの台で、二人はエイトボールをやった。その部屋にいるあいだじゅう、ナッシュはほとんど何も喋らなかった。フロイドも決して下手ではなかったが、酔ってはいてもナッシュの方が腕前は上だった。いつしか彼は、全身全霊を傾けてプレーしていた。いままでやったどのプレーをもしのぐ技術と正確さで、次々にショットを決めていった。心底幸福な、何ものからも解き放たれた気分をナッシュは味わっていた。かちんと鳴っては転がっていくボールのリズムにいったん身がなじんでからは、キューがまるでひとりでに動くかのように、指のあいだを滑っていった。最初の四ゲームを立てつづけに勝ち、勝つたびに差も広がっていった（一ボール差、二ボール差、四ボール差、六ボール差）。五ゲーム目などはフロイドに番が回りもしないうちに勝負を決めてしまった——ブレークでストライプボールを二つ沈め、そのままテーブルを一掃し、最後はコーナーポケットでスリーウェイのコンビネーション・ショットを決めてエイトボールを華々しく沈めた。

「もう降参だ」とフロイドは五ゲームが終わったところで言った。「あんた、うまいかなとは思ってたけど、これほどとはなあ」

「ツイてただけさ」とナッシュは、顔がほころびるのを抑えようと努めながら言った。

「いつもはもっと下手なんだ。今夜はいい方いい方に玉が行った」

「ツキだろうと何だろうと、とにかくあんたに五十ドル払わんと」

「金はいいよ、フロイド。俺にはどっちでもいいことだからさ」

「どういう意味だ、金はいいって？　あんたは五十ドル勝ったんだよ。あんたの金なんだよ」

「いやいや、いいからとっとけよ。お前から金は取りたくない」

フロイドは何度もナッシュの手に五十ドルを押し込もうとしたが、ナッシュも同様にしぶとくはねつけた。しばらくすると、どうやら相手が本気だということがフロイドにもようやく見えてきたようだった。単なる演技ではないのだ。

「坊やに何か買ってやれよ」とナッシュは言った。「俺を喜ばせようと思ってくれるんだったら、あの子のために金を使ってくれ」

「あんた、偉いなあ」とフロイドは言った。「たいていの奴《やつ》は五十ドル手に入るチャンスをみすみす逃したりしないぜ」

「俺はたいていの奴じゃないさ」とナッシュは言った。

「ひとつ借りができたな」とフロイドは言って、ナッシュの背中をぽんと叩《たた》いて感謝の気持ちをぎこちなく表わした。「何かおいらにできることがあったら、いつでも言ってくれよな」

それは、このような状況で人がよく口にする、空虚な儀礼にすぎない言葉だった。ほかの場合だったら、ナッシュもただ聞き流していたことだろう。ところがこのときは、ひとつの思いが突然頭に浮かんで、その暖かさにすっと体じゅうがほてっていった。せっかくの機会だ、ひとつやってみよう、そう思ってナッシュはフロイドをまっすぐに見返し、言った。「うん、まあそう言ってくれるんだったら、実はひとつちょっと頼みたいことがあるんだがな。ごくごくささいなことなんだが、あんたに協力してもらえるとすごく助かるんだ」

「いいとも、ジム」とフロイドは答えた。「言ってみなよ」

「今夜の帰り道、あの車を俺に運転させてくれないか」

「あの車？　爺ちゃんの車かい？」

「そうだ、爺ちゃんの車だ。前は俺のものだった車だ」

「うーん、それはおいらに決められることじゃないなあ。爺ちゃんの車なんだから、爺ちゃんに訊いてもらわないと。もちろんおいらもあと押しするけどさ」

訊いてみると、マークスにも異存はなかった。実はわしもけっこうくたびれてきたからな、どのみち運転はフロイドに頼もうと思ってたのさ。フロイドがナッシュに任せるって言うんならわしも構わん。目的地に着きさえすりゃ同じことさ。

店を出ると、雪が降っていた。その年の初雪だった。大粒の、水っぽい雪で、地面に触ったとたん大半は溶けていった。通りの先のクリスマスの飾りつけはもう消され、風も止《や》んでいた。空気はしんと静かで、あまりの静かさに、ほとんど暖かく感じられるほどだった。ナッシュはふうっと大きく息を吸い込んで空を見上げ、しばらくそうやって立って、雪が顔に落ちるに任せていた。自分がいま幸福でいることをナッシュはしみじみと感じた。こんなに幸福なのは、ものすごく久しぶりだった。

駐車場に着いて、マークスから車のキーを受けとった。前のドアの鍵《かぎ》を回したが、ドアを開けてなかに乗り込もうとしたところで、手を引っ込めて笑い出した。「よう、カルヴィン」とナッシュは言った。「ここはいったいどこだ？」

「どういう意味だ、ここはどこだって？」とマークスは言った。

「何て町だい？」

「ビリングズ」

「ビリングズ？　それってモンタナかと思ってたがな」

「ニュージャージーのビリングズさ」

「じゃあもうペンシルベニアじゃないのか？」

「ああ、だから戻るには橋を渡るんだ。覚えとらんのか？」

「何も覚えてないね」

「16号線を行けばいいんだよ。そのままおしまいまで行ける」

　自分にとってまさかここまで大事なことだとは思っていなかったが、いよいよ運転席に座ってハンドルを握ると、手が震えていることにナッシュは気がついた。エンジンをスタートさせて、ヘッドライトとワイパーのスイッチを入れ、それから、ゆっくりとバックして駐車スペースから出た。そんなに久しぶりってわけでもないのに、とナッシュは思った。たかが三か月半だ。なのにかつての快感が戻ってくるにはしばらく時間がかかった。助手席のマークスが咳込んでいるのが気になったし、フロイドも後部席でビリヤードに負けた話をえんえんとやっている。ラジオをつけてやっと、彼らも一緒だということを、アメリカを行ったり来たりしていたあの十数か月のように一人ではないことを忘れることができた。あんな暮らしは二度とやりたくない、そう思ったが、それでもひとたび町を出て、空っぽの道路をぐんぐん加速できるようになると、つかのまあのころに戻ったふりをせずにはいられなかった。彼の人生の本当の物語がはじまる前の日々に戻ったのだと、しばし想像してみずにはいられなかった。これがその最初で最後のチャンスなのだから、与えられた時間をとことん味わいつくそうと思った。かつての自分の記憶を、押せるぎりぎりまで押し進めるのだ。雪が舞って、フロントガラスに貼《は》りついた。心のなかでカラスたちが野原の上空を急降下するのが見えた。飛び去っていく姿をナッシュに見守られながら、カラスたちはあの奇妙な叫び声でたがいに呼びあっている。雪に埋もれた野原はきっと美しいだろう。このまま夜通し降りつづいてほしいと思った。そうすれば明日の朝、雪景色の野原が見られる。白い草原の広大さをナッシュは想《おも》った。雪はなおも降りつづけ、やがては石の山までも覆《おお》いつくしてしまう。白さの雪崩《なだれ》の下にすべてが消えていく。

ラジオはクラシックの局に合わせた。聞き慣れた音楽が流れていた。もういままで何度も耳にしている曲だ。十八世紀の弦楽四重奏曲のアンダンテで、一節一節全部諳《そら》んじているのに、作曲家の名前がどうしても決められなかった。モーツァルトかハイドン、というところまではすぐに絞れたものの、そこから先へはどうにも進めなかった。モーツァルトかな、という気になったのもつかのま、すぐ次の瞬間には、いやいやこれはハイドンだろうと思ってしまう。ひょっとしてモーツァルトがハイドンに捧《ささ》げた四重奏曲のどれかだろうか。あるいはその逆かもしれない。そのうちに、二人の作曲家の音楽が触れあっているような気がして、それからあとはもう、二人を区別するのは不可能だった。とはいえ、ハイドンは天寿を全うし、数々の作曲依頼、宮廷音楽家の地位、その他当時の世界で望みうるあらゆる栄誉と恩恵を受けた。一方モーツァルトは極貧のうちに若死にし、死体は共同の墓穴に投げ込まれた。

車のスピードはすでに九十五キロまで上がっていた。狭い、曲がりくねった田舎道を疾走しながら、ナッシュはすべてを完璧《かんぺき》にコントロールしている気分だった。音楽のせいでマークスとフロイドははるか後方に追いやられ、もはやナッシュの耳には、四つの弦楽器がそれぞれの音を暗い閉ざされた空間に放つ響き以外は何も聞こえなかった。やがてスピードが一一〇キロに達した直後、マークスがまたも咳《せき》の発作に襲われながらわめいているのが聞こえた。「おい、何やってるんだ」とマークスは言っていた。「スピード出しすぎだぞ!」。それに応《こた》えて、ナッシュはアクセルをぐいと踏んで一二五キロまで上げ、軽やかに、着実にハンドルをさばいてカーブを切っていった。マークスなんかに、運転について何がわかる? そうナッシュは思った。マークスなんかに、そもそも何がわかる？

　一三五キロに達したちょうどその瞬間、マークスが身を乗り出してラジオのスイッチをぱちんと切った。突然の静寂にナッシュははっと驚き、反射的にマークスの方を向いて、余計な手出しはするなとどなった。次の瞬間、道路に目を戻すともうそのときには、そのヘッドライトがこっちへ向かってぐんぐん迫ってくるのが見えていた。どこからともなく、突然現われたように思える一つ目星が、ナッシュの両目めざしてまっしぐらに突進してくる。突然のパニックに包まれて、ナッシュの頭に浮かんだ唯一《ゆいいつ》の思いは、これが自分がこの世で抱く最後の思いだろうということだった。止まる時間はなかった。起ころうとしていることを阻止する時間はもうなかった。だから、急ブレーキを踏む代わりに、アクセルをぐっと踏んだ。遠くの方でマークスとその義理の息子が絶叫しているのが聞こえたが、その声はくぐもっていて、彼の頭のなかの血のどよめきにかき消されてしまっていた。それから光が目の前に来て、ナッシュはもうそれ以上見ることができずに目を閉じた。

あとがき

柴田元幸

一九七〇年代、ポール・オースターは主として詩を書いていた。詩集『消失』に収められたそれらの詩を読んでみると、まず目につくのは、石が頻出することである。「幹に潤《うるお》わせるものなく　石が費やすものなく。」「われわれのうちなる飢餓と分かたれたひとつの／石のために」「地の時　石は／塵《ちり》のくぼみで時を／刻む」「われらを囲む／おし黙った石の拡《ひろ》がり」「めくるめく／石また石／死の瞬間までも——」「その中の石をひとつひとつ勘定するごとに／彼はおのれを排除する」「わたしの生を／この石の数に入れるな——わたしがここにいたことなど／忘れてしまえ」（飯野友幸訳）……いくらでも列挙できる。それらの詩を読んだあと頭に浮かぶのは、一人の男が砂漠のように乾いた石ころだらけの道を歩く姿だ。それが詩人オースターの原風景である。

そして、一九九八年、オースターが脚本・監督を担当した映画『ルル・オン・ザ・ブリッジ』でも石は重要な役割を果たす。だが同じ石とはいえ、何と違っていることか。暗闇《くらやみ》のなかに置かれると、妖《あや》しい青い光を発するその石は、塵に包まれた七〇年代の石とはまったく対照的に、生命感とエネルギーにあふれ、それを手にした者にこの上ない快感をもたらす。こうした石の変容ぶりに、オースター自身の変容が凝縮された形で表われている気もする。

たしかに、話をあまり単純化してはなるまい。『最後の物たちの国で』（一九八七）のアンナ・ブルームが歩く瓦礫《がれき》だらけの道、『ムーン・パレス』（一九八九）のマーコ・フォッグが歩くアメリカの荒野など、八〇年代に発表された小説でも、石ころだらけの道はいまだ形を変えて残っていたのだし、逆に、七四年に発表した「カフカのためのページ」の結びにもすでに次のような一節が見られるからだ。「なぜなら自分が触れるどんな小さな石のなかにも、彼は約束の地の一かけらを認めるからだ。約束の地でさえない、その影を。そして影と影のあいだに光が生きる。どの光でもない、まさにこの光、彼の内部で明るさを増してゆく光がはてしなく明るさを増してゆくなか、彼は歩きつづける」（柴田訳）。一九九八年の妖しい青い光の萌芽《ほうが》は、すでにここにあったと見てよいかもしれない。

だが、あくまで大まかな見取り図としては、言葉を厳として拒絶するかのような石から、言葉を超えた次元へと人を導いてくれる石へ、とひとまずその変遷《へんせん》をまとめることはできると思う。

一九九〇年に発表された本書『偶然の音楽』でも、石は物語の中心にある。ここでは、七〇年代の厳しい石とも、九〇年代の生命の石とも違った意味を石が担《にな》っている。かつてはアイルランドの片隅で城を形成していた一万個の石がペンシルベニアの地所に運ばれ、それを二人の男が積み上げて、壁を作る。石を積んで壁を作る、という行為をオースターは以前にも一幕物戯曲「ローレル＆ハーディ、天国へ行く」（一九七六／七七）で描いていたが、較《くら》べてみるとこの小説では、その行為の意味がかなり複雑になっているのがわかる。不毛といえばこれほど不毛な行ないもないと言えそうな反面、その作業に携わる男たち（少なくともその一方）にとっては、自分の過去の過《あやま》ちをあがない、自分を救済する道であるようにも思える。次第に出来上がっていく壁は幽閉のメタファーのようでもあれば、純粋な達成感を与えてくれる何ものかのようでもある。明快な答えは出ていない。それは、読者がそれぞれご自分で判断してくだされればよいことだと思う。

『偶然の音楽』の前に発表された『ムーン・パレス』の最後では、主人公マーコ・フォッグの乗っていた赤い車が、なかに入れておいた金もろとも盗まれてしまう。そしてこの『偶然の音楽』は、遺産が転がり込んできた男が赤い車を買って全米を旅してまわるところからはじまる。ある意味で、『ムーン・パレス』の終わったところからはじまっているわけだ。オースター自身、あの赤い車のなかにもう一度戻ってみたかったんだ、とインタビューで述べている。

ヨーロッパから移動してきた人々が作った国だという歴史を反映してか、アメリカ小説には「人は基本的に移動する」という暗黙の前提のようなものがある。たとえば二十世紀初頭の、アメリカの都市化・産業化が急速に進んでいた時代に書かれた小説には、中西部の田舎→中西部の都会（たとえばシカゴ）→東部の都会（ニューヨーク）という移動がしばしば出てくる。そうした作品を書いた作家自身も、しばしば同じパターンで移動し、ヘミングウェイにせよフィッツジェラルドにせよ、中西部から東部、さらにはヨーロッパへと、東向きに居場所を変えていった。

しかし、もっと大きな流れになっているのは、やはりアメリカ建国の歴史と同じように、東から出発してやがては太平洋岸にたどり着く、西向きの運動だろう。『モヒカン族の最後』（一八二六）をはじめとするジェームズ・フェニモア・クーパーの一連の作品にはじまり、モナ・シンプソンの『ここではないどこかへ』（一九八六）まで、文明化を逃れるためでもいい、見果てぬ夢を遂げるためでもいい、理由は何であれとりあえず西へ動こうという思いは、アメリカ小説においてくり返し現われるモチーフである。

オースターも『ムーン・パレス』において、この古典的パターンをきわめて正攻法的に扱ってみせた。主人公マーコは、ニューヨークのコロンビア大学の学生としてスタートし、最後のページで文字どおり太平洋の岸辺に立つに至るなかで、（はからずも）父に出会い祖父に出会い、彼らとの出会いを通していわばアメリカの歴史を生き直し、それを通して自分をも発見していく。

『偶然の音楽』のジム・ナッシュも、やはり東部から出発して北米大陸を旅する。が、その旅は、少なくともそのはじまりにおいては、完全に閉じた、自己閉塞《へいそく》的な旅だ。赤いサーブに乗って、バッハやモーツァルトやヴェルディのテープを大音量でかけながら、ナッシュは毎日、ただひたすら車を走らせる。現代の自動車の性能をもってすれば、太平洋の岸辺までたどり着くにはほんの数日あれば足りる。もはやそこでは、西へ動くことの象徴的な意味は失われている。どこへ行くかはまったく問題ではない。移動は完全に自己目的化している。

もちろん、それまでのアメリカ小説でも、移動が自己目的化した事態はしばしば描かれてきた。人々はとにかく、「ここではないどこか」に在りたいと思って動きつづけてきたのだ。フォークナーの『八月の光』（一九三二）でジョー・クリスマスがアメリカじゅうを放浪するのは、そうした動きの悪夢的な一バージョンにほかならない。だがオースターはここで、そのエッセンスを抽出するようなかたちで、移動の自己目的化という事態を極端に推し進めている。しかも、そうした極端な事態を、文明批判、アメリカ批判といったかたちで正面から否定するのではなく、自分でもやましく思ってしまうくらい主人公がそれを楽しんでしまう、というところが面白い。

だが結局のところ、オースターが『偶然の音楽』でめざしているのは、動くことの快感を描くこと自体ではない。『シティ・オヴ・グラス』でもそうだったように、本当の物語は、動くのをやめたところからはじまるのだ。動くことをやめて、他人とかかわり合いはじめたときに人はどのような倫理的決断を迫られるか――あるいは、どのような選択を通して他人をそして自分を救うことができるのか――が問題なのだ。これまでのどのオースター作品にもまして、モラルの問題を正面切って扱った作品だと言ってよいだろう。

なおこの小説は、フィリップ・ハース監督によって映画化されている。かなり低予算ながら、原作のストーリーをきわめて忠実に再現した渋めの佳作である。ただ、小説と違って主人公ナッシュの内面の動きを直接は追えないため、原作を知らないとやや細部の意味が捉《とら》えづらいかもしれない。だから逆に原作を読んでいると、ひとつの「解釈」として興味深く見ることができると思う（たとえば結末。映画ではこの小説最後のページのいわば「続き」を描いている。考えてみればたしかにこの小説では、ナッシュの身に結局何が起きるのかは――あるいはナッシュの相棒ジャック・ポッツィの身に何が起きたのかも――読者の解釈に委《ゆだ》ねられているのだ）。またこの映画には、ポール・オースター本人も端役《はやく》で出演している。日本では未公開だが、ビデオがカルチュア・パブリッシャーズ株式会社から出ている。

九五年に公開された『スモーク』（監督ウェイン・ワン、脚本オースター）、『ブルー・イン・ザ・フェイス』（監督ワン＋オースター、脚本オースター）の世界的成功、そして、脚本・監督を一人でやってのけた『ルル・オン・ザ・ブリッジ』も日本では本国アメリカに先駆けて九八年末に公開、と近年映画づいているポール・オースターだが、それ以外にも、若き日の貧乏暮らしを描いた回想録 *Hand to Mouth* も昨年刊行されたし、長いあいだ行方不明になっていた人類学の隠れた名著の翻訳書（Pierre Clastres, *Chronicle of Guayaki Indians*）も一昨年原稿が発見され、ようやく陽の目を見るに至った。小説も、新作 *Timbuktu* の九九年刊行が決まった。どの分野で活動するにせよ、すぐれたストーリーテラーとしての才能を今後も発揮してくれるだろう。これまでのオースターの主要作品は以下の通り。

The Invention of Solitude（1982）邦訳『孤独の発明』（新潮社、新潮文庫）
City of Glass（1985）『シティ・オヴ・グラス』（角川書店、角川文庫）
Ghosts（1986）『幽霊たち』（新潮社、新潮文庫）
The Locked Room（1986）『鍵《かぎ》のかかった部屋』（白水社、白水Uブックス）
In the Country of Last Things（1987）『最後の物たちの国で』（白水社）
Disappearances : Selected Poems（1988）『消失　ポール・オースター詩集』（思潮社）

Moon Palace（1989）『ムーン・パレス』（新潮社、新潮文庫）
The Music of Chance（1990）本書
Leviathan（1992）『リヴァイアサン』（新潮社）
The Art of Hunger : Essays, Prefaces, Interviews（1992）
Mr. Vertigo（1994）
Smoke & Blue in the Face（1995）『スモーク&ブルー・イン・ザ・フェイス』（新潮文庫）
Hand to Mouth : A Chronicle of Early Failure（1997）
Lulu on the Bridge（1998）『ルル・オン・ザ・ブリッジ』（新潮文庫）

アメリカじゅうひたすら車を走らせつづけるジム・ナッシュが、「自分がすべてをものすごく楽しんだことを恥じ」たように、ナッシュの物語を訳すのは、まさにやましいくらいに楽しい時間だった。企画段階では森田裕美子さんと、編集段階ではジャック・ポッツィと身長も体重も同じなら年齢も（まあ、それほどは）違わない田中範央さんと、大変楽しく仕事をすることができた。どうもありがとうございます。

一九九八年十月

※付記　その後 *Timbuktu* は予定どおり一九九九年に刊行され、日本では『リヴァイアサン』『空腹の技法』の翻訳が刊行され（いずれも新潮社）、『最後の物たちの国で』の白水Uブックス版が出ている。また二〇〇一年十二月には『ミスター・ヴァーティゴ』が新潮社より刊行予定。

ジム・ナッシュの墜落

小川洋子

「私は話をでっち上げているのではなく、現実の世界に対応しようとしているだけだ」

『来たるべき作家たち』（新潮ムック）のインタビューの中で、ポール・オースターはこう語っている。にもかかわらず彼の小説はしばしば、現実のねじれから圧倒的な虚構の世界へ、読者を引きずり込む。そしてねじれの中で目眩《めまい》を起こしている間に、ふと気が付いた瞬間、新たな現実の地平に取り残されている。

オースターの小説を考える時、偶然という要素はどうしても外せないが、彼はそれを必然的な生死の対極にあるものとしてとらえている。理論や科学や法律でうまく取り繕われているようでありながら、実は人生の大半は理由のつかない偶発的な出来事によって形成されている。彼はその不可思議の奥に、真の物語を掘り起こそうとしている。虚構などという便利な言葉で、片付けてしまうわけにはいかないのだ。

『偶然の音楽』の中にも、主人公ジム・ナッシュが相棒ポッツィに向かって、この世で起きることに隠された目的や、ちゃんとした理由があるなどとは信じるな、と言って諭す場面が出てくる。まさにナッシュは偶然の泥沼に身をまかせ、あらゆる目的・理由を切り捨てた男である。

読み終えた時、あまりの衝撃と虚脱感でしばらくぐったりしてしまった。作品を否定する意味ではなく、むしろ文学的な裏切りの余韻にいつまでも浸っていたいような気持だった。

たぶん私が勝手に同じオースター作の『ムーン・パレス』を思い浮かべながら読んだせいだろう。二つの小説は似たような構造を持っている。一人の男が財産も家族も仕事も捨て、最低ギリギリの場所まで落ちたところから、小さな偶然に導かれて予想もしない人生に踏み込んでゆく。しかも主人公は二人とも父親と縁が薄く、その父親がらみで転がり込んでくる大金が、重要な役割を果たす。

しかし『ムーン・パレス』の主人公が落下する自分を偶然の力によって救出し、祖父や父との再会を果たし、最後太平洋に象徴される広大な未来の入口に到達するのに対し、ジム・ナッシュに訪れた偶然（ポーカー賭博師《とばくし》ポッツィとの出会い）は、彼を理不尽で暴力的な閉じた空間へと、どんどん追い詰めてゆくだけだ。ようやく救いが現われたかと思って油断していると、それがさらなる失望への序曲だったりする。

ナッシュは新車の赤いサーブを運転し、アメリカ中を移動しながらお金がなくなるのを待つ。毎日毎日車は走り続ける。なのにこの小説を支配する閉塞感《へいそくかん》は消えない。なぜなら時間と場所がいくらスピードに乗って流れ去ろうとも、ハンドルを握るナッシュだけは〝完璧《かんぺき》な静止状態〟にある、宇宙で唯一《ゆいいつ》の〝固定点〟となっているからだ。

従って水平移動としての旅など意味をなさない。彼が求めるのは大地の底にある究極の孤独へ向かって、墜落してゆくことなのだ。

遂《つい》に全所持金と車を失い、旅に終止符が打たれた後、彼を待っていたのは有刺鉄線に囲まれた野原での、壁作りだった。正真正銘、閉じ込められてしまうのである。

正直、私が最も希望を持ったのは、この壁作りの場面だった。アイルランドから運ばれた一万個の石を積み上げ、億万長者二人の変人が望む、飾り気のないただの壁を作る――愚かしいからこそ、光が見えてきそうじゃないか、と思った。実際ナッシュだってこの作業を、自分の人生を組み立て直すチャンスととらえていた。

壁が積み上がるにつれ、ポッツィとの関係も強固になっていった。痩《や》せっぽちでセンスは悪いが、ポーカーの腕は確かで、自分なりの哲学に忠実に生きている愛すべきポッツィ。彼がいたからこそ、ナッシュの墜落は時に優美でさえあった。

しかし、最終的にナッシュが選んだ脱出方法は、生半可でなかった。読み手の感傷などお構いなしに、最後の最後、一番大きな跳躍をした。

一人取り残され、途方に暮れた私がもう一度ページをめくり、読み返した場面がある。トレーラーハウスでのパーティーの夜、デザートを運ぶナッシュが賛美歌を歌うところ。偶然口をついて出てきた音楽。題名の出所はここにあるに違いないと、私は信じている。


（一九九八年十二月、作家）

この作品は平成十年十二月新潮社より刊行された。

新潮文庫最新刊

新潮文庫最新刊

K・フリン
村井理子訳
「ダメ女」たちの人生を変えた奇跡の料理教室
冷蔵庫の中身を変えれば、人生が変わる！　買いすぎず、たくさん作り、捨てないしあわせが見つかる傑作料理ドキュメンタリー。

C・R・ハワード
髙山祥子訳
ナッシング・マン
連続殺人犯逮捕への執念で綴られた一冊の本が、犯人をあぶり出す！　作中作と凶悪犯の視点から描かれる、圧巻の報復サスペンス。

M・ロウレイロ
宮﨑真紀訳
生贄の門
息子の命を救うため小村に移り住んだ女性捜査官を待ち受ける恐るべき儀式犯罪。〈スパニッシュ・ホラー〉の傑作、ついに日本上陸。

玉岡かおる著
帆神
―北前船を馳せた男・工楽松右衛門―
新田次郎文学賞・舟橋聖一文学賞受賞
日本中の船に俺の発明した帆をかけてみせる――。「松右衛門帆」を発明し、海運流通に革命を起こした工楽松右衛門を描く歴史長編。

川添愛著
聖者のかけら
聖フランチェスコの遺体が消失した――。特異な能力を有する修道士ベネディクトが大いなる謎に挑む。本格歴史ミステリ巨編。

喜友名トト著
だってバズりたいじゃないですか
恋人の死は、意図せず「感動の実話」として映画化され、〝バズった〟……切なさとエモさが止められない、SNS時代の青春小説！

偶《ぐう》然《ぜん》の音《おん》楽《がく》

新潮文庫　　オ－9－6

Published 2001 in Japan
by Shinchosha Company

平成十三年十二月一日発行
令和六年二月五日七刷

訳者　柴《しば》田《た》元《もと》幸《ゆき》

発行者　佐藤隆信

発行所　株式会社 新潮社

郵便番号　一六二—八七一一
東京都新宿区矢来町七一
電話 編集部(〇三)三二六六—五四四〇
　　 読者係(〇三)三二六六—五一一一
https://www.shinchosha.co.jp

価格はカバーに表示してあります。

乱丁・落丁本は、ご面倒ですが小社読者係宛ご送付ください。送料小社負担にてお取替えいたします。

印刷・株式会社精興社　製本・加藤製本株式会社

ISBN978-4-10-245106-9 C0197